KB194387

조선맛집 **도문대작**

임요희 장편소설

조선맛집 도문대작

-내란수괴 이이첨과 허균의 왕 만들기

세상의 아침

| 차례 |

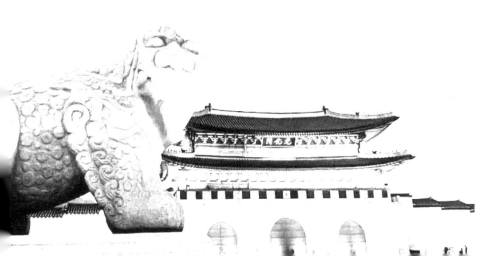

1. 술과 요리 이야기가 있는 주막의 탄생

허균이 자신의 미래를 어렴풋이나마 예감하게 된 것은 여덟 살 때였다.

금강산 보덕사에 머무르던 사명당이 친구를 찾아 한양에 들렀다. 대대로 세도가였던 허씨 가문은 건천동에서 가장 큰 집을 소유하고 있었다.

사명당은 행랑채 사이에 우뚝 자리 잡은 솟을대문을 지나, 사괴석과 막돌이 조화로운 화방벽을 지나, 퇴물림하여 가지런히 쌓아 올린 장대석 기단 앞에 이르러 발을 멈추었다. 사명당은 기와지붕에 걸린 구름을 지그시 올려다보았다. 이 집에 서린 어떤 기운을 감지한 것인지도 몰랐다.

허봉이 버선발로 달려 사명당을 맞이했다.

"먼 길 오느라 수고하시었네."

허봉은 장안 최고의 문사였고, 사명당은 승려 신분으로 과거에 급제한 독특한 이력을 가지고 있었다. 둘 다 시와 문에 능하다보니 신분을 뛰어 넘어 오랫동안 우정을 간직했다.

허봉이 마당가에서 놀던 어린 동생을 불렀다.

"균아, 인사드려라. 사명대사시다."

허균은 배운 대로 두 손을 가지런히 모으고 허리를 숙였다.

"하곡 형님의 아우 허균, 인사드리옵니다."

사명당은 빙긋 웃으며 허균의 머리를 쓰다듬었다.

"하곡, 자네에게 이처럼 어린 아우가 있는 줄 몰랐네."

"나이 차가 18년이나 지다 보니 어딜 가나 아들인 줄 알지. 5세 때부터 손곡 밑에서 글을 배워 시도 곧잘 짓는다네. 요즘은 논어를 읽고 있다네."

사명당은 친구의 특별한 아우를 한참 동안 바라보았다.

"영특한 상이야. 영웅의 얼굴이야. 때를 잘 타고 나기도 했고, 때를 못 맞춰 태어나기도 했고…"

허봉은 사명당이 하는 말이 예삿말이 아님을 알아차렸다. 사명당은 스승인 서산대사와 도술 대결을 펼칠 만큼 신력이 뛰어난 승려였다.

"유정, 대체 그게 무슨 말인가? 균이 영웅의 상이라고?"

"이 아이는 후대에 크게 이름을 날릴 것일세. 조선 최고의 문인으로 숭앙 받을 거야. 허나…."

"왜? 살아서는 빛을 못 보겠나?"

"300년을 앞선 머리니 혁명을 하려 들 것일세. 나라를 뒤엎으려 할 것이야."

혁명이라는 말에 놀란 허봉이 성마르게 물었다.

"설마 이 아이가 역적이 된단 말은 아니겠지?"

"문인으로만 살면 문제가 없어. 그런데 이 아이 얼굴에는 금과 화가 있어. 이 금은 그냥 금이 아니야. 칼이야. 피하려 해도 칼과 불이 따라붙을 걸세. 대장장이로 키운다면 문제없지만 조선 최고의 명문가에서 태어난 이 천재 아이를 대장장이 시킬 수는 없는 노릇 아닌가?"

허봉으로선 들을수록 난감한 이야기였다.

"대장장이가 안 된다면 결국 역모에 휘말린단 말인가?"

"칼과 불을 다루는 직업이 대장장이만은 아니네. 잠시 서안을 빌리겠네."

사명당이 품에서 작은 병 하나를 꺼냈다. 안에 든 투명한 액체를 연적에 따른 후 붓으로 찍어 슥슥 글을 썼다.

"그게 무엇인가?"

허봉이 들여다보기도 전에 액체가 다 말라 종이 위의 글씨가 지워지고 없었다.

"아무것도 없지 않은가?"

"진홍나방 유충으로 만든 술일세. 비밀 글씨를 쓰는 데 이용되지. 이 글을 읽는 법은 따로 있네."

그게 끝이 아니었다. 이번에는 먹을 갈아 그 위에 약도를 앉혔다.

"상이 승하하시고 세자가 보위에 올라 5년째 되는 해, 이 서찰을 개봉하게. 그리고 서찰 속 약도가 가리키는 곳을 균이 직접 찾아가도록 이르게. 지금 가봐야 소용없어. 지금 그곳에는 아무도 살지 않거든. 훗날 그 집 주인에게 이 서찰을 전해주면 되네."

허봉은 더 묻지 않고 서찰을 챙겨 문갑 안에 넣었다.

"그때까지 내가 살아 있을지 모르겠군. 균아, 들었지? 새 임금님이 보위에 올라 5년째 되는 해 서찰을 개봉해야 한다. 서찰은 네가 성인이 될 때까지 내가 보관하마."

균은 형이 언젠가는 죽는다고 생각을 하자 너무 슬퍼 눈물이 났다.

"형님, 오래오래 사셔서 이곳에 직접 저를 데리고 가주십시오."

"허허, 인명은 재천이라고 했느니라. 하늘이 알아서 하실 게야. 너는 아무 걱정 말고 나가 놀아라."

* * *

한 사내가 종로 한복판을 바삐 뛰어가고 있었다. 도포에 술띠를 맨 것으로 보아 양반이었다. 양반이 그것도 종로거리를 뛰는 일은 좀처럼 없는 일이어서 뭇 사람의 시선이 집중됐다.

그가 숨을 몰아쉬며 당도한 곳은 육부전거리 끝에 자리 잡은 아담한 기와집이었다. 문간채 없이 낮은 담장이 ㄱ자 살림채를 에두르고 있었고, 담과 담이 맞닿는 모퉁이에 솟을대문이 시원하게 뚫려 있었다. 대문 처마에는 등이 달려 있었다. 현판 자리를 흰 광목천이 가리고 있는 것으로 보아 일반 사대부 가옥은 아니었다.

안에 있던 사람들이 밖으로 나오다가 사내와 마주쳤다.

"교산, 지금 오는 것인가?"

"늦어서 미안허이."

사내가 숨을 몰아쉬었다. 그의 호는 교산, 이름은 허균이라 했다. 눈썹 뼈가 도드라지긴 했지만 길고 반듯한 콧날이며 도톰한 입술이 미남 축에 속했다. 얼굴 전체에 드리워진 서늘한 그늘은 그가 매우 냉소적인 성격을 가졌음을 말해주었다.

"아닐세, 맞춰 왔네. 이제 시작할 것이야."

누군가 허균의 갓끈을 바로 고쳐주었다.

"어지간히도 급하게 나온 모양이군."

허균이 도착한 것을 확인한 풍개가 기와집을 등지고 앞으로 나섰다.

"바쁘신 중에 찾아주신 나리님들, 한성부 거주민 여러분 감사드립니다. 장안 최고의 주막집을 개업함에 있어 지금부터 현판 제막식을 거행하겠습니다. 내빈 여러분은 앞으로 나와 주십시오."

풍개는 허균의 노비였으나 면천하여 양인이 된 자였다. 팔척장신의 거구에 짙은 눈썹, 화살촉처럼 곧게 뻗은 콧날이 믿음직한 인상을 풍겼다. 풍개의 지시에 따라 허균, 김윤황, 현응민, 우경방이 옷깃을 여미며 앞으로 나섰다. 주모 계옥이 광목천에 연관된 줄을 내빈들 손에 하나씩 쥐어주었다.

"준비되셨습니까요? 자, 한나, 두울, 셋!"

풍개가 셋을 외치자 4인방이 동시에 줄을 잡아당겼다. 광목천이 툭 떨어지면서 천 뒤에 숨어 있던 현판이 모습을 드러냈다.

'도문대작'

사람들이 "와" 하고 박수를 쳤다. 누군가는 옆 사람에게 뜻을 묻느라 바빴다.

"도문대작이 무슨 뜻인가? 한글로 써놓으니 알 수가 있어야지."

"도문(屠門) 그러니까 푸줏간 앞에서, 대작(大嚼) 크게 쩝쩝거린다는 뜻이네."

장내가 소란스러운 중에 풍개가 허균을 호명했다.

"자 그럼, 장안 최고의 주막 '도문대작' 현판식에 즈음하여 특별히 글도 잘 지으시고, 글씨도 잘 쓰시는 허균 나리를 모시고 축사를 듣겠습니다."

허균이 헛기침을 하며 앞으로 나섰다.

"도문대작! 돈이 없어 푸줏간 문 앞에서 입맛만 쩝쩝 다시던 여러분들, 이제부터는 장안 최고의 주막 도문대작에서, 장안 최저 가격으로, 장안에서 가장 맛있는 술과 음식을 즐길 수 있게 되었습니다. 도문대작은 배운 사람, 못 배운 사람, 양반, 서자, 양인을 차별하지 않습니다. 백성을 위한, 백성에 의한, 백성의 주막 도문

12

대작! 집밖에서 만나는 또 하나의 사랑방! 도문대작의 개업을 축하합니다!"

사람들이 다시 한번 "와" 하고 박수를 쳤고, 풍개가 징을 울렸다.

주모 계옥이 큰소리로 외쳤다.

"개업 날을 맞이하여 서비스 안주로 편육이 한 접시씩 돌아가니 주저 말고, 고민 말고 어서들 들어오십시오. 막걸리 한 잔도 팝니다. 부담 없이 왕림하십시오."

대문이 활짝 열리자 사람들이 우르르 안으로 뛰어들었다. 풍개가 외쳤다.

"줄을 서시오!"

패랭이를 쓴 상인이 평상 한 귀퉁이에 자리를 잡고 앉자 계옥이 달려가 주문을 받았다.

"무엇을 자시겠습니까?"

"내가 식전이오만 밥을 먹을 수 있소?"

"당연히 준비되어 있습죠. 여기 만유판이 있으니 이 중에서 골라보시지요."

"메뉴판? 그것이 무엇이오?"

"메뉴판이 아니고 만유판(萬有板)입니다. 만 가지 음식이 준비되어 있다는 뜻입죠."

만 가지 음식이 가능하다는 말에 상인이 벌컥 대들었다.

"예끼, 거짓말 마시오. 일하는 사람이 정해져 있고, 음식 재료에 한계가 있는데 어떻게 만 가지 음식을 준비할 수 있소?"

계옥이 느긋한 웃음으로 대꾸했다.

"도문대작에서는 가능합니다요. 어서 골라나 보십시오."

"그렇다면, 어디 보자. 밥 종류가 백반, 팥물반, 잡곡반, 골동반 이 네 가지요?"

"적힌 것은 네 가지나 백반의 경우 고들밥, 잘 지은 밥, 진밥, 누룽지밥 중에서 고를 수 있습죠. 그러니 백반만 네 가지인 셈입죠. 팥을 우려내서 지은 팥물반도 매한가지니 여기까지 여덟 가지 되겠고. 골동반에는 고기와 나물이 고명으로 올라가는데 고기 종류로는 소고기, 돼지고기, 닭고기, 꿩고기, 오리고기 중에서 고를 수 있으니 여기까지 대충 열세 가지됩니다요. 나물로는 취나물, 고사리…"

계옥이 숨도 안 쉬고 설명을 이어가자 상인이 두 팔을 휘저으며 저지했다.

"그만! 그만하시오. 젠장, 그렇게 따지면 만 가지가 아니라 오만 가지도 채우겠소. 대체 내가 주문을 하면 그걸 다 외워서 브섭에 전달이나 할 수 있소?"

"물론입니다요. 그런 걱정은 마시고 어서 자시고 싶은 것을 고르십시오. 참고로 백반이 가장 빨리 나옵니다요. 찬은 나물 두 가지에 김치와 된장찌개입죠."

"알겠소, 젠장. 백반, 그걸로 주시오."

"감사합니다요, 으르신. 헤헤, 그런데 밥만 드시면 서운합지요. 주막의 꽃은 술! 반주로 술 한 잔을 곁들이셔야 소화도 잘 되고 일할 때 힘도 나는 법입니다. 만유판 뒤편을 보시면 다양한 주류가 준비되어 있습니다."

계옥의 상술에 졌다는 듯 상인이 고개를 저으며 만유판을 뒤집어보았다.

"술은 약주, 소주, 탁주, 과하주(過夏酒, 발효시간을 줄이기 위해 이미 만들어놓은 술에 누룩과 곡식을 혼합해 만든 술) 이렇게 넷이오?"

"예. 소주로는 감홍로, 이강고, 죽력고, 계당주, 노산춘, 삼해주가 준비되어 있습죠. 과하주로는 소국주, 두견주, 도화주, 송순주…"

상인이 계옥의 말을 끊었다.

"됐고, 탁주나 한 자배기 주시오."

"헤헤, 감사합니다요. 백반에 탁주! 주문이 밀려 그러니 조금 지체되도 언짢아 마십시오. 탁주 먼저 갖다 드리리다."

도문대작 대청마루에 모여 앉아 있던 허균, 김윤황, 우경방, 현응민 네 사람도 막걸리잔을 세게 부딪었다. 늘 둥근 탁자를 사이에 두었기에 스스로를 '원탁의 4인방'이라 부르는 터였다.

"이 집 현판 말일세. 보면 볼수록 명필이야. 한석봉에게 과외 했다더니 청출어람이 따로 없어."

응민이 윤황의 말을 받았다.

"그게 정말인가? 교산, 자네가 정녕 신의 붓 한석봉에게 사사했단 말인가? 어쩐지 보통이 넘는 솜씨라 했더니…."

막걸리 사발을 주욱 들이켠 허균이 수염을 쓰다듬었다.

"글씨 정도 갖고 무어 놀라는가. 내가 이래 봬도 5세에 손곡 이달 선생에게 글을 배워 시를 짓고, 9세에 논어, 통감을 읽어 문리가 트이고, 약관에 문과에 급제해 임금님 앞에 나아간 사람일세. 이이첨이 서른여섯의 나이에 나와 나란히 임금 앞에 섰다는 말을 아니 들었는가?"

"교산, 자네는 조금만 겸손하면 완벽한데 말이야."

우경방의 말에 모두들 와하하 웃음을 터트렸다.

"그런데 가희 말일세. 미모로 따지면 장안 최고의 기생 명월이, 춘섬이도 그 앞에서 울고 갈 얼굴인데 왜 도문대작 브섭에 처박혀 있는지 모르겠네."

가희가 다가와 밥상에 술 한 병을 올려놓는 바람에 윤황은 말을 마치지 못했다.

흰 얼굴에 복숭앗빛 뺨, 그린 것처럼 가지런한 눈썹, 맑고 커다란 눈망울은 선녀가 하강한 듯 아름다웠다. 가희가 붉은 입술을 열어 말할 때 목소리가 아니라 은구슬이 흘러나오는 듯했다.

"나리님들의 성원에 감사드립니다. 소녀가 춤과 노래가 안 되어 권번으로 진출하지 못한 것을 어찌하겠습니까. 하지만 소녀, 미각

16

이 발달하고 손이 매워 한양 최고의 요리사 중 하나로 우뚝 섰으니 이 또한 의미 있는 일 아니겠습니까?"

"그럼, 그럼!" 친구들이 박수를 쳤다. 가희가 물러가면서 정중히 청했다.

"지난가을 말려두었던 소국으로 빚은 소국주 한 병 올리니, 소녀의 손맛을 냉철하게 평가해주시지요."

"소국주, 좋지!"

2. 10만 냥, 은의 행방

　광해(光海) 5년, 계축년 9월 3일. 내수사 전수(典需) 장 내관이 광해를 알현했다. 왕은 대비전에 아침 문안인사를 다녀오는 참이었다. 장 내관의 눈동자가 불안정한 것을 보고 광해는 심상치 않은 일이 벌어졌음을 눈치챘다.

　"무슨 일이 생겼더냐?"

　장 내관이 떨리는 목소리로 간밤에 들어온 소식을 아뢰었다.

　"전하, 비보이옵니다. 방금 전 경상감영에서 장첩이 올라왔사온데 팔월 말일, 조령에서 다섯 명의 상인이 괴한의 습격을 받아 비명에 갔다고 하옵니다. 그 다섯 상인의 팔뚝에 올(兀) 자 문신이 새겨져 있었다고 하옵니다."

　올 자 문신이라는 말에 광해는 일순 정신이 아득해졌다. 우뚝할 올(兀)은 광(光)을 아래에서 떠받친다는 뜻이었다. 광해를 위해 죽고, 광해를 위해 사는 자들로 궐에서는 유일하게 내수사 소속 무관들이 몸에 올(兀) 자를 새겼다. 내수사는 왕의 개인자금인 내탕금을 관리하는 특수기관이었다.

"전원이 사망하였느냐?"

"아뢰옵기 황공하오나 그러하옵니다. 사망 원인은 철퇴에 의한 두부 손상이라고 하옵니다."

광해로선 온몸이 휘청할 정도의 큰 충격이었다. 내수사 무관들의 무술 실력은 조선 최고였다. 표면적으로는 내수사 관원에 불과했지만 사실상 왕의 경호를 책임지고 있었다. 궐내 호위를 맡은 게 도부장이고, 궐 밖 호위를 맡은 게 별운검이라면, 내수사 무관들은 궐 안팎 할 것 없이 그림자처럼 숨어 왕을 지켰다. 내수사 무관이 전부 사망했다는 것은 겹겹의 호위 속에서 유지되던 왕의 안전에 균열이 온 것을 뜻했다. 그러나 광해로선 자신의 안전보다 더 중요한 문제가 있었다.

"은은 어찌되었다 하느냐?"

"시신 옆에 빈 자루 여러 개가 흩어져 있었사온대 내용물은 발견되지 않았다고 하옵니다."

광해의 얼굴에 경련이 일었다. 간신히 정신을 다잡은 광해가 상황 돌아가는 것을 물었다.

"경상감영에서는 이 일을 어찌 처리하였더냐?"

"경상감영에서는 조령을 넘는 상인들의 금품을 노린 강도 사건으로 보고 바로 조사에 착수하였으며, 형조에서도 긴급히 조사단을 꾸려 현지에 파견하였사옵니다. 잠시 후 열리는 상참에서 형조 판서가 정식으로 보고를 올릴 것이옵니다."

"형조에게만 맡길 수 없다. 내수사에서도 인력을 파견하라."

장 내관이 진땀을 흘렸다.

"전하, 아뢰옵기 황공하오나 전란의 여파로 인해 궐 안팎의 재정 사정이 좋지 못한 연유로 올해 내수사에서는 인력을 충원하지 못하였사옵니다."

광해가 끙, 하고 신음을 토해냈다. 국고가 바닥을 드러낸 지 오래, 급한 부처의 인력부터 채우다 보니 내수사까지 차례가 오지 않았던 것이다. 광해는 고뇌에 빠졌다.

'그예 이이첨의 손을 빌어야 한단 말인가.'

이이첨은 광해가 왕이 되는 데 결정적인 공을 세워 조정의 2인자 자리를 꿰찬 인물이었다. 왕 말고 그 위에 아무도 없었다. 그러나 왕도 자신이 그의 위에 있는 게 맞는지 장담하지 못했다. 이첨은 전권을 휘둘러 자주 조정을 문란하게 만들었다. 왕으로서 그의 전횡을 자제시킬 필요가 있었지만 급할 때는 이첨만 한 해결사가 없기도 했다.

고민 끝에 광해는 결단을 내렸다.

"판의금부사 이이첨을 들라 하라."

판의금부사라는 말에 장 내관이 어깨를 움찔했다.

"전하, 진정 의금부에 영을 내리시겠다는 말씀이시옵니까?"

"방법이 없지 않느냐?"

장 내관이 절망스러운 목소리로 답했다.

"분부 받들어 거행하겠사옵니다."

* * *

"이리 오너라, 이리 오너라!"

조용히 안 들어오고 꼭 대문간에서 소리치는 자들이 있었다. 계옥이 달려 나가 손님을 맞이했다.

"아이구 마름어른, 납시셨습니까?"

넓적한 얼굴에 퉁퉁한 입술, 마구 자란 수염을 가진 노상만은 이이첨 집에서 10여 년 넘게 마름 노릇을 하는 자였다. 그 옆에는 이목구비가 하부 쪽으로 몰려 족제비를 연상시키는 사내가 서 있었다. 노상만의 수하인 듯했다.

노상만이 거드름을 피웠다.

"육부전거리에 주막집이 생겼다 하여 탁배기나 팔아주려고 들렀네."

계옥이 곤란한 표정으로 내부를 확인했다.

"어쩌지요, 마름어른. 보시다시피 지금 자리가 없습니다요."

노상만의 눈꼬리가 치켜 올라갔다.

"자리가 없다니?"

"툇마루, 들마루까지 손님으로 다 차서 자리가 없습니다요. 면구스러운 말씀이지만 마름어른, 저기 저 사람들처럼 순서를 기다리셔야 하는 뎁쇼."

주모가 대문간에 내어놓은 쪽마루를 가리켰다. 그곳에 허름한 사내 둘이 앉아 차례를 기다리고 있었다.

"뭐라? 나더러 쪼그리고 앉아 차례를 기다리라고? 내가 누군지 모르는 겐가? 장사 그만하고 싶은 거냐구?"

마름의 호통 소리가 담장을 넘어 들어 왔다. 술잔을 기울이던 4인방이 그 꼴을 보고 눈살을 찌푸렸다.

"집주인이 세도가면 종도 세도가인 줄 아나 보지. 내 참 눈꼴 셔서. 내 이놈을 당장!"

응민이 자리에서 벌떡 일어나는 것을 허균이 말렸다.

"내버려두게, 가희가 알아서 하겠지."

아닌 게 아니라 가희가 대문간으로 성큼성큼 다가서는 중이었다. 4인방은 흥미로운 얼굴로 두 사람 대면의 순간을 지켜보았다.

"처음 뵙겠습니다, 마름어른. 소녀, 도문대작 김 요리사라 하옵니다."

그녀가 눈동자 하나 움직이지 않고 쳐다보자, 노상만은 그대로 얼어버렸다.

가희가 손을 들어 대문간을 가리켰다.

"마름어른, 실례지만 저쪽을 보시면 도문대작을 이용하시는 분께 드리는 말씀이 있습니다. 한번 읽어보시겠습니까?"

노상만의 눈동자가 스르르 그리로 돌아갔다.

22

◇ 주막집 도문대작 이용수칙 ◇

一 도문대작은 사농공상 구분 없이 모두가 자유롭게 출입하는 곳입니다

二 자리가 나는 대로 안내되며, 높은 사람에게 자리를 양보할 필요가 없
   습니다

三 직원에게 욕설을 할 경우 벌금 닷 냥이 부과됩니다

四 활발한 토론을 권장하나 고성은 자제해 주십시오

五 실연당해 큰소리로 신세 한탄을 하거나 통곡하지 마십시오

六 타인의 외모를 조롱하거나 차림새와 관련된 농담은 삼가해 주십시오

七 마작, 윷놀이 등의 도박을 금합니다

八 가벼운 내기는 허용하나 내깃돈은 두 냥을 초과할 수 없습니다

九 내기에 지거나 벌금을 물었다고 해도 도문대작의 요리를 마음껏 즐
   겨주십시오

가희의 목소리는 은구슬이 옥쟁반 위를 굴러가는 것 같았으나
가만히 들어보면 그 내용이 꽤나 단호했다.

"마름어른! 첫째 둘째 조항을 보시면 저희 도문대작은 누구나
드나들 수 있는 곳으로, 신분이 높고 낮음을 따지지 않고 자리가
나는 대로 안내해 드린다고 나와 있습니다. 저희 영업 방침이라
어쩔 수가 없습니다."

영업 방침이 정해져 있다는 말 때문인지, 그 말을 전하는 가희 때문인지는 몰라도 노상만이 슬쩍 꼬리를 내렸다.

"대체 얼마만큼 기다리면 먹을 수 있다는 겐가?"

"한차례 몰아쳤으니, 이제 일어날 때가 됐습니다."

아니나 다를까, 가희의 말이 끝나자마자 약속이나 한 듯 사람들이 밖으로 우르르 몰려나왔다. 적지 않은 사람들이 빠졌기에 앞서 기다리던 대기자들은 물론 노상만 일행도 안으로 들 수 있었다.

"거 보십시오. 어서 안으로 드시지요, 마름어른."

가희가 활짝 웃으며 그를 안내했다.

"허, 진즉에 이럴 것이지."

노상만이 비죽비죽 솟은 수염을 쓰다듬으며 득의양양하게 도문대작 안으로 들어섰다.

그들이 자리 잡은 곳은 4인방 뒤쪽 탁자였다.

"귀신이 곡할 노릇인 게 그놈이 눈앞에서 휙 사라졌지 뭡니까?"

족제비 상의 사내가 전날 있었던 일을 마름에게 보고했다.

"눈앞에서 사라지다니? 사람이 어떻게 갑자기 사라질 수가 있다는 말인가?"

"그러니까 귀신이 곡할 노릇이라고 하지 않습니까. 어제 저희가 그 도적놈을 도성 밖까지 추격하는 데는 성공했습니다. 그런데 서대문 밖 반송방(盤松坊)에 이르러 휙 하고 찬바람이 불더니 소나무

24

가지가 요란하게 흔들렸습죠. 그러더니 그자가 그 자리에서 뿅 하고 사라졌습니다. 그 도적놈이 사라진 자리에는 연기인지 먼지인지 안개인지 모를 뿌연 기운이 서렸는데, 꼭 귀신의 장난 같아서 보는 저도 오금이 저렸습니다요."

노상만이 여전히 못 믿겠다는 얼굴로 물었다.

"그 말을 지금 나더러 믿으라는 겐가?"

"놈이 황가 머리 상투까지 단숨에 잘라 놓았는걸입쇼. 싸움 갖고 황가를 따를 자가 이 동리엔 없지 않습니까? 저, 쇤네 생각에는…."

"말해보게."

잠시 주변을 두리번거리던 그가 나직하게 말했다.

"그자가 의적 홍길동이 아닐까 싶은뎁쇼."

"어허 이 사람, 어디 가서 그런 말 함부로 뱉지 말게. 홍길동전은 허구가 아닌가. 허깨비 같은 이야기를 진짜처럼 나불대다간 경을 칠 것이야. 그리고 어디다 대고 의적 운운인가? 남이 힘들여 벌어놓은 재산을 몰래 훔쳐 가는 짓이 어떻게 의적질인가?"

두 사람의 말소리가 허균에게 고스란히 넘어왔기에 그로선 듣지 않으려야 듣지 않을 수가 없었다.

"자자, 이만 막잔을 드세! 오늘따라 이 집에 손님이 넘치니 얼른 자리를 비워주세나." 허균이 일행을 재촉했다.

"그럼세. 교산, 자네가 마무리 건배사를 하게나."

"자, 도문대작의 앞날과 이 나라의 안녕을 위하여!"

"위하여!"

모두들 단숨에 꿀꺽꿀꺽 술을 넘겼다. 그런 뒤 주섬주섬 일어서려는 찰나였다.

"나리, 안녕하십니까요? 허균 나리 맞으시지요?"

누군가 아는 체를 했다. 돌아보니 노상만이었다. 술이 한잔 들어갔는지 얼굴이 불콰했다.

"쇤네를 못 알아보시겠습니까? 예판 대감 댁 마름입니다. 일전에 나리께서 귀양 가실 때 저희 대감마님께서 저더러 옷가지를 챙겨드리라고 해서 쇤네가 저고리와 바지, 도포를 챙겨 갔습죠."

허균이 고개를 끄덕였다.

"그래, 기억나네. 그때는 고마웠네. 그간 잘 있었나?"

"덕분에 잘 지냈습니다요."

"대감도 잘 계시지?"

"예."

"대감께 안부 전해드리게. 그럼 또 보세."

허균과 김윤황, 현응빈, 우경방은 서둘러 도문대작을 빠져나왔다.

"천하의 밉상 아닌가? 이이첨 말이야. 자기 대신 귀양살이를 했는데 그깟 옷가지 챙겨준 게 뭐 대수라고 하인까지 유세인가."

"누가 아니래나! 꽤 큰 은전을 베푼 듯하는군. 귀양 풀리면 바로 찾아와 인사를 갖추어야 도리거늘, 여적 코빼기 한 번 안 비추었지?"

다들 이이첨을 놓고 한마디씩 했다.

"이이첨 같은 놈이 상감 상투를 틀어쥐고 나라를 좌지우지하고 있으니… 대체 훈구파가 득세할 때와 뭐가 다른가? 사림이건 훈구파건 제 밥그릇 챙기는 데만 급급하니 나라의 앞날이 캄캄할 뿐일세."

허균이 친구들이 자제시켰다.

"젊은 유생들이 있지 않나? 그들이 조선의 미래이네. 우리의 할 일은 그들을 지지하는 것이야. 장차 서얼제도도 폐지하고, 사농공상도 구분도 없애고, 과부도 재가할 수 있도록 말이야."

"어느 천년에 변하겠나? 자네나 나 대에선 그런 시절, 영원히 만나지 못할 걸세.

유생들에게만 기대기에는 너무나 아득한 세월이라는 게 그들의 생각이었다.

* * *

이이첨은 선정전을 나서면서 잠시 빈 하늘을 올려다보았다. 봉산옥사(광해 4년, 김제세의 거짓 고변으로 340명이 역모죄로 몰려 국문을 당한 사건) 이후 자신은 쳐다보지도 않던 왕이었다. 왕의 냉대는 노골적이었다. 국가 중대사를 의논할 때 삼정승과 좌우참찬은 부르면서 자긴 쏙 빼놓았다. 그러던 왕이 대뜸 불러서는 조령 살인사건의 진범을 한 달 안에 잡아들이라 명을 내린 것이다.

"한 달이라 하시오면 명나라 사신의 방문을 염두에 둔 것이옵니까?"

"그렇소. 바로 알아들으시는구려. 내수사 무관이 잃어버린 10만 냥의 은은 명나라 사신이 공물로 부탁한 것이었소. 지난번 명나라 조정에서 보내온 패문(牌文)은 읽어보았겠지요?"

이첨은 의금부의 수장이면서 예조판서를 겸임하고 있었다. 예조의 책임자로서 당연히 패문을 숙지하고 있었다. 패문은 언제, 어떤 사신이, 왜 오는지를 나열한 일종의 파견장이었다.

"예, 전하! 어제부로 호조와 예조 두 부처가 협심하여 영접도감을 설치하였사옵니다."

이번에 방문하는 명나라 사신은 태감(太監) 유용이었다. 그는 명나라와 조선 두 나라가 공조하여 오랑캐의 야욕에 대비하자는 내용의 칙서를 들고 올 예정이었다. 누르하치가 이끄는 건주여진의 세가 부쩍 강성해지고 있었다.

왕의 이마에 전에 보지 못한 굵은 주름이 져 있었다.

"경이 국사를 돌봄에 있어 많은 수고를 하였소. 다 과인이 못난 탓이오. 진즉 고명(誥命)이 내려왔더라면 옥사 따윈 없었을 것을…."

황제의 임명장을 받지 못한 제후국의 왕은 엄밀히 말해 왕이 아니었다. 반역의 위험이 늘 상존했으므로 사소한 고변에도 추국청이 설치되곤 했다. 추국청이 열리면 추관을 맡아 역도로 지목된 이를 형장으로 보내왔던 게 이첨이었다.

"유 태감이 특별히 부탁한 물건인 만큼 어떻게 해서든 찾아야 하오."

이첨이 생각하기에 이번 사건은 이상한 점이 한두 가지가 아니었다. 은이란 은은 임란 때 왜구가 싹쓸이 해가지 않았던가. 아무리 내수사라지만 은 광산을 찾아내지 않은 다음에야 어떻게 10만 냥이나 되는 은을 확보할 수 있었단 말인가. 더구나 그렇게 어렵게 확보한 은을 조선 최고의 무사들이 강탈당했다니, 이보다 황당하기도 힘들었다.

이첨은 목구멍 아래서부터 밀려오는 의문들을 삼키고 대답했다.

"신 이이첨, 신명을 다 바쳐 이번 사건을 수사하겠사옵니다."

"사행단이 오는 시월 초사흗날에 도착할 예정이오. 이미 천자의 칙서를 받든 사행단이 북경을 출발했을 것이오. 서두르되 이번 일은 형조와 별도로 진행해야 하오."

형조와 따로 움직이라는 말은 비밀리에 사건을 처리하라는 말이었다.

'오늘이 9월 초사흘이니 명나라 사신이 당도하기까지 딱 한 달

남았군.' 이첨은 은을 찾아 왕 앞에 대령할 것을 약속했지만 정말 자신이 있는 것은 아니었다.

발 없는 재물을 눈앞으로 불러오는 것은, 살아 있는 사람의 목숨을 빼앗는 것보다 어려웠다. '무슨 방법으로 한 달 안에 살인사건을 해결하고 은을 찾아낸단 말인가?' 조선 팔도에서 내로라 하는 무관 다섯을 해치우고 은 10만 냥을 탈취할 정도면 단순 강도가 아닌 것이다.

이첨은 창덕궁 정문인 돈화문을 나서 경복궁 쪽으로 걸음을 옮겼다. 멀리 백악산이 눈에 들어왔다. 조선의 법궁인 경복궁이 왜구의 손에 한 줌 재로 변한 지 어언 15년. 다투듯 늘어선 용마루와 용마루에서 유려하게 뻗어 내려온 기와지붕들은 온데간데없이 사라지고 무슨 대단한 비밀이라도 되는 듯 높은 담장이 빈 궁궐터를 감싸안고 있었다. 긴 담장을 매조 짓듯 육조거리 중앙에 우뚝 버티고 선 광화문만이 간신히 옛 영광을 드러내 줄 뿐이었다.

한성부의 중심부답게 육조거리는 사람들로 북적였다. 경복궁은 허물어지고 창덕궁을 정전으로 쓰고 있었지만, 조선 행정은 여전히 광화문 앞 육조거리를 중심으로 이루어졌다.

오가는 행인들 사이로 유생들이 가부좌를 틀고 앉아 있었다. 육조거리에서 늘 볼 수 있는 풍경이었다. 그들 앞에 세워진 판자를 보면 조선이 떠안고 있는 현안들이 보였다.

경기도에서 시범 시행 중인 대동법을 조선팔도로 확대하라는 요구가 가장 많았다. 대동법은 현물 대신 쌀을 세금으로 바치는 납세제도로 시행 초기 큰 호응을 받았지만 제도화되지 못하고 표류 중이었다. 그밖에 과거시험 때 횡횡하는 부정행위를 근절해 달라는 내용, 서자에게 벼슬길을 열어달라는 요구, 간신 이이첨을 벌하여야 한다는 문구도 보였다.

이이첨이 들어서자 예조 정랑 신덕주가 자리에서 벌떡 일어섰다. 그는 몇 가지 결재 문서를 책상 위에 올려두고 상관을 기다리는 중이었다.

"대감마님, 어디 편찮으십니까? 편전에서 뭐 안 좋은 일이라도 있으셨습니까?"

눈치가 꽤나 빠른 녀석이었다. 이이첨이 에둘러 대답했다.

"금상께서 나더러 그만 옷을 벗으라 하시네."

"예! 그게 무슨?"

신덕주는 되묻다 말고 입을 다물었다. 왕과 이이첨 사이에 벌어지는 줄다리기 상황을 대충은 알고 있기 때문이었다. 왕은 보위에 오른 이후 용상을 지키기 위해 이이첨의 월권을 눈감아 주었고, 이첨은 이첨대로 왕권을 방어해 주는 대가로 자기 입지를 넓혀 갔다. 하지만 최근 들어 왕이 부쩍 이첨을 경계하는 눈치였다. 노골적으로 따돌리는가 하면 이행하기 어려운 명령을 내려 충성심을 시험하곤 했다. 이번에도 뭔가 어려운 숙제를 내준 모양이라고 덕주는 생각했다.

이첨으로서도 더 자세한 설명은 곤란한지라 얼버무리고 말았다.

"명나라에서 하루빨리 고명이 내려와야 정국도 안정이 될 터인데, 황상께옵서 왜 이리 뜸을 들이시는 것인지 모르겠네. 무능한 신하로서 그 방법을 찾지 못하니 옷을 벗어야 할밖에."

"고명은 황상의 뜻이 아니라 예부의 문제로 알고 있습니다만."

사실 그 문제는 공공연한 비밀이었다. 고명은 외교를 담당한 명나라 예부의 권한이었고, 더 정확하게는 그들을 조정하고 있는 환관의 권한이었다. 환관들은 제후국의 재물을 효과적으로 거두어들이기 위해 왕의 임명권을 무기로 내세웠다.

"그래서 하는 말이네. 명나라 환관들을 구워삶는 것이 바로 우리 예조의 일 아닌가?"

"지금 조선 실정으로는 공물로 바칠 은은 고사하고, 사행단을 맞아들이는 데 쓸 예산조차 부족한 실정입니다."

이첨은 검지로 미간을 지그시 눌렀다.

"없는 은을 어디서 구한다? 함경도가 은 산지로 유명하지 아마…. 우리 예조라도 나서서 광산을 개발해 볼까? 어떻게 생각하나?"

이첨의 말에 덕주가 웃었다. 그렇게 말해놓고 나니 이첨도 웃음이 났다.

묘책이 떠오른 것은 그 순간이었다.

"자네, 조선에서 은을 제일 많이 갖고 있는 사람이 누구라고 생각하나?"

"그거야…" 덕주가 당연하다는 듯 입을 열었다.

"그거야?"

"대비마마 일가가 아니겠습니까?"

"대비?"

"대비의 친정아버지인 연흥부원군께서 딸을 팔아 꽤나 열심히 벼슬 장사를 했다고 하던걸요. 그 돈이 어디 가겠습니까? 손자의 미래를 위해 끌어안고 있지 않겠습니까?"

여기까지 이야기해 놓고 덕주는 흡, 하고 숨을 들이켰다. 자칫 위험할 수도 있는 발언이었던 것이다. 덕주는 급하게 말을 보탰다.

"제 말씀은 아직 영창대군이 어리므로 외조부 연흥부원군께서는 돌아가신 선대왕을 대신해 손자의 살아갈 기반을 마련해주었다는 의미입니다."

이첨이 고개를 끄덕였다.

"알고 있네. 왕후였을 적 대비마마의 돈 욕심은 내명부, 외명부에서도 고개를 저을 정도였지. 그때는 연로하신 친정아버지의 여생을 위한 것이라고 핑계를 대더니, 그 아비는 아비대로 손자의 미래를 대비하고 있었구먼. 조선의 은이 전부 김제남의 창고에 쌓여 있다는 말이지? 어디에 숨어 있는지 알 도리 없는 은을 찾아내는 것보다 어디에 숨어 있는지 익히 아는 은을 찾는 일이 더 쉬운

법이지. 그렇지 않은가?"

이첨이 회심의 미소를 지었다. '은 광산이 생각보다 가까운 데 있었군.'

덕주는 낯빛을 들키지 않기 위해 고개를 숙였다. 뭔가 큰 일이 일어날 것만 같은 예감에 몸을 떨었다.

* * *

계축년 9월 4일 아침이 밝았다. 도문대작의 부엌 아궁이에서는 타닥타닥 장작이 타오르고 가마솥에서는 육수가 설설 끓었다.

"고기가 충분치 않은 것 아니오?"

허균이 가마솥 뚜껑을 열며 물었다. 주모 계옥이 고개를 갸웃했다.

"눈대중으로 넣었더니, 모자라려나? 조금 더 넣을깝쇼? 풍개야, 아롱사태 한 덩이 더 갖다 넣어라."

"예."

풍개가 고기 한 덩이를 가마솥에 던져 넣었다.

시간이 되어 허균이 조회를 소집했다.

"자자, 어서들 마무리하고 모이시오."

대청의 원탁을 중심으로 도문대작 식구들이 둥글게 모여 앉았다.

"오늘 내는 특별요리로는 무엇이 좋겠소?"

도문대작은 날마다 특별요리를 정하여 내고 있었다. 도문대작만의 별미를 저렴한 가격에 제공한다는 의미도 있었고, 새로운 요리를 개발하는 계기도 됐다.

가희가 손을 들었다.

"삼품냉채가 어떨는지요."

"삼품냉채라?"

"예, 처서가 지났음에도 늦더위가 여전하여 시원한 게 당깁니다. 새우가 있으면 좋지만 구하기가 힘듦으로 소고기, 건해삼, 달걀을 이용하고 당무와 미나리를 이용해서 색깔을 다채롭게 하면 맞춤할 듯합니다."

"음, 겨자는 해서(海西, 황해도) 것이 가장 맵고 좋은데 구할 수 있을지 모르겠군."

"안 그래도 해서를 출입하는 시전 상인을 통해 벌써 구해두었습니다."

"가희의 준비성이 보통이 넘는구나!" 허균이 칭찬을 아끼지 않았다.

계옥도 쌍수를 들어 환영했다.

"삼품냉채는 접시에 담아 놓으면 꽃이 핀 듯 화려하기 그지없어 눈으로 먼저 먹는다 하지 않습니까. 국밥은 국밥대로 바쁜 사람들이 급할 때 한 그릇 뚝딱 해치우기 좋고, 삼품냉채는 삼품냉채대로 음식 각각의 맛을 느긋하게 즐길 수 있어 좋습죠."

"주모, 삼품냉채는 온갖 재료를 일정한 길이로 썰어야 하는데 손이 너무 많이 가지 않겠소?"

허균으로선 아무리 맛이 있어도 사람을 너무 고생시키는 음식은 내키지가 않았다. 주모는 그런 걱정 말라며 허균을 안심시켰다.

"안 그래도 손님들이 음식이 너무 늦게 나온다고 불평하는 통에 오늘부터 일 도와줄 사람을 한 명 더 늘렸습니다. 일손이 모자라지는 않을 듯합니다."

"풍개 요리사의 생각도 같으냐?"

"예, 저도 찬성입니다."

"그럼 오늘의 도문대작 특선요리는 삼품냉채로 하겠소. 그리고 주모, 외상값은 어찌 처리하고 있소?"

음식장사에 있어 피할 수 없는 게 외상이었다. 허균도 주린 이에게 박정하게 굴지 말 것을 당부해 온 터였다.

계옥이 시원시원하게 대답했다.

"다섯 사람이 칠 일 안에 준다 하였고, 다섯 사람이 달포 안에 준다 약조하였습니다."

"너무 강압적으로 받아내지는 마시오."

"그러믄요, 국밥 외상 정도는 장부에 적지도 않았습니다. 술과 안주의 합이 닷 냥이 넘어갈 경우에만 기록해두고 있습니다."

"잘했소. 자, 이것으로 오늘 조회는 마치겠소. 곧 손님이 밀려들

것이니 자기 자리 잘 지키고, 모쪼록 수고해주시오."

조회를 마친 풍개가 마당을 쓸기 위해 대문간을 열어젖혔을 때였다.

"여기가 도문대작 맞소?"

곱상하게 생긴 청년이 안을 기웃거렸다. 보랏빛이 은은하게 도는 비단 도포에 술띠를 맨 것으로 보아 양반이었다. 흰 피부에 붉은 입술, 적당한 길이의 우뚝 선 콧날, 각진 데 없이 부드럽게 흘러내리는 얼굴선에서는 귀티가 좔좔 흘렀다. 어디 먼 길을 다녀오는지 말을 끌고 있었다.

"그렇소만…."

풍개의 대답에 청년이 크게 반가워하며 하하, 웃었다. 그러더니 뒤를 돌아보며 외쳤다.

"형님, 이곳이 맞다고 합니다!"

멀찌감치 떨어져 있던 사내가 흐뭇한 얼굴로 고개를 끄덕였다.

'양반은 일행끼리도 저리 멀찌감치 떨어져 다니는 것인가?' 신기한 표정으로 쳐다보는 풍개에게 청년이 말했다.

"나의 형님 되시오. 형님께서는 사람들 앞에 나서는 것을 좋아하지 않소."

"아, 예. 새벽부터 어디 다녀오시는 길인가 봅니다?"

풍개가 말을 가리키며 묻자, 청년이 흐흐흐 웃었다.

"아니오. 이놈을 끌고 다니면 왠지 멋지게 보인다오. 운동도 시켜줄 겸 데리고 나왔소이다."

청년이 말의 얼굴을 쓰다듬으며 용건을 밝혔다.

"이곳에 오면 허균 선생님을 뵐 수 있다 들었소. 혹시 지금 안에
계시오?"

"내가 허균이오만, 무슨 일로 그러시오?"

마침 허균이 밖으로 나오는 중이었다. 청년이 반색을 하며 넙죽
고개를 숙였다.

"인사드립니다. 소생은 새문안에 사는 이전이라고 합니다. 선생
님께서 쓰신 '성소부부고'를 재밌게 읽은 독자입니다. 그중에서도
마지막 권으로 조선 팔도의 먹거리를 품평한 '도문대작'을 특히
감명 깊게 읽었습니다."

"그렇소? 반갑소이다."

"제 인생은 도문대작을 읽기 전과 읽은 후로 나뉩니다. 도문대
작을 읽은 후 매일 먹는 음식이 예사로 보이지 않았습니다. 밥상
에 반찬이 올라오면 원산지를 생각하게 되었고, 그 지방의 기후와
토질을 상상하였습니다."

이전이라 하는 청년은 허균을 만난 게 큰 영광인 것 같았다.

허균이 쑥스러운 웃음을 웃었다.

"허허, 고맙소."

"사람들에게서 도문대작이라는 주막이 생겼다는 이야기를 듣
고 긴가민가했는데 이렇게 선생님을 뵙게 되니 기쁘기 한량없습

38

니다. 낮 시간에는 사람들로 발 디딜 없다기에 부러 일찍 찾아왔습니다."

"때맞춰 잘 왔소. 낮에는 유생들을 가르치느라 나도 이곳에 잘 없다오."

"아, 후학을 양성하시는군요. 저도 가르침을 받고 싶습니다. 선생님을 스승님으로 뫼실 수 있도록 저희 형님께 부탁드려보겠습니다."

허균이 청년의 아래위를 훑었다.

"말씀하시는 것을 보아하니 꽤나 지체 높으신 댁 자제분인 듯합니다. 뜻은 감사하오만 나는 내 집에서만 유생들을 받는다오. 이렇게 오셨으니, 말은 저쪽에 묶어 두시고 국밥이나 한 그릇 자시고 가시지요. 사제 관계는 어렵겠지만 나의 독자시니 내가 사겠소이다."

"아닙니다, 아닙니다! 돈을 내고 먹겠습니다. 저쪽에 저희 형님도 같이 오셨습니다."

멀찌감치 서 있던 사내가 공손히 목례를 했다. 허균도 목례로써 인사를 받았다.

"어머!"

가희가 부엌에서 나오다가 말고 소리를 질렀다. 그녀가 부엌으로 들어가 나오지 않자 무슨 일인가 싶어 허균이 따라 들어갔다.

"손님이 오셨는데 주문은 안 받고 달아나면 어쩌겠다는 것이냐? 왜, 아는 분이더냐?"

"현공자시잖아요. 오라버니도 참. 현공자(賢公子)를 못 알아보신
단 말씀입니까?"

"현공자라니?"

"선대왕의 서손이신 능창군 나리를 모르십니까? 글이면 글, 무
술이면 무술 못하시는 게 없으시고 말 타기, 활 쏘기까지 한양에
서 최고십니다. 거기다 얼마나 잘 생기셨는지, 한양에서 현공자
하면 모르는 사람이 없습니다."

"저분이 왕자님이란 말이냐?"

가희가 고개를 세차게 끄덕였다.

"저는 부끄러워 주문을 못 받겠으니 주모가 대신 가보십시오."

부엌 바닥에 앉아 파를 다듬던 계옥이 치마를 털고 일어섰다.

"가희 네가 부끄러움을 탈 때도 다 있더냐? 대체 어떤 분이기에
그러는 것이…"

계옥 역시 밖으로 나가다 말고 도로 들어 왔다.

"내 평생 저렇게 잘생긴 분은 처음이다. 아이고, 빛이 난다, 빛
이 나! 도문대작이 다 환하구나!"

두 사람의 하는 양을 보던 허균이 속으로 쯧쯧 혀를 찼다. '납득
이 안 가는구먼, 아무리 봐도 기생오라비인데, 여자들 눈은 참 이
상도 하지. 그런데 저분이 능창군이라면 그 뒤에 서 있던 사람은
능양군?'

허균은 등을 돌리고 서 있는 사내에게 다가갔다.

"정식으로 인사드립니다, 나리. 허균이라고 합니다. 먼발치서 뵈온 적은 있으나 이렇게 가까이서 뵙긴 처음입니다."

그도 그제야 통성명을 했다.

"반갑소. 능양이라 하오. 나 역시 그대의 이야기를 익히 들었다오. 조선 최고의 천재, 최고의 문필가를 여기서 만나게 되는구려."

능양군, 능창군은 수많은 손자들 가운데서도 선조가 특별히 총애하여 어린 시절을 궁에서 보낸 것으로 알려졌다. 같이 자랐음에도 두 형제는 여러 면에서 달랐는데 가는 곳마다 화제몰이를 하는 능창군과 달리 능양군은 그림자처럼 조용히 사는 쪽이었다. 외모도 확연히 달랐다. 멀끔하게 생긴 능창과 달리 능양은 처진 눈과 살짝 돌출한 매부리코, 누런 안색 때문에 범부 그 이상도 이하도 아니었다.

'외모는 저리 허술해도 풍기는 기운이 만만치 않아. 선조께서 특별히 총애한 데는 이유가 있겠지.' 허균이 그를 안내했다.

"나리, 여기서 이러지 마시고 안으로 드시지요."

"아, 아닙니다. 바쁜 일이 있어 가봐야 합니다."

"형님, 같이 드시지요."

능창군이 종용한 후에야 마지못하다는 듯 능양군이 간신히 걸음을 옮겼다. 그 모습이 마치 부자지간 같았다.

* * *

광해는 몇 숟가락 드는 둥 마는 둥 하다가 수저를 내려놓았다.

식사 시중을 들고 있던 박 상궁이 머리를 조아렸다.

"어이하여 벌써 시저(수저)를 내려놓으시나이까. 황육(소고기)이 구중에 안 맞으시면 내일부터는 적계(꿩고기)로 올리도록 조치하 겠나이다."

"그럴 거 없다. 전란 때 입은 피해조차 다 수습이 안 되었는데 상이 과하다. 내일부터는 5찬 이하로 올리도록 하라."

"전하, 전란 복구는 무리 없이 진행 중에 있사옵니다. 흉년도 아 닌데 어이 일로 감선(減膳, 수라의 가짓수를 줄이는 일)을 명하시옵니 까. 나라 걱정에 못 드시는 것이라면, 백성을 위해서 조금만 더 드 시옵소서."

"아니다, 상을 물리거라. 그리고 석수라부터 5찬으로 준비하도 록 하여라!"

"명을 받들어 거행하겠나이다."

상궁들이 물러가자 왕비 유씨가 편전을 찾았다. 왕비는 16세에 시집와 광해 곁에서 21년 세월을 보낸 조강지처였다.

"어서 오시오, 부인."

광해와 유씨 사이는 여느 왕과 왕비와 달랐다. 피난길에서 동 고동락한 사이였기에 둘은 깊은 동지애로 엮여 있었다. 광해는

42

유씨를 '중전' 대신 '부인'으로 불렀는데 아무도 탓을 하는 이가 없었다.

왕을 바라보는 왕비의 눈시울이 촉촉했다. 가늘면서 짙은 눈썹과 긴 속눈썹 때문에 언제 봐도 광해는 신경질적이면서 비애 어린 느낌이 들었다. 선왕의 시기와 질투 속에서 세자 시절을 보내더니 왕이 된 후에는 명나라의 농간으로 정식 책봉마저 미루어져 하루 마음 편할 날 없는 왕이었다. 왕의 눈 밑이 검게 타들어 가 있었다.

"전하, 지난밤 잠자리가 편치 않으셨사옵니까? 안정 밑이 어둡사옵니다. 여전히 임해군이 꿈속에 나타나는 것이옵니까?"

임해군은 선조의 장자이자 광해의 형이었다. 세자가 되지 못한 분풀이로 온갖 포악을 저지르다가 유배지에서 이유 모를 죽임을 당했다. 광해가 고개를 저었다.

"창덕궁으로 이어한 후부터는 임해군은 멀어서 못 오고 대신 노산군, 연산군이 나타난다오."

노산군(단종)과 연산군은 보위에는 올랐으나 폐위되어 묘호를 받지 못한 왕들이었다. 공교롭게도 그들이 폐위된 곳이 창덕궁이었다. 왕비는 고명이 올 때까지 왕의 불안을 누그러뜨리는 게 자신의 소임이라고 생각했다.

"전하, 창덕궁 중건은 선대왕 대부터 숙원사업이었습니다. 전하께서 그것을 이루셨으니 저승에 계신 선대왕께서도 기뻐하실 것입니다. 선대왕께서 지켜주실 터이니 성려를 거두시옵소서."

왕비의 말에 왕이 콧방귀를 뀌었다.

"흥, 아바마마가 나를 지켜준다고? 당신이 들지 못한 인정전, 선정전에 내가 떡하니 자리 잡고 있으니 오히려 못마땅하실 게요. 아바마마가 뜻을 이루셨군. 나는 완전히 실패했어."

왕이 무너지는 것을 바라보는 왕비의 마음도 무너져 내렸다.

"전하, 그런 말씀 마시옵소서. 상에 오르신 지 겨우 5년이옵니다. 아직 많은 날들이 기다리고 있사옵니다. 분조(조정을 나눔) 시절을 생각하소서. 그 위험한 전쟁터에서도 무사히 살아남으셨습니다. 전하가 가시는 곳마다 백성들이 환호하였사옵니다. 그뿐입니까, 전하가 가시는 곳마다 의병이 들불처럼 일어났습니다. 전하는 백성에게 힘을 주신 분이옵니다."

"그랬지. 그런데 지금 내 곁에는 누가 있지? 나를 집어삼키려는 자들밖에 없소."

광해가 결심한 듯 말했다.

"경운궁으로 돌아가야겠소."

"창덕궁으로 이어 하신 지 칠 일도 지나지 않았습니다. 어이하여 월산대군의 좁은 집으로 다시 들어가시겠다는 것이옵니까?"

"창덕궁은 노산군, 연산군의 한이 서린 곳이오. 무엇보다 아바마마께서는 내가 이곳에 있는 것을 달가워하지 않으시오."

그때 서 내관이 어의가 들었음을 알렸다.

왕비가 왕 앞에 이실직고했다.

"전하, 실은 전하께 두통이 있다는 기별을 듣고 신첩이 내의원에 들렀다 오는 길이옵니다."

"부인이 괜한 일을 했구려. 들라 하라."

문을 열고 들어온 사람은 허준이었다. 어의 허준은 조선 최고의 명의였다. 늘 온화한 얼굴에 푸근한 미소를 띠고 있었지만, 어느 경우에도 당황하는 법 없이 자기 일을 완벽하게 마무리 짓는 것으로 정평이 나 있었다.

허준은 예를 갖춘 후 왕의 진맥을 짚었다.

"전하, 아뢰옵기 황공하오나 두통은 불면으로 인한 것이옵니다. 두통을 물리치는 탕약과 함께 마음을 안정시키는 탕약을 지어 올리겠사옵니다. 그러나 약치보다 식치라고 했사옵니다. 약보다는 식사를 잘하시는 것이 중요하옵니다. 불면에 좋은 음식을 처방하여 사옹원에 기별을 넣겠사옵니다."

광해의 미간에 깊은 주름이 잡혔다.

"과연 몸에 좋은 음식이란 게 따로 있을까. 그게 무엇이든 즐거운 마음으로 맛있게 먹는 음식이 좋은 음식이 아닐까. 그렇지 않소, 대감?"

"송구하옵니다."

허준을 바라보던 광해가 문득 생각났다는 듯 물었다.

"허균은 잘 있소? 경과 친척으로 아는데?"

"허균과 신과는 육촌지간이옵니다. 아뢰옵기 황공하오나 근자에 소신도 허균을 만나지를 못하였습니다. 바람결에 들으니 재야에서 어린 유생을 가르치는 것으로 알고 있사옵니다."

허준과 허균은 양친이 살아계실 적만 해도 제사나 잔치를 빌미로 자주 어울렸지만, 성인이 된 후로는 가끔 안부나 물을 뿐이었다.

왕은 용포 속으로 목을 깊이 묻었다. 살점 하나 없이 메마른 얼굴에 두 개의 눈빛만이 형형하게 빛났다.

"유생을 가르친다? 과거에 그는 세자시강원에 배속되어 짐을 가르친 적이 있소. 허균 같은 인재가 벼슬길도 마다하고 유생들 가르치는 일로 그칠 일인가?"

* * *

김성립이 나타난 것은 도문대작 식구들이 한바탕 아침 장사를 치르고 난 뒤였다.

"처남, 여기서 만나는군."

그가 허균을 보고 반색을 했다. 김성립의 아내는 임진왜란 전 스물여섯이라는 이른 나이에 세상을 등진 허난설헌이었다.

"그간 적조했습니다, 형님. 여긴 어쩐 일이십니까?"

김성립은 대답 대신 대청에 앉아 있는 응민과 윤황을 돌아보며 불편한 얼굴을 했다.

"자넨 여전하구만. 언제까지 서자 나부랭들이랑 어울릴 텐가? 재주가 아깝네. 내가 자리를 좀 알아봐 줄까?"

"아닙니다. 세월이 수상할 때는 그저 납작 엎드려 있는 게 수입니다."

하루가 멀다 하고 옥사가 벌어지는 중이었으므로 김성립도 그 말을 부인하지는 않았다.

"관직은 그렇다 치고 장가는 안 가나?"

그때 계옥이 다가와 김성립에게 아는 체를 했다.

"나리, 여기서 뵙습니다. 저를 기억하시는지요?"

김성립이 눈을 크게 뜨고 계옥을 바라보았다.

"이게 누군가! 내 눈이 틀리지 않았다면 자네는?"

"대번에 알아보시는군요. 역시 나리의 눈썰미는 조선 최고십니다."

그럴 때, 계옥은 이상하게 도도하면서 기품 있는 얼굴이 되었다. 결코 수다스럽고 넉살 좋은 저잣거리 주모가 아니었다.

"내 눈은 틀리는 법이 없지. 그래서 나를 '매의 눈'이라 하지 않던가. 그런데 자네가 이 집 주인이란 말인가? 조선 최고의 일패 기생이 저잣거리 주모가 됐다고! 명옥관 행수기생 현계옥이?"

계옥의 비밀이 밝혀지는 순간이었다. 허균은 어쩐지 그럴 것 같았다는 생각이 들었다. 사명당과 얽혔던 여인인 만큼 그만한 사연이 숨겨져 있었을 거라 생각했던 것이다. 계옥이 허균을 일별하며 솜털처럼 웃었다.

"어차피 저희는 시절을 좇아 사는 몸 아닙니까? 때에 따라 변신해야지요."

"청루주사 뜨락의 고고한 매화가 초가집 울 밑에 선 봉선화가 되었군그래."

"나리야말로 이런 누추한 곳을 다 찾으시고, 천지가 개벽할 일이옵니다."

"하도 이 주막이 장안의 화제라 들러본 것일세."

허균이 두 사람 하는 이야기를 듣다가 중간에 끼어들었다.

"형님, 이왕이면 '오늘의 요리'를 드셔보십시오. 삼품냉채가 준비되어 있사온데 제가 맛을 보증할 수 있습니다. 그 밖에도 여느 요릿집 못지않은 음식들이 즐비합니다."

"흐흠, 그럼 삼품냉채 하나 가져오고, 또 이 집에는 뭐가 유명한가?"

계옥이 대답했다.

"한정판으로 하루 다섯 개만 파는 돼지족요리가 있습니다."

"그럼 그것도 가져오게."

"알겠습니다, 나리. 도문대작은 양반 상놈 구분이 없는 식당입니다. 마음에 드시는 곳에 좌정하시면 그리로 가져다 드리겠습니다."

"형님, 그럼 즐기다 가십시오. 저는 친구들이 기다려 이만 물러가겠습니다."

허균이 물러나오는 것을 기다렸다가 응민이 한마디 했다.

"새장가 들더니 신수가 훤해졌군. 교산 자네는 속도 좋네. 저자에게 그렇듯 깍듯하게 굴 건 뭔가. 초희 누님이 세상을 뜬 게 저자 때문 아닌가."

그의 말을 받아 친구들이 한 마디씩 보탰다.

"허구한 날 술주정에, 여색에, 시어머니는 좀 모질었어?"

"그 에미에 그 자식이지."

허균이 깊은숨을 토해냈다.

"난들 저자가 이쁘기만 하겠는가? 저분도 불쌍한 분이야. 누이를 시기했지. 누이가 박색이라 구박당했다면 오히려 그러려니 했을 걸세. 지아비의 재주를 뛰어넘는 아녀자를 저자는 견디지 못했던 거지. 누님 죄야. 누님이 시절을 잘못 타고 태어난 죄야."

허균이 슬쩍 김성립 쪽을 건너다보았다. 김성립은 가희에게서 눈길을 떼지 못했다.

"가희를 보러 온 것이구먼. 그럼 그렇지." 응민이 혀를 찼다.

도문대작 요리사 가희가 천하절색이라는 소문은 도문대작의 음식 맛있다는 소문보다 더 빨리 퍼졌다. 호색한으로 유명한 김성립이 이 소문을 흘려들을 리 없었던 것이다.

김성립은 가희를 넋을 놓고 바라보다가 그녀가 허리춤에서 칼을 꺼내 드는 바람에 목이 뒤로 휙 빠지고 말았다. 부엌칼보다는 작고, 과도보다는 조금 큰 고기 칼이었다. 가희가 능숙한 솜씨로 돼지족을 해체하여 김성립 앞으로 내밀었다. 잘게 잘라진 고기에서 김이 올랐다.

"나리, 뜨거울 때 드십시오."

김성립이 돌아서는 가희를 급하게 잡았다.

"자네 이름이 뭔가?"

"김 요리사라 불러주십시오."

"이름 말이야, 이름이 뭔가? 이름이 있을 게 아닌가?"

가희가 대답을 머뭇거리자, 계옥이 다가와 너스레를 떨었다. 어느덧 계옥은 한 떨기 매화에서 주막집 봉선화로 돌아가 있었다.

"에이구 나리, 저희 같은 천것에게 이름이 다 무슨 소용입니까? 브섭에서 요리를 하니 그냥 요리사라 부르면 됩니다요. 맛있게 드시고 필요한 것이 있으면 쇤네를 부르십시오."

그때였다. 우경방이 도문대작으로 급하게 뛰어 들어왔다.

"교산, 교산 나 좀 보세!"

"왜 이제 오나? 안 그래도 자네가 안 보여 찾고 있었네. 무어 그리 급한 일이 있어 숨이 턱에 차게 뛰어다니나?"

우경방이 주변을 둘러보며 낮은 목소리로 속삭였다. 표정이 거의 울 듯했다.

"큰일 났다네."

“큰일?”

“강변칠우가!”

“강변칠우가 왜?”

친구들이 소리를 낮추어 물었다.

“관가에 잡혀가기라도 했나?”

“그게… 의금부에 끌려갔다네. 간밤에 금부도사가 관졸들과 함께 무륜당에 들이닥쳐 일곱 명 전부를 싸그리 잡아갔다네.”

무륜당은 남한강 변에 있는 강변칠우의 거주지였다.

“지금 자네 의금부라고 했나?”

허균, 김윤황, 현응민의 얼굴이 동시에 하얘졌다. 의금부에서 한갓 도적질로 그들을 끌고 갔을 리가 없었다. 필시 큰일이 터진 것이다.

허균은 허둥지둥 건천동 집으로 달려갔다.

* * *

허균은 사랑방 문갑을 열고 한 권의 서책을 꺼내 들었다. 책을 든 손이 사뭇 떨렸다. 잠깐 고민의 시간이 있었지만 실행에 옮기기로 했다. 허균은 부엌으로 달려가 아궁이를 휘저었다. 흰 재 사이로 빨간 불씨가 또렷하게 떠올랐다.

허균은 ‘홍길동전’ 겉장을 북 뜯어 아궁이 속에 던져 넣었다. 불길은 주저 없이 종이에 옮겨붙었다. '홍'자와 '전'자가 먼저 타서 사라졌고 곧 '길동'도 재로 변했다. 세상에 딱 하나 있는 홍길동전 원본이 한갓 연기로 화하고 있었다.

홍길동전은 세상에 나오자마자 큰 인기를 끌었다. 도성 내 양인들은 물론 지방 아녀자들까지 웃돈을 주고 그 책을 구하려 들었다. 하지만 저잣거리에 돌고 있는 홍길동전은 가난한 유생들이 소일거리로 작업한 필사본이었다. 허균이 홍길동전을 정식 출판하지 못한 것은 내용이 불온해서였다. 비록 허구이고 소설 속의 홍길동이 의적이라고는 하나 의적도 엄연한 도적이었다. 도적질은 법을 깔보는 짓이었고, 제도를 부정하는 짓이었다. 그런 읽을거리를 썼다는 자체가 대역죄에 해당했다.

허균은 다음 장도 부욱 뜯어냈다.

세종대왕께서 즉위하신 지 십오 년 되는 해, 홍화문 밖에 살던 한 재상이 불길 속으로 들어가고 있었다. 재주가 비상하여 한 말을 들으면 열 말을 알아듣고, 한번 보면 모르는 것이 없는 그의 아들도 불길 속으로 들어갔다.(*주: 홍길동전 완판본에서 인용. 민음사 刊)

옥사가 한번 발생하면 주변 사람을 회오리처럼 빨아들였다. 관련자 전원 추국. 이것이 옥사의 특징이었다. 선왕 대에 벌어졌던 기축옥사는 한 사람에서 시작되어 일천 명의 목숨을 앗았고, 최근에 벌어진 봉산옥사 때는 340명이 비명에 갔다.

서자로 태어나 도적으로 변신한 홍길동과 강변칠우와는 누가 봐도 판박이었다. 강변칠우에게 문제가 생길 경우, 홍길동전의 작자가 무사하리란 보장이 없었다.

아궁이에서 쏟아지는 불빛이 허균의 얼굴을 붉게 물들였다. 재가 되어가는 홍길동전을 바라보는 것도 적잖이 괴로웠지만, 그보다 강변칠우가 더 걱정이었다. 최악의 경우 국문까지 각오해야 했다. 죽음보다 가혹한 게 추국장의 고문이었다.

불의 열기가 미치기라도 한 듯 가슴 한쪽이 에여왔다. 허균에게는 여러 명의 서자 친구가 있었다. 그중에 박응서(朴應犀), 서양갑(徐羊甲), 심우영(沈友英), 이경준(李耕俊), 박치인(朴致仁), 박치의(朴致毅), 김평손(金平孫) 등 일곱 서자들은 남한강 변에 허름한 초가를 짓고 '무륜당(無倫堂)'이라 이름 붙인 뒤 세상으로부터 스스로를 유폐시켰다. 위진 남북조시대, 권력을 등지고 죽림에 모여 살았던 '죽림칠현'을 본 따 스스로를 '강변칠우(江邊七友)'라 칭했는데 허균은 자주 못 들여다보는 대신, 쌀이며 부식을 보내 그들의 생계를 도왔다.

그렇게 세상으로부터 동떨어진 삶을 살던 강변칠우가 행인의 주머니를 털고, 절간을 습격하는 등 도적질을 일삼고 있다는 소문이 들려왔다. 깜짝 놀란 허균은 그 길로 서양갑을 찾아갔다.

"자네들이 대체 무슨 짓을 하는지 알고 있나? 이 시대 최고의 지식인인 자네들이 도적질, 강도질이 웬 말이란 말인가. 당장 이 짓을 그만두게!"

간곡하게 부탁하는 허균을 향해 서양갑이 자조 어린 미소를 지었다.

"더 이상 기댈 것이 없는 나라네. 있는 자가 없는 자의 재물을 빼앗고, 권력자가 밥그릇을 지키기 위해 재주 있는 자를 내치는 세상, 공평이 실종된 세상에 더 이상 무슨 애정이 남아 있겠는가? 서자를 무시한 죄가 어떤 것인지, 이 세상에 똑똑히 보여줄 것일세."

"그래도 이건 아닐세."

"우리의 스승이신 손곡 이달 선생께서 뭐라 가르치셨나. 제대로 된 나라라면 사람 사이에 귀천이 없으며, 기회는 평등해야 하고, 과정은 공정해야 하며, 결과는 정의로워야 한다고 했네. 이런 게 지켜지는 게 제대로 된 나라일세. 나라의 근본이 삐뚤어졌는데 어찌하여 우리더러 그 길을 좇으라 하는가? 삐뚤어진 근본을 좇는다면 결국 우리도 어긋나는 길을 가게 될 것일세. 삐뚤어진 근본을 바로 잡는 것이 군자의 길일세. 우리는 도적질로서 사회에 교훈을 주기로 했네. 자네도 그런 의도로 홍길동전을 쓴 게 아닌가?"

허균은 뜨끔했다.

"혹시 자네들 홍길동전을 보고 이러는 것인가? 그것은 허구일세. 소설은 소설일 뿐이야. 허구와 현실을 혼동하면 아니 되네. 내가 홍길동전을 세상에 내놓은 것은 내 나름으로 부패한 사회에 생각할 거리를 던지기 위해서야. 그것을 모방하라고 쓴 게 아니란 말일세."

양갑이 천천히 고개를 저었다.

"염려 말게. 그저 우연이라고 해둠세. 우린 홍길동만큼 뛰어난 사람도 아니거니와 그를 따라할 재주도 없네. 우리 사는 세상은 최악이야. 그 책 내용보다 더하면 더했지 덜하지 않아. 사람 사이에는 귀천이 명확하며, 기회는 불공평하고, 과정은 정당하지 않으며, 결과는 정의로움과 거리가 멀지. 불의에 순응하는 것보다 더 큰 불의는 없으니 이 나라가 더 엉망이 되기 전에 뭐라도 해볼 생각으로 벌인 일일세."

양갑의 말이 틀린 말은 아니었다. 허균은 갈등했다. 강변칠우의 도적질을 그대로 두고 볼 수도, 말릴 수도 없는 상황이었다.

"홍길동을 모방한 것이든 아니든 그게 중요한 것 아니야. 자네들이 하는 일은 매우 위험한 일일세. 난 자네들이 마음을 바꾸어 먹기를 바라네."

허균은 그 말만 전한 채 무력하게 발길을 돌렸다.

* * *

"그래, 너희들은 조령이라는 곳에 간 적도 없고, 사람도 죽이지 않았으며, 은을 훔치지도 않았다는 것이지?"

이이첨의 추궁에 일곱 명 전원이 반발했다.

"그렇습니다. 소생들은 은 따위는 구경한 적도 없습니다. 심지어 사람을 죽이다니요! 우리는 그저 재미로 절간을 뒤져 쌀이나 훔치고, 지나가는 상인의 주머니를 털어 엽전 몇 푼을 빼앗았을 뿐입니다."

"그러면 이게 무엇이지? 너희들 근거지에서 나온 것이다."

이첨이 그들 눈앞에 은전을 내밀었다. 번쩍이는 은화 앞에서 강변칠우는 기함을 했다. 음모! 잘못 걸려든 것이다. 더러운 방식으로 죽게 될 거라는 불안이 강변칠우 전원에게 엄습했다.

일곱 서자가 앞다투어 외쳤다.

"모함입니다. 저희는 모르는 일입니다."

"모르는 일이라고? 너희들 중 누군가 이 은화를 문갑에 숨겨놓았다. 필시 조령을 넘는 은 상인에게서 훔친 것이렷다!"

"아닙니다. 사건이 일어나던 시각, 소생들은 무륜당에 모여 술을 마시고 있었습니다."

"그것을 누가 증명해 주지? 증명해 줄 사람을 데려오너라."

증인을 데려오라니! 사람들의 눈을 피해 한적한 남한강 변에 자리 잡은 그들이었다. 현장 부재를 증명해 줄 사람이 있을 리 없었다.

이이첨이 그들 일곱 명을 각각 다른 방에 넣어 서로 간 대화를 나누지 못하도록 했다. 그런 뒤 박응서만 따로 방으로 데려왔다.

"고개를 들라."

박응서는 고개를 들었다. 이이첨의 악명은 익히 들어 알고 있었지만, 그와 마주하기는 처음이었다. 눈썹 숱이 많고 콧구멍이 넓을 뿐 어디서나 볼 수 있는 평범한 얼굴이었다.

"아버지 존함을 대라!"

박응서는 입을 열지 않았다.

이이첨이 반복해서 다그쳤다.

"아버지가 없나?"

이이첨이, 두령인 서양갑이나 사명대사의 제자인 박치인 대신 박응서를 점찍은 데는 그만한 이유가 있었다. 일곱 서자들 모두 내로라하는 대간 댁 서자였지만, 박응서는 영의정 박순(朴淳)의 아들이었다. 박순은 훈구파가 득세하던 조선에 사림의 시대를 불러온 인물로 성균관 대사성, 이조판서 등을 거쳐 내리 14년간 정승에 제수되었다. 영의정만 7년째였다. 박순은 됨됨이나 청렴함에 있어 흠잡을 데가 없었을 뿐만 아니라 당파에 휘둘리지 않고 묵묵히 왕을 보필하여 역대 최고의 정승으로 숭앙받고 있었다.

이이첨이 혀를 찼다.

"영상대감께서 도둑놈의 자식을 키우고 있었군. 자식 건사 하나 못하는 위인이 무슨 정사를 펼친다고. 쯧쯧."

이이첨이 생부를 모욕하자 박응서가 예민하게 반응했다.

"영상대감께선 아무런 잘못도 없습니다. 저는 이제까지 한 번도 그분을 아버지라 여기지 않았으며, 아버지라 부른 적도 없습니다. 영상대감도 저 같은 못난 자식, 없는 셈 치고 사신 지 오래십니다."

"그런가? 네 말을 믿겠다. 생각해 보니 영상대감은 서자를 좋아하지 않으셨지. 선대왕의 적자이신 영창대군에 대한 충성심이 금상에 대한 충심을 넘어섰어."

이이첨이 영창대군과 박순 대감을 한데 엮는 것이, 아무래도 분위기가 이상하게 돌아가고 있었다.

"대체 무슨 이야기를 하려고 그러시는 것입니까?"

"청렴하신 영상대감께서 왜 갑자기 은을 필요로 하게 되셨을까 생각해 보았을 뿐이네. 군사를 모을 생각이 아니었을까? 영창대군을 왕으로 옹립하기 위한 군사 말일세."

"이보십시오, 대감. 지금 이 사건을 역모로 몰고 가고자 하는 것입니까? 우리는 좀도둑입니다. 세상이 다 아는 못난이 좀도둑이란 말입니다. 사람을 죽이지도 않았고, 은도 훔치지 않았습니다. 역모 따위를 꿈꿀 위인들은 더더군다나 못 됩니다."

박응서는 이이첨의 말을 격렬하게 부정했다.

"거짓말하지 말게. 자네들은 적서철폐에 대한 상소가 받아들여지지 않자 남한강 변에 괴수 소굴을 만들어놓고 나라를 뒤엎을 공모를 했네. 그리고 영상대감에게 접근하여 역모를 부추겼지. 조령을 넘는 상인을 털어 군대 조성 명목으로 은 10만 냥을 갖다 바친

게 이 사건의 전말일세."

강변칠우가 역모를 꾀한 것도 모자라 10만 냥의 은을 영상에게 가져다 바쳤다는 말에 박응서는 눈이 뒤집혔다.

"대감께서 정녕 미치지 않았다면 어찌 그런 상상을 할 수 있습니까?"

"곧 추국청이 꾸려질 것이야. 사실은 그때 가서 밝힘세."

"추국청이라고요?"

박응서가 울부짖었다.

"대감, 대감께서는 대체 저한테 왜 이러시는 것입니까?"

추국청이 어떤 곳인가. 짓지 않은 죄조차 지었다고 발설하게 하며, 모르는 사람도 역적이라 고변하게 하는 곳이 아닌가. 대부분은 혹독한 고문을 이기지 못해 추국 중에 절명하고 말았다.

이이첨이 박응서의 귀에 대고 속삭였다.

"영상대감을 살리고 싶나? 그렇다면 내가 시키는 대로 하게. 영상에게 손끝 하나 대지 않겠네. 물론 자네 목숨도 살려줌세. 역적을 맨 처음 고변한 자는 목숨을 살려준다는 묵계가 의금부에 있다네. 멀리 도망가서 살 수 있도록 내 은화도 두둑하게 챙겨줌세."

박응서의 눈동자가 심하게 진동하는 것을 이이첨은 놓치지 않았다.

"자, 좀 전의 각본이 마음에 안 든다면 사건을 다시 꾸며보세. 잘 듣게. 강변칠우는 서얼허통의 상소가 받아들여지지 않자 이에 불만을 품고 나라를 엎어버릴 모의를 해…"

박응서가 몸부림쳤다.

"아니오!"

"끝까지 들어봐! 그 방편으로 조령에서 은 상인을 철퇴로 살해하여 연흥부원군 김제남에게 군자금을 마련해 주지."

이번에는 이이첨이 영상 대신 대비의 부친을 끌어들이고 있었다. 박응서는 절규했다.

"제발!"

"…김제남은 10월 초이틀, 명나라 황제의 칙서가 도착하기 전, 금상을 끌어내고 새 왕을 옹립할 계획을 꾸미고 있었거든. 새 왕이 될 자는 김제남의 외손자인 영창대군이지."

이이첨은 자신이 만든 각본이 너무 그럴싸해서 이런 일이 정말 있었던 게 아닐까 생각되기까지 했다.

"어때, 아까 각본보다는 마음에 드나?"

박응서의 눈에서 주르륵 눈물이 흘러내렸다. 이이첨이 다그쳤다.

"어서 대답해야지. 미우나 고우나 아버지 아닌가. 박순 대감은 14년 연속 정승이라는 조선 최고의 기록을 세우신 분이네. 그 전에도 그 후에도 이런 기록은 없어. 그런 아버지를 하루아침에 역적으로 몰아 저잣거리에서 능지처사시키고 싶은 것은 아니겠지? 모두가 우러르던 영상대감의 머리가 창끝에 꿰여 육조거리에 달리면 볼만할 거야."

박응서는 대답 없이 눈물만 흘렸다.

* * *

"사건은 잘 해결되어 가고 있소? 이제 스무여드레 남았구려."

왕은 적잖이 초조한 모습이었다. 입술이 바싹 말라 있었다.

"전하, 감축드리옵니다. 잃어버린 은을 곧 찾을 것 같사옵니다. 은은 생각보다 가까운 데 있었사옵니다."

이이첨이 밝은 목소리로 아뢰었으나 광해는 그 말이 반갑기보다 의아했다.

"가까운 데라니 그게 어디요?"

"추국청이 열리면 아시게 될 것이옵니다."

광해는 추국청이라는 말에 미간을 확 찌푸렸다.

"또 옥사요? 옥사라면 이미 충분하오. 은이 있는 곳이나 말해보시오."

"아뢰옵기 황공하오나 신의 역량이 부족하여 꼬리만 잡은 상태이옵니다. 몸통은 국문을 통해 밝혀내심이 가한 줄 아뢰옵니다."

"결국 은의 행방을 모른다는 이야기 아니오?"

"아뢰옵기 황공하오나 조령 살인사건의 범인을 잡은 것은 사실이옵니다. 그러나 그들은 꼬리였고 배후는 따로 있다는 것을 알게 됐사옵니다. 몸통을 잡을 수 있도록 윤허하여 주시옵소서."

"몸통이라고 했소? 자세히 말해보시오."

"아뢰옵기 황공하오나 지금까지 밝혀진 것은 국록을 먹는 중앙 관리들의 일곱 서자들이 조령에서 내수사 무관을 살해하고 은을 탈취했다는 사실 뿐이옵니다."

잘못 들었다는 듯 광해가 상체를 앞으로 기울였다.

"지금 중앙 관리라고 했소?"

"그러하옵니다. 이것이 명단이옵니다."

광해는 이이첨이 내민 명단을 죽 살펴보았다. 내로라하는 고관 대작의 서자들 이름이 빼곡하게 적혀 있었다. 그중 영의정 박순의 아들, 박응서의 이름이 들어가 있는 것을 발견하고 문서를 접었다.

"경의 수고를 모르는 바는 아니나 잦은 국문은 자칫 국맥을 손상시킬 수 있소. 민심을 고려하여 일을 풀어나가도록 하시오."

이첨은 왕이 박순 대감을 이 일에 끌어들이고 싶어 하지 않음을 바로 눈치챘다. 박순은 선대왕의 신하인 데다 조정 내에 거의 적이 없을 정도로 성정이 유하고 공평한 사람이었다. 그런 사람을 건드리면 여론이 급격하게 나빠진다는 것을 이첨도 알고 있었다.

"전하, 결코 영상대감에게 해가 가지 않도록 할 것이옵니다. 옥사는 이번이 마지막이옵니다. 이번 사건만 해결하면 더 이상의 국문은 없사옵니다. 현 조선 정국에서 은을 찾는 일만큼 다급한 사안은 없음이옵니다."

광해는 질끈 눈을 감았다. 은을 찾아야 한다는 현실적 자각이 전신을 덮쳤다.

"국문 말고는 정녕 방법이 없는 것이오?"

"전하, 명나라에서 고명만 내려오면 앞으로 국문은 없을 것이옵니다. 종묘사직의 안위가 은을 찾는 데 달려있음을 헤아려주시옵소서." 이첨은 거듭 간청했다.

"확실하오? 추국청을 열면 은을 찾을 수 있소?"

"신, 반드시 은을 찾아 편전에 대령하겠나이다."

광해는 긴 숨을 내쉬었다. 그 숨을 따라 목숨이 빠져나가는 것 같았다.

"알겠소, 추국청을 허하겠소."

추국청을 허락한 왕의 표정은 마지막 판돈을 다 건 노름꾼을 연상시켰다.

"성은이 망극하나이다."

이첨이 깊이 절을 했다.

3. 일곱 서자의 옥사

허균이 사명대사와의 약조대로 육부전거리 지물포를 찾아간 것은 광해 5년(1613) 정월 초하룻날이었다. 사명대사로부터 서찰을 전해 받은 지 30년 세월이 지나 있었다.

"게 아무도 없소? 이리 오너라!"

여러 번 소리쳐 부르자 중년의 아낙이 점포 안쪽에서 나왔다. 눈가 주름이 깊고 어깨에 살이 많이 붙었지만, 이목구비가 가지런하고 피부가 고운 것이 한때 미인 소리깨나 들었을 얼굴이었다.

"어서 오십시오, 손님. 어떤 종이를 찾으십니까?"

허균은 바로 본론으로 들어갔다.

"종이를 사러 온 게 아니오. 사명대사님을 아시지요? 대사님의 심부름을 왔소."

사명대사라는 말에 주인 여자가 화들짝 놀랐다.

"유정 스님 말씀입니까? 대사님은 지금 어디에 계십니까?"

"입적하신 지 4년가량 되었소."

그녀가 고개를 끄덕이며 한숨을 쉬었다.

"그예 떠나셨구만요."

"선왕께서 훙서(薨逝, 왕의 죽음을 이르는 말) 하시면서 세자를 지켜달라고 당부하셨으나 병을 얻어 이루지 못하고 가야산에서 입적하였소."

그녀가 행주치마로 눈물을 찍어냈다. 허균이 품에서 서찰을 꺼내 건넸다.

"오래전에 내게 이것을 주시며 때가 되면 전해드리라고 했소."

서찰을 펼쳐든 그녀가 의아한 표정을 지었다.

"이것은 우리 지전을 가리키는 약도가 아닙니까?"

"그렇소. 이유는 나도 모르겠소. 단지 이것만 전해드리라고 했소. 사명대사님은 내 허봉 형님과는 막역지우셨소."

허봉이라는 이름에 여자가 매우 놀라워하며 물었다.

"하곡 허봉 나리 말씀이십니까?"

"형님을 아시오?"

"그러믄요. 대사님의 둘도 없는 친구셨는걸요. 재주가 많으신 분이셨는데 너무 일찍 돌아가셨지요. 허봉 형님께 이토록 나이 차가 많이 나는 아우님이 계신 줄 미처 몰랐습니다."

형님 이야기가 나오자 허균의 눈가가 촉촉이 젖어 들었다.

"형님은 임진왜란이 터지기 이태 전에 병으로 세상을 뜨셨소. 생전의 형님을 기억하는 분을 만나 뵈니 형님을 뵈온 듯 반갑기 그지없소이다."

"그런데 대사님은 왜 내게 이 서찰을 전하라 하셨을까요?"

그녀가 잠시 생각하는 듯하더니 무릎을 쳤다.

"이 서찰을 읽는 법이 따로 있습니다. 대사님께서 제게 비밀 편지를 쓸 때 사용하시던 방법이죠. 이리로 오시지요."

주인 여자가 쪽문을 열어 허균을 내당으로 안내했다. 그녀를 따라 들어서고 보니 생각보다 집이 넓었다. 안채와 사랑채는 그대로 사용하고 행랑채를 개조하여 지물포로 꾸민 듯했다.

두 사람은 중정을 지나 부엌으로 들어섰다. 그녀가 부엌 아궁이에 대고 서찰을 비추자 신기하게도 진홍색 글자가 하나둘 드러나기 시작했다. 그녀가 그것을 천천히 읽었다.

"계옥, 이 서찰을 가져가는 선비에게 요리사를 구해 달라고 하시오. 지전을 헐고 그의 도움으로 주막을 차리시오. 선비님은 장차 큰일을 할 분이라오."

주인 여자가 놀란 눈으로 허균을 바라보았다.

"아니, 이 무슨 날벼락 같은 말씀이란 말입니까? 어렵게 차린 지전을 엎고 주막집을 차리라니요. 내가 지전을 차리려고 돈을 얼마나 썼는데…."

"놀라기는 주인장보다 내가 더 놀랐소. 입적하신 분을 쫓아가 따질 수도 없고, 내 참."

허균은 도무지 어떻게 된 영문인지 알 수가 없었다. '내가 큰일을 한다니. 설마 나라라도 구한단 말인가?'

강변칠우가 잡혀간 뒤로 4인방의 술자리가 대청에서 사랑방으로 옮겨졌다. 네 사람이 함께 있는 것이 사람들 눈에 띄어 좋을 것이 없었다.

"강변칠우는 아직 아무 소식 없는가?"

"별일 없어야 할 텐데…."

잡혀간 친구들 때문에 4인방은 마음이 편치 않았다.

"설마 국문까지 가기야 하겠어?"

현응민의 말에 김윤황이 마른 얼굴을 쓸었다.

"그런 일이 있어선 안 되지. 봉산옥사 끝난 지 얼마 되었다고 또 옥사인가?"

"이이첨이 의금부 판사를 맡은 뒤로 까딱 하면 옥사가 벌어지고 있네. 오늘은 무슨 일을 벌일까, 내일은 또 무슨 일을 벌일까 백성들 걱정이 이만저만이 아니네."

"그러게나 말일세. 무슨 건덕지만 있다 하면 역모입네, 하고 붙잡아 가니…."

"이거 우리한테까지 화가 미치는 거 아닐까 모르겠네. 교산, 자네는 강변칠우에게 쌀이며 부식을 대주지 않았나? 강변칠우가 자네나 우리 이름을 대는 게 아닐까 걱정이구먼." 우경방이 우려를 토로했다.

"고변이 아니라도 자네가 홍길동전의 작자인 게 들통나면 빼도 박도 못할 것이네." 현응민이 거들었다.

"내 금오에 끌려가도 자네들 이름은 대지 않겠네. 허허."

허균의 말에 윤황이 벌컥 역정을 냈다.

"이 친구가 농담할 때인가?"

"사실은 어제 저녁 홍길동전 원본을 불태웠네."

"그랬구먼, 아깝지만 잘했네."

윤황이 허균의 어깨를 토닥였다.

"강변칠우에게는 별일 없을 것이야. 그래도 당분간 모임을 자제하세나."

"그러세."

"자, 오늘은 그만 일어나세. 집으로 유생들이 찾아올 시간이라네."

허균이 먼저 일어서자 나머지 사람들도 따라 일어났다. 그렇게 네 사람은 다시 만날 기약도 없이 흩어졌다.

* * *

"오늘은 손곡 이달 선생의 시를 감상하는 시간으로 갖겠다."

허균 앞에 열 지어 앉은 유생들은 모두 내로라하는 고관 댁 자제들이었다. 장안의 벼슬아치들은 당대 최고의 문사인 허균을 자기 자식의 선생으로 두고 싶어 했다. 허균은 제자를 서너 명밖에 받지 않았기 때문에 여기에 드는 것은 대단한 영광이었다.

조선 최고의 문인 앞에 나앉은 유생들의 표정은 사뭇 진지했다. 손곡 강론은 허균의 시문학 강의 때 빠지지 않는 과목이었다.

"나의 첫 스승이신 손곡 이달 선생은 문선, 태백, 성당십이가를 한 자리에서 전부 욀 정도로 한시의 대가셨다. 그중에서도 당시(唐詩)는 조선에서 따라올 자가 없었는데 명나라 사신 '주지번'은 마치 이태백이 살아 돌아온 것 같다고 칭송했느니라."

"스승님의 첫 스승님이라면 언제 적 말씀입니까?"

윤선도가 물었다. 선도는 예빈시부정(禮賓寺副正) 윤유심의 아들이었다.

"내 나이 5세 때니라. 나의 허봉 형님은 당신의 벗인 손곡 선생에게 어린 나를 맡기어 일찌감치 글을 가르치도록 하셨다. 손곡 선생은 내게 시의 묘체를 깨닫게 해주셨을 뿐만 아니라 세상 보는 법을 일러 주셨다. 내게 약간의 재주가 있다면 전적으로 스승님의 가르침 덕분이라고 할 수 있다. 지금부터 손곡 선생의 시를 읊을 테니 감상을 한 사람씩 말하도록 하라. 제목은 '예맥요(刈麥謠) 보리를 베며'라는 뜻이다."

세 명의 제자 앞에서 허균은 손곡의 시를 외었다. 허균은 손곡의 시 상당수를 암송하고 있었다. 손곡 사후에 허균이 펴낸 '손곡집'은 허균 자신이 암기하고 있던 것을 바탕으로 한 것이었다.

농가의 젊은 아낙네 저녁거리 떨어져서 (田家少婦無夜食)
비 맞으며 보리 베어 숲속 길 지나오네 (雨中刈麥林中歸)
생나무의 습기 짙어 불길은 일지 않고 (生薪帶濕煙不起)
문가에 선 어린애들 옷자락 잡아당기며 울어 젖히네 (入門兒子啼牽衣)

(손곡 이달 '예맥요')

"자, 너희들은 이 시를 어떻게 읽었느냐?"

한 제자가 나서서 대답했다.

"농민의 어려운 삶을 묘사하였습니다. 아이의 배고픔을 해결해 주지 못하는 어미의 처연한 슬픔이 가슴 깊이 와닿습니다."

"잘 보았다. 다르게 본 사람은 없느냐?"

아무도 대답하지 않자, 허균이 다시 물었다.

"손곡 선생의 시를 비판할 사람이 아무도 없느냐?"

윤선도가 입을 열었다.

"제가 알기로 손곡 선생은 뛰어난 학식을 갖추었음에도 불구하고 서자라는 한계로 인해 관직에 등용되지 못한 줄 아옵니다. 이 시는 얼핏 보면 목가풍의 당시(唐詩)지만 그 안에는 현실 비판적인 시각이 숨어 있습니다. 제가 보기에는 위정자들에게 책임을 묻고 있는 것 같습니다."

"날카롭구나. 계속해 보거라."

"손곡 선생이 당시를 고수하는 것은 당시의 예술성에 매료된 것도 있지만 현실 문제를 직설적으로 말하지 않기 위한 것이기도 합니다. 저는 손곡 선생이 현실 문제에 당시라는 옷을 덧입혀 에둘러 말하기보다는 비판할 것을 똑바로 비판하는 당당함을 갖추어야 한다고 생각합니다."

감히 손곡을 비판하고 나선 윤선도를 보고 허균은 속으로 놀랐다. '제법 똑똑한걸. 아비를 뛰어넘겠어.' 하지만 겉으로는 짐짓 나무라는 형식을 취했다.

"고려 말 포은 정몽주 선생께서 태조에 맞서 고려 왕조에 대한 절개를 시로써 나타냈다가 비명에 간 사건을 기억하느냐? 너라면 죽음을 무릅쓰고 의를 좇을 수 있겠느냐? 그렇게 빨리 가는 게 옳으냐, 오래 살아 후세에 길이 남을 명작을 쓰는 게 옳으냐?"

윤선도는 눈썹 하나 흐트러뜨리지 않고 또박또박 대답했다.

"외람되오나 스승님, 사람은 한 번 죽습니다. 일생에 한 편의 시면 족합니다. 감히 장담하온데 포은 정몽주는 자신의 시와 함께 후대에 길이 기억될 것이지만, 손곡 이달은 빠르게 잊힐 것이옵니다."

정몽주는 기억될 것이지만 손곡은 잊힌다? 허균은 윤선도의 패기에 다시 한번 놀랐다. 내친김에 그를 조금 더 시험하고 싶어 제자를 궁지에 몰았다.

"그럼 다시 묻겠다. 시인으로서 후대에 길이 남는 것이 중요하겠느냐, 자신의 시 세계를 완성하는 것이 중요하겠느냐?"

"공자는 논어에서 '남이 나를 알아주지 않아도 노여워하지 않으며, 남이 나를 알아주지 않음을 걱정하지 않는다'고 하였습니다. 이 말을 강조하신 분이 스승님이옵니다. 후대에 길이 남는 것은 시인의 몫이 아니라 후대의 몫이 아니옵니까? 포은과 손곡 중에 자신에게 충실한 사람은 포은이옵니다. 목가풍 시로서 본심을 위장한 손곡은 시인으로서도 개혁가로서도 실패했다고 생각합니다."

윤선도의 말은 구구절절 옳았다. 한 사람에 대한 온전한 평가는 후손에게 맡겨야 할 것이었다. 당장 남이 알아주지 않다고 해서 노여워한다면 그야말로 그의 한계를 드러내는 꼴이었다. 당대의 평가에 일희일비하지 않고 올곧게 자기의 길을 갈 것! 예술가가 최우선으로 갖추어야 할 덕목이었다.

하지만 허균은 윤선도의 기가 너무 살 것을 우려해 일침을 놓았다.

"시가 현실에 복무하기 시작하면 시 본연의 아름다움을 잃어버리게 된다. 비판보다 앞서는 게 깨달음이니라. 현실의 자각 없이 어찌 비판이 가능하단 말이냐. 너희는 태생이 양반이어서 글공부의 기회가 있었고, 세상 보는 눈도 갖게 되었다. 하지만 백성의 사정은 다르다. 저 서역 너머에 소생구(甦生口)라고 하는 감옥이 있었느니라. 그곳에 갇혀 있던 자가 열 자나 되는 벽에 구멍을 내어 탈출에 성공하니 중국에까지 소문이 났다. 백성이 자기를 둘러싼 세계를 벗어난다는 것은 그와 같다. 그 벽을 밖에서 부수어주는 게 시인이다. 시인의 일은 관료의 일과 다르다는 것을 명심하여라. 자, 오늘 수업은 여기서 마치겠다. 다음 시간에는 시경 대아 생민 지습(生民之什) 강론에 들어가겠다."

* * *

계축년 9월 5일. 이이첨의 뜻대로 창덕궁 선정전 마당에 추국 청이 차려졌다. 좌우에 형리가 도열한 가운데 7명의 서자 박응서, 서양갑, 심우영, 이경준, 박치인, 박치의, 김평손이 차례대로 끌려 나왔다. 모든 준비가 끝나자 왕이 등장했다.

박치의는 왕의 얼굴을 처음 보았다. 어둠이 상당 부분 은폐하고 있었지만, 횃불에 반사된 왕의 얼굴은 몹시 차가웠고 딱딱하게 굳어 있었다. 왠지 모르게 수심이 깊은 듯했다.

추관을 맡은 이이첨이 죄인들을 향해 큰소리로 고지했다.

"너희는 너희들이 지은 죄를 알렷다? 가장 먼저 죄를 자백하는 자는 용서를 받고 풀려날 것이오, 끝까지 죄를 부인하는 자는 가차 없이 국문에 처해질 것이다. 자, 누가 먼저 자백하겠느냐?"

물을 끼얹은 듯 장내가 조용한 가운데 박응서가 나섰다.

"소생이 모든 것을 말씀드리겠습니다."

모두의 눈길이 박응서를 향했다. 이이첨이 회심의 미소를 지었다. 박응서가 무겁게 입을 뗐다.

"저희는 조령에서 철퇴로 은 상인을 살해하고 은 10만 냥을 빼앗았습니다. 저희가 은 상인을 살해한 것은 역모 자금을 구하기 위함이었습니다. 강도질한 은은 전부 연흥부원군 김제남에게 넘겼습니다."

박응서의 때아닌 고변에 심우영, 박치인, 서양갑 등이 고함을 지르며 한목소리로 그의 말을 부정했다. 그러나 누구보다 놀란 것은 왕이었다. 대비의 부친 이름이 등장했기 때문이었다. 박응서를 향해 추상같은 불호령이 떨어졌다.

"그 말이 사실이더냐?"

"아닙니다, 박응서가 거짓을 고하고 있습니다. 그런 일은 꾸미지도, 일어나지도 않았습니다."

강변칠우들이 아우성을 쳤다. 그들의 소란을 뒤로하고 이이첨이 박응서에게 다가갔다.

"김제남이 왕으로 옹위하고자 한 자가 누구더냐?"

"영창대군입니다."

영창의 이름이 거론되는 순간 왕의 눈썹이 격하게 꿈틀거렸다. 이이첨의 목소리가 한층 날카로워졌다.

"그 말이 사실이렷다?"

"사실이옵니다. 연흥부원군이 말하기를, 성상께옵서 보위를 이어받은 것은 도리에 맞지 않으므로 폐위시키고 선왕의 적자인 영창대군을 왕으로 옹위해야 한다고 했습니다.”

박응서는 시키는 대로 잘하고 있었다. 이첨이 힐끗 왕을 쳐다 보았다. 입을 꾹 다문 것이, 혼신의 힘을 다해 분노를 억누르는 게 눈에 보였다. 하지만 왕은 앞으로 나서지는 않았다.

추관을 맡은 이첨이 심문을 계속했다.

“김제남 외에 가담한 자가 누구더냐?”

“모든 것이 비밀리에 진행되어 소생은 알지 못합니다. 김제남에게 물어보소서.”

박응서의 대답에 이첨은 다음 질문으로 넘어갔다.

“연흥부원군에게 넘긴 재물의 가치가 얼마나 되었더냐?”

“은 10만 냥 전부이옵니다.”

“응서, 왜 거짓말을 하는 겐가?” 서양갑이 소리쳤다.

이첨이 눈짓을 하자 형리가 신장으로 서양갑을 내리쳤다. 양갑이 비명을 질렀다.

이첨이 박응서에게 다시 물었다.

“그 말에 추호의 거짓도 없으렷다?”

“어느 안전이라고 거짓을 아뢰겠사옵니까. 조령에서 탈취한 은 10만 냥은 역모 자금이 확실합니다.”

이이첨이 나머지 6인에게 소리쳤다.

“자, 이래도 너희의 죄를 부정하겠느냐?”

서양갑이 울부짖으며 호소했다.

"저희는 결단코 모르는 일이옵니다. 박응서가 살기 위해 거짓을 아뢰고 있음이옵니다."

이첨이 회심의 미소를 지었다.

"너희들 말이 거짓인지 아닌지 알아내는 방법이 있다. 장형을 시행한다. 저들에게 곤장 30대를 쳐라!"

이첨의 명에 따라 형리들이 6인을 각기 형틀에 묶었다. 한 대요, 두 대요, 세 대요… 총 30대의 곤장이 떨어지는 동안 죄인들은 어금니를 물고 얼굴을 찡그리며 매를 견뎠다. 살이 터지고 피가 흘렀다. 30대의 태형이 끝나도 아무도 입을 열지 않자 다시 30대가 가해졌다. 그때까지도 입을 여는 자가 없었다. 왕은 월대 위에 앉아 이 모든 과정을 말없이 지켜보았다.

이첨이 죄인들에게 물었다.

"30대를 더 맞겠느냐, 이즈음에서 자복하겠느냐?"

아무도 대답하지 않았다. 이첨이 곤장 30대를 더 때리도록 지시했다. 비명소리가 담장을 넘었다. 매가 80대를 넘어서자 이첨이 형을 중단시켰다. 자복하기도 전에 숨이 끊기는 일이 있어선 안 되기 때문이었다.

"멈추어라. 압슬을 견디는 이가 있다면 내 너희들의 결백을 믿어주겠다. 형틀을 대령하라!"

이첨의 지시가 떨어지자 금부도사가 큰소리로 외쳤다.

"멍석을 깔아라!"

죽음과도 같은 명령이었다. 압슬은 아버지도 역적이라고 토설할 만큼 고통이 대단했다.

멍석이 깔리고, 깨진 기왓장이 흩뿌려졌다. 6인의 죄인들은 그 위에 강제로 무릎 꿇려졌다. 죄인들의 무릎 위로 널빤지가 올라갔다. 널빤지 위로 장정 두 사람이 올라서는 순간 비명이 허공을 찢었다. 죄인들의 정강이에서 피가 뿜어져 나왔다. 다시 두 사람이 더 널빤지 위로 올라섰다. 이들의 몸에서 빠져나간 피가 멍석을 붉게 물들였다. 여섯 사람이 올라가도록 누구도 입을 열지 않자, 이첨이 다른 지시를 내렸다.

"그자들을 대령하라."

편전 앞마당에 아낙 한 명과 청년이 내던져졌다. 이미 태질을 당한 듯 반은 정신이 나가 있었다. 서양갑이 알아보고 소리쳤다.

"어머니!"

끌려온 자들은 서양갑의 모친과 동생이었다.

이첨이 형리에게 명령했다.

"저들에게도 압슬형을 시행하라."

서양갑이 보는 앞에서 그의 어머니와 동생은 피부가 찢기고, 뼈가 뜯기고, 피가 튀는 고문을 당했다. 두 사람은 초장에 혼절하여 비명조차 지르지 못했다.

형리가 혼절한 두 사람에게 물을 뿌렸다. 그래도 정신을 차리지 않자 다가가 몸을 들추었다. 형리가 보고했다.

"사망했습니다."

왕이 두 사람의 주검 앞에서 낮게 선포했다.

"오늘 국문은 이만하겠다!"

그때였다. 거듭되는 장형과 압슬 앞에서도 꼿꼿하게 입을 다물고 있던 서양갑이 크게 외쳤다.

"말하겠소, 다 말하겠소!"

추국장의 눈이 일제히 서양갑을 주시했다.

"강변칠우가 영창대군을 왕으로 추대하려 했던 것과 은 상인에게서 탈취한 은 10만 냥을 김제남에게 역모자금으로 전달한 것은 다 사실이오. 그 외에도 또 있소!"

그는 조선의 무관을 여럿 끌어다 대며 대단위 역모가 있었음을 자백했다.

"그 말이 사실이렸다!"

왕의 눈에서 불꽃이 튀었다.

그 즉시 군졸들이 김제남의 집을 덮쳤다. 세 아들과 열 명의 무관들이 잡혀왔다. 김제남은 연로한 몸이어서 세 아들만 끌려왔다. 무관들은 처음에는 범행 사실을 부인했지만, 압슬형에 이르러서는 더 이상 견디지 못하고 김제남이 시킨 짓이라고 자백했다. 김제남의 세 아들은 은의 행방에 대해 전혀 모른다고 했다가 곤장 맛을 보자 이 산, 저 산 마구 갖다 붙였다.

이이첨은 그들이 말하는 곳으로 군사를 파견했다. 그러나 100

명의 군사가 아무리 파헤쳐도 은은커녕 놋수저 하나 나오지 않았다. 이이첨은 군사를 더 풀어 김제남의 집을 뒤지도록 했다.

*　*　*

이튿날 새벽인 계축년 9월 6일. 대비가 선정전을 찾았다. 선정전 마당은 비가 온 듯 물이 흥건했다. 여기저기 흩뿌려진 핏자국을 지우기 위해 들이부어진 물이었다.

밤새 울었는지 대비의 얼굴이 퉁퉁 부어 있었다. 대비는 조선에서 왕의 유일한 웃전이었다. 대비는 왕 앞에 나오자 위엄을 지켜야 한다는 사실도 잊고 눈물부터 주룩 흘렸다. 대비에겐 살 만큼 산 아버지나, 누이를 등에 업고 온갖 권세를 누려온 오라비는 두 번째였다. 어린 아들을 살리는 일이 급했다.

"주상, 내가 잘못했소. 내가 어린 나이에 궐로 시집와 사리 분별을 못하여 영창에게 세자 옷을 지어 입혔소. 그 모습이 깜찍하여 그것을 즐긴 것이지 결코 주상의 자리를 넘본 것이 아니오. 주상, 내 이렇게 부탁하오. 영창의 나이 겨우 여덟 살이오. 아직 어미의 보살핌이 필요한 나이라오. 친정아버지와 오라비는 죄인이니 벌을 받아 마땅하다 하겠소. 하지만 영창은 아무것도 모르는 어린아이 아니오? 제발 영창을 용서하여 주시오."

추국청에 불려 오진 않았지만, 영창대군은 역모의 핵이라는 점에서 위리안치가 결정되었다. 위리안치는 유배형 가운데서도 가장 강력한 벌이었다. 삼엄한 감시는 기본이요, 집 둘레에 탱자나무를 심어 집 밖으로 한 발짝도 내디딜 수 없도록 했다. 자유로운 세상을 눈앞에 두고도 그것을 누릴 수 없다는 점에서 위리안치는 감옥살이보다 더한 형벌이었다.

한창 뛰어놀 여덟 살 어린 것이 위리안치에 처해질 생각을 하니 대비는 눈물이 앞을 가렸다. 아니었다, 아니었다. 대비가 진짜 두려워한 것은 그게 아니었다. 대비는 영월 창령포에 위리안치되었다가 사사 당한 노산군과 강화 교동에 위리안치되었다가 죽임을 당한 임해군의 사례를 익히 알고 있었다. 위리안치는 왕족을 소리 소문 없이 죽이기 위한 과정일 뿐이었다. 영창은 죽게 될 것이었다.

"주상, 내가 이렇게 빌겠소. 제발 살제의 죄업을 짓지 마시오."

광해는 자기보다 9살이나 어린 모친이 자신 앞에 엎드려 비는 것을 냉담한 표정으로 바라보았다. 광해는 돌쟁이 영창이 세자 옷을 입고 아장아장 궐 안을 활보하던 모습을 똑똑히 기억하고 있었다. 선왕이 영원히 살 줄 알았던가. 적어도 영창이 왕위를 이어받을 때까지는 살아 있어 줄 것이라 믿었던가?

"어마마마, 소자도 어린 영창이 외딴섬에 홀로 갇혀 있을 생각을 하면 가슴이 미어지옵니다. 하지만 영창대군에 대한 처분은 소자 맘대로 할 수 있는 것이 아닙니다. 이 모든 것이 국법에 따른 것이오니 냉정을 되찾으시옵소서."

그 한마디에 대비는 무너졌다. 광해가 결코 마음을 바꾸지 않을 것을 알았기 때문이었다.

광해가 밖에 대고 일렀다.

"게 누구 없느냐, 어마마마를 대비전으로 모시어라."

광해는 짐짓 친절한 얼굴로 대비에게 당부했다.

"명일은 이어(궁궐을 옮김) 날이옵니다. 창덕궁 생활을 마감하고 경운궁으로 돌아가기로 했사옵니다. 보름 만에 다시 돌아가게 되어 송구스럽기 그지없사옵니다. 날이 밝는 대로 움직여야 할 터, 채비를 서두르시옵소서."

대비에겐 아무 소리도 들리지 않았다. 상궁들이 문을 열고 들어와 대비를 좌우에서 부축했다. 몸을 가누지 못하고 질질 끌려가는 대비를 보는 광해도 마음이 편치 않았다. '용서하시오. 얼마 전까지만 해도 나는 영창이 두렵지 않았소이다. 그런데 이제부터는 영창이 두렵소. 온 세상이 나에게 죄를 물을 것이오. 영창을 궐에 둘 수 없는 이유요.'

대비가 물러가자마자 이이첨이 편전에 들었다. 광해는 기다렸다는 듯 이이첨에게 짜증을 부렸다.

"대답해 보시오, 판사금부사! 이게 어떻게 된 일이오? 국청을 열면 은을 찾을 수 있다 하지 않았소? 대체 은이 어디 있다는 것이오?"

이이첨도 기가 막히기는 마찬가지였다. 김제남 일가를 털면 적어도 은 10만 냥은 건질 줄 알았다. 그런데 탈탈 털어 나온 은이 채 1만 냥도 되지 않았다. 방납에, 벼슬 장사에, 돈 되는 일이라면 안 한 일이 없는 그들이었다. 겨우 은 1만 냥을 긁어모으기 위해 온 일가가 나서 그토록 악착같이 굴었던 것인가? 이이첨은 혀를 찼다. '더할 수 없이 어리석은 위인이로고. 그 돈으로 사람을 샀으면 이런 일까지 안 벌어졌을 것을. 누구 하나 편들어 주는 이 없이 그렇게 가고 마는구먼.'

왕의 타들어 가는 심정을 모르는 것은 아니었지만 일단 첫 번째 방법은 실패한 셈이었다.

"전하, 비록 이번 국문으로 은은 찾지 못하였으나 역적을 소탕한 것만으로도 크나큰 결실이옵니다."

광해는 버럭 소리 지르고 싶은 것을 참았다. 그것을 말이라고 하다니. 하지만 이이첨마저 적으로 만들었다간 정말 갈 곳이 없다는 것을 알고 있었다.

"이제 어떻게 할 작정이오?"

"아직 스무날하고 닷새가 남았사옵니다. 신이 어떻게든 그 안에 은을 찾아내겠사옵니다."

광해는 그 말을 믿을 수 없었다. 설사 이이첨의 말대로 된다고 해도 형제를 죽이고, 조정의 문무백관을 다 죽인 다음에 은을 찾은들 무슨 소용이 있으랴. 광해는 자신이 돌이킬 수 없는 짓을 저

질렀음을 깨달았다.

       *   *   *

계축년 9월 7일, 처형의 날이 밝았다. 국법에 따라 척족인 김제남과 그의 세 아들에게는 일찌감치 사약이 내려졌고, 나머지 죄인들에게는 능지처사 형이 예정되어 있었다. 원래 대역죄인은 경운궁 인근 군기시(병기 제조를 맡은 관청) 마당에서 사람들이 지켜보는 가운데 능지처사에 처하는 게 상례였지만, 공교롭게도 이어 날과 겹쳤다.

어가행렬의 출발지는 창덕궁 돈화문이었고, 도착지는 경운궁 인화문이었다. 죄인의 호송 행렬과 어가행렬의 동선이 겹쳐선 안 되었기에 죄인들의 처형 장소가 흥인지문 아래쪽 시구문 밖으로 변경되었다.

의금부 관원들은 이이첨의 지시에 따라 일사불란하게 움직였다. 죄인 호송은 어가행렬의 출발보다 빨라야 했다. 이어는 매우 길고 복잡한 과정이기 때문이었다.

이이첨이 수하를 불러 일렀다.

"박응서를 풀어주어라. 풀어주되 도성을 벗어날 때까지는 조용히 뒤를 밟아라."

"분부 받자와 거행하겠나이다."

"반드시 도성 밖을 벗어난 후에 죽여야 할 것이야. 나라의 큰 행사에 지장을 주는 일이 있어선 안 된다는 말이다."

"명심하겠습니다."

금부도사 구시백이 찾아와 함거가 준비되었음을 알렸다. 포승줄에 묶인 죄인들이 의금부 밖으로 한 명씩 끌려 나왔다. 전날 행해졌던 압슬로 인해 다들 걸음이 온전치 않은 상태였다. 키는 쓰고 있지 않았는데 함거에 오른 뒤 다시 채워질 예정이었다.

견평방(堅平坊, 지금의 종로구 공평동) 의금부 앞마당은 역도들의 호송을 구경하기 위한 인파로 아침부터 술렁였다. 소달구지가 여러 대 준비되었다. 긴 거리는 아니지만 나무 창살로 엮은 함거를 끌어야 했기에 각별히 건장한 소들로 뽑아놓았다. 구경꾼들이 소달구지를 에워싼 가운데 죄인들이 차례차례 함거에 올랐다. 죽으러 가는 사람의 심정이야 오죽하겠냐만 보는 사람들도 그 모습이 안쓰러워 팔뚝으로 눈가를 문질렀다.

4. 육조거리의 대소동

한발 앞서 옥에서 풀려난 박응서는 얼마 동안 견평방 근처를 배회했다. 흰색, 푸른색, 황색, 홍색, 갈색, 흑색 갖가지 색깔의 도포를 입은 선비들이 여기저기 눈에 띄었다. 유생들이었다. 그 수가 조금씩 늘어나고 있었다. 유생들의 집회가 예정되어 있는 모양이었다. '어쩐지 오늘따라 군졸이 깔렸더라니….'

유생들에다 그들을 감시하기 위한 인력까지 겹쳐 거리는 여느 때보다 북적였다. 박응서는 유생들이 움직이는 방향을 따라 천천히 걸었다. 다들 육조거리로 향하고 있었다. 그들을 따라 발걸음을 옮길 때였다, 문득 이상한 움직임이 감지되었다. 누군가 뒤에서 따라붙고 있었다. 박응서는 방향을 슬쩍 전환해 왼쪽으로 빠졌다. 그들도 따라서 움직였다. 마치 기다란 끈으로 연결된 것처럼, 그들은 더 가까워지지도 더 멀어지지도 않았다. 박응서는 흥, 하고 웃었다.

"비겁한 놈! 미행을 붙였군."

박응서는 의금부 앞으로 되돌아갔다. 사람들이 모여 있었다. 역적의 호송을 구경나온 모양이었다. 마침, 죄인들이 의금부에서 끌려 나와 한 명 한 명 함거에 올랐다. 전날의 고문으로 상투가 풀어헤쳐진 상태였지만 얼굴을 못 알아볼 정도는 아니었다. 강변칠우가 오르고 마지막 박치의 차례에 이르렀을 때였다. 잠깐의 머뭇거림이 있었다. 관졸이 못 기다리고 그의 등을 떠밀었다.

"미적거리지 말고 빨리 오르거라."

박치의가 수레에 한쪽 발을 올렸나 싶은 찰나, 관졸 두 명이 나가떨어졌다. 불시에 팔꿈치로 명치를 가격당한 관졸들이 "저놈 잡아라!" 외쳤다. 박치의가 달아나고 있었다. 어떻게 했는지 이미 밧줄을 벗어 던진 상태였다. 전날 압슬형을 당한 다리라고는 도무지 믿기지 않았다. 그의 움직임은 비호처럼 날랬다. 박치의는 그렇게 순식간에 박응서의 시야에서 사라졌다.

다들 처음에는 무슨 일이 생긴 것인지 알지 못했다. 그저 넋이 나가 있었다. 뒤늦게 한 무리의 관졸이 박치의가 사라진 쪽으로 우르르 뛰어갔다. 박응서는 박치의가 사라진 곳을 한참 동안 바라보았다.

한편, 이이첨은 집무실에 앉아 함거가 출발하기만 기다리고 있었다. 죄인들이 출발해야 의금부 업무를 마무리 짓고 예조 업무에 집중할 수 있었다. 예조의 수장으로서 이이첨은 어가행렬을 이끌어야 했다.

"큰일, 큰일 났습니다."

구시백이 헐레벌떡 안으로 뛰어 들어왔다.

"무슨 일인데 그러느냐?"

"저기….."

구시백은 급하게 뛰어 들어와 놓고 얼른 입을 떼지 못했다.

"무슨 일이냐고 묻지 않느냐! 금부도사, 어서 말해 보거라."

그가 쩔쩔매며 고개를 조아렸다.

"역도 한 명이 방금 탈출했습니다."

이이첨은 자신의 귀를 의심했다.

"탈출이라니! 누가 말을 타고 그를 구하러 오기라도 했단 말인가? 설마 무릎 관절이 절단 난 상태로 달아났다는 이야기는 아니겠지?"

"맞사옵니다. 두 다리로 뛰어 달아났사옵니다. 어찌나 빠른지 잡을 수가 없었습니다. 소생의 불찰이옵니다. 죽여주시옵소서."

일어날 수 없는 일이 일어난 것이다. 이첨은 냉정을 찾으려 애를 썼다.

"다리가 부서진 자가 멀쩡하게 뛰어 달아났다? 달아난 자가 누구더냐?"

"박치의라 하는 자입니다."

"박치의라면, 사명대사의 제자라 하던 그자 말인가?"

"예, 맞습니다. 죽여주시옵소서."

구시백의 통렬한 외침에 이첨이 호통을 쳤다.

"죽는 것은 나중에 죽고, 반드시 잡아 내 앞에 대령하라."

"지금 그자를 잡으러 군사를 보냈습니다. 멀리는 못 갔을 것이옵니다. 한성부를 다 뒤져서라도 반드시 찾아내겠습니다. 그런데 나머지 대역죄인은 어떻게 하면 좋을지…."

이첨으로선 어가행렬도 관장해야 했기에 형을 미룰 수 없었다.

"예정대로 집행하라."

"분부대로 거행하겠나이다."

구시백이 밖으로 나왔을 때, 늘어선 함거 가운데서 울부짖는 소리가 들렸다. 웃는 것인지도 몰랐다.

"아하하하하, 아하하하하!"

관졸 하나가 다가가 창끝으로 그의 어깨를 툭툭 쳤다.

"조용히 해!"

하지만 그는 더욱 큰소리로 웃어젖혔다. 박응서는 그가 서양갑인 것을 알아보았다.

"아하하하, 내가 나라를 뒤흔들었다! 어머니와 동생의 원수를 갚았다! 나라가 나에게 속았다!"

"미친 거야? 조용히 해!" 관졸이 명령했다.

박응서는 알고 있었다. 서양갑은 미친 게 아니었다. 뜻을 이룬 데 대한 통쾌한 웃음이었다. 그가 죄 없는 무관들을 끌어들인 것은 이유가 있었다. 국방의 버팀목인 장수들을 죽여 국력을 약화시키고, 지휘 계통을 교란할 계획이었던 것이다.

"어머니와 동생의 원수를 갚았다! 아하하하, 다 죽이고 가는구나! 나라가 나에게 속았다!"

이미 박치의를 놓친 관졸들은 서양갑을 함거 밖으로 끌어낼 생각조차 못 했다. 조용히 하라는 말만 되풀이할 뿐이었다. 한 명은 놓치고, 한 명은 미쳐버린 상황에서 호송 달구지는 견평방을 출발했다.

박응서는 육조거리 쪽으로 걸음을 옮겼다. 육조거리는 선비들로 오색 물결을 이루고 있었다. 이미 충분히 많았음에도 유생들은 계속 밀려들었다. 한양에 있는 유생은 다 모인 것 같았다. 누군가 큰소리로 "대동법을 시행하시오!" 외쳤다. 그러자 그를 따르는 유생 무리가 "시행하시오, 시행하시오!"를 따라 외쳤다.

어디선가 "길을 비켜라!" 하는 우렁찬 고함소리가 들렸다. 박응서는 소리 나는 쪽으로 고개를 돌렸다. 어가행렬이었다.

"길을 비켜라!"

선상 군병이 큰 소리로 왕의 길을 열자, 의장 군병들이 쇠꼬리로 장식한 큰 깃발과 용이 그려진 깃발을 들고 그 뒤를 따랐다. 말 탄 지휘관이 의장대 무리를 뒤에서 떠받치고 있었다. 취타악대의 연주 소리가 저 멀리서 희미하게 들려왔다. 좀 전 죄인의 호송행렬과 대비되어서일까? 그날의 어가행렬이야말로 어느 때보다 장엄하고 화려하게 느껴졌다.

유생들의 운집은 어가행렬 시점을 겨냥한 것이 틀림없었다. 임

금님 앞에서 외치는 것이 상소나 가부좌보다 시위 효과가 클 것이
기 때문이었다.

어가행렬은 큰 볼거리였기 때문에 한성부 주민들까지 잔뜩 몰
려들어 육조거리는 점점 더 혼잡해졌다. 한강만큼 넓고 큰 육조거
리가 사람들로 가득 채워진 것을 응서도 처음 보았다.

원래 왕을 태운 가마가 지나가면 백성은 엎드려 어가행렬이 순
조롭게 이동할 수 있도록 돕는 게 원칙이었다. 백성은 왕이 코앞
을 지나간다는 사실만으로도 가슴이 벅차 눈물을 흘렸고, '임금님
만세'를 외치기도 했다. 여기저기서 만세 소리가 들려오면 왕은
비로소 나라가 평안하게 돌아가는 줄 실감하는 식이었다.

그러나 그날 왕의 행차는 백성의 지지를 받지 못했다. 찬양 대
신 곳곳에서 왕을 원망하는 소리가 들렸다.

"궁을 옮긴 지 며칠 되었다고 또 이어를 하십니까?"

"창덕궁을 버리고 경운궁으로 가실 수는 없습니다!"

"임금님 행차에 들어가는 비용만 아껴도 오늘 하루 조선 땅에서
굶는 사람은 없을 것이외다!"

백성이 왕을 원망하는 것도 무리가 아니었다. 조선의 상황은 최
악이었다. 전란 때 황폐해진 농지가 채 회복되지 못했을 뿐만 아
니라 방납, 면세전, 벼슬 매매, 과거 부정 등으로 나라 기강이 엉
망이었다. 특권층의 이기심이 뚫어놓은 구멍을 전부 농가 세금으
로 메우고 있었기에 백성의 허리가 휠대로 휘어 있었던 것이다.

유생들은 밀려들고, 백성들도 밀려들어 응서는 육조거리를 통과하는 데 애를 먹었다. 돌아보니 아까 보았던 의금부 관졸 두 명이 아예 노골적으로 자기를 째려보고 있었다. 응서가 뛰면 따라서 뛸 기세였다. 응서는 유생들을 헤치고 조금씩 앞으로 나아갔다. 하지만 어느 순간에 이르러 조금도 꼼짝할 수 없는 상태가 됐다. 그를 쫓던 관졸들 역시 유생들 사이에 끼어 움직이는 일에 장해를 받고 있었다. 그래도 그들의 형편은 나은지 용케 응서와의 간격을 좁히는 중이었다.

박응서는 이판사판이라는 심정으로 옆에 서 있던 군졸의 뺨을 때렸다. 유생들을 통제할 목적으로 파견 나온 군졸이었다. 졸지에 뺨을 얻어맞은 군졸이 눈을 부라리면서 "이 상놈의 자식이!" 하고 박응서의 뒷덜미를 잡았다.

"아이고, 군졸이 사람 잡네! 사람을 때리네!"

응서의 외마디 비명에 백성과 유생이 동요했다.

"군졸이 백성을 때린다!"

"군졸이 사람을 죽인다!"

박응서는 더욱 큰 소리로 "여기요, 여기! 사람 살려주시오!" 하고 외쳤다.

그러자 눈이 뒤집힌 군졸들이 진짜 응서를 때리기 시작했다. 그것을 보고 있던 백성들과 유생이 한편이 되어 군졸을 공격했고, 군졸은 군졸대로 편을 이루어 손에 잡히는 대로 사람을 쳤다. 순식간에 육조거리가 아수라장이 되었다. 응서는 그 틈을 이용해 사람들을 헤쳐 나왔다. 그리고 유유히 자리를 떴다.

* * *

허균은 뜬눈으로 밤을 지새웠다. 새벽녘 깜빡 잠이 들었던가, 그가 눈을 떴을 때는 날이 훤히 밝아 있었다. 죽음과도 같은 이틀이었다. 의금부에서 호출이 올까 봐 전전긍긍했지만 막상 아무 소식이 없자 죄책감으로 가슴이 미어지는 것 같았다. 피와 살이 찢겨나가는 추국장에서, 낳아주신 아버지도 역적이라 말해버린다는 추국장에서 자기 이름을 발설한 친구가 아무도 없다는 사실이 허균은 견딜 수 없이 괴로웠다. 비록 그들의 도둑질에 가담하지는 않았지만 나라가 바뀌어야 한다는 점에서 그들을 동조했으며, 앞서 조선의 실상을 까발리는 홍길동전을 쓰지 않았던가.

허균은 풍개의 초립을 빌려 쓰고 허둥지둥 견평방으로 뛰어갔다. 너무 늦은 걸까? 죄인들도, 함거도 보이지 않았다.

허균은 의금부 입구에서 창을 들고 보초를 서는 문지기에게 다가갔다.

"죄인들은 벌써 떠났소?"

"아까 떠났소." 그가 짧게 대답했다.

"군기시 앞으로 가면 그들을 만날 수 있소?"

"오늘이 나라님이 이사하는 날이라 처형 장소가 변경되었소. 시구문 밖에서 형 집행이 있을 거외다. 왜? 능지처사 구경하려고 그러시오?"

"알려줘서 고맙소이다."

돌아서는 허균을 문지기가 잡았다.

"뻔질나게 있는 옥사인 것을… 이제는 희귀한 구경도 아니니 차라리 육조거리로 가보시오. 어가행렬을 구경하는 게 나을 것이외다."

"고맙소."

허균은 문지기의 친절에 감사를 표하며 서둘러 동대문 쪽으로 발걸음을 옮겼다.

종로통이 복잡할 것이 뻔하여 청계천을 따라가기로 했다. 뛰다시피 걷다 보니 저 앞으로 함거 행렬의 꼬리가 보였다. 죄인을 실은 소달구지 여러 대가 한없이 느리게 이동 중이었고, 관졸들은 함거의 앞뒤에서 빽빽하리만치 겹겹이 그들을 호위하고 있었다.

여느 때보다 구경꾼 수가 적은 것이 죄다 어가행렬을 구경 간 모양이라고 허균은 생각했다. 아이들 몇이 돌을 던지며 조롱할 뿐 유례없이 차분한 호송이었다.

"그러면 못쓴다!"

누군가는 돌 던지는 아이를 야단쳤다.

허균은 함거 속 얼굴을 일일이 확인했다. 머리를 풀어 헤친 데다 피투성이라 얼굴을 똑바로 바라보기가 민망했다. 안면이 있는 무관들 몇이 보였다. 천신만고 끝에 임진왜란에서 살아남은 장수들이었다. 전쟁터에서 큰 공을 세워 상을 받은 자도 있었다.

'적이 안 죽이니 아군이 죽이는구만.' 이렇게 개죽음을 당하려고 모진 목숨을 이어왔던 것인가 싶어 허균은 가슴이 미어지는 것 같았다. 조선에서 제일가는 무관들을 잡아넣었으니 장차 나라 국방이 걱정이었다.

앞쪽 대열에서 양갑과 치인, 우영, 평손, 경준의 얼굴을 확인하는 순간 허균은 속으로 오열했다. 그들은 하나같이 눈을 감고 있었다. 눈을 감았다기보다 연이은 고문으로 얼굴이 부어 눈이 안 떠지는 것이었다. 허균은 눈물을 삼키고 친구들의 얼굴을 훑었다.

그런데 아무리 얼굴을 뒤져도 치의와 응서가 보이지 않았다. '벌써 주살당한 것인가?' 허균은 통탄했다. '국문의 지독함을 못 이기고 한발 앞서 세상을 등진 게야.'

허균은 눈물을 씻으며 호송행렬을 쫓았다. 스무 기의 호송 달구지는 시구문 밖에 이르러 이동을 멈추었다. 참수를 맡은 망나니 두 명이 처형장 한쪽 편에 대기 중이었다. 참수 후 거열형이 이루어질 것이었다. 말이 능지처사지 조선에서 진짜 사지를 찢어 죽이는 경우는 극히 드물었다. 보통은 목을 베어 숨통을 끊은 후 상징적으로 거열을 시행했다.

허균은 주변을 살피며 망나니에게 다가갔다. 주머니에서 엽전 다발을 꺼내 두 망나니에게 넌지시 건넸다.

"단칼에 끝내주시오. 고통 없이 갈 수 있도록."

망나니 가운데 한 사람이 물었다.

"이 가운데 가족이 누구요?"

"가족은 없소. 다섯은 친구들이오. 나머지는 그냥 안면이 있는 정도요."

"가족이 한 사람도 없단 말이오?"

망나니가 믿기 어렵다는 듯 물었다.

허균이 대답을 하지 않자, 망나니가 고개를 끄덕였다.

"초립을 쓰고 있지만 양반이구려. 양반이 상놈과 다른 것이 이런 것이라오. 뉘신지는 모르겠으나 당신은 진짜 양반이오. 너무 걱정 마시오. 고통 없이 보내드리리다."

망나니가 각자의 몫을 주머니에 챙겨 넣었다. 관원들은 모르는 척 다른 곳을 쳐다보고 있었다. 그들도 사람인지라 이런 정도의 거래는 눈감아주는 것이다.

허균이 거듭 부탁했다.

"나는 차마 볼 수 없어 이만 물러가외다. 잘 부탁드리오."

잠자코 있던 다른 망나니가 고개를 끄덕였다.

"걱정 마시오. 모진 고문을 견디고 예까지 왔으니 저승길이나마 편히 가게 해주겠소."

"고맙소."

허균은 팔뚝으로 눈가를 문지르며 시구문을 벗어났다.

육조거리 쪽에서 취타악대의 소리가 들려왔다. 어가행렬이 아직도 끝나지 않은 것이다. 한쪽에서는 목이 잘리고 사지가 찢기는 형벌을 받는데, 한쪽에서는 악대와 기생을 동원해 한껏 흥겨움을 즐기고 있었다. 심지어 두 집단은 한날, 한시, 한자리에 있던 사람들이었다.

허균은 생각을 바꿔 견평방으로 걸음을 옮겼다. 응서야 가족이 있어 어떻게든 시신을 처리하겠지만, 치의는 홀홀단신. 자신 아니면 챙길 사람이 없었다. 가마니에 둘둘 말아 어디 흙구덩이에 묻었다면 그곳이라도 찾아내야 했다.

좀 전의 문지기가 아직 의금부 입구를 지키고 있었다. 허균은 그에게 다가가 엽전 두 닢을 내밀었다.

"이게 무엇이오?" 그가 물었다.

"뭘 좀 여쭈려고 다시 왔소. 저, 어젯밤 국문 중에 숨을 거둔 자를 찾고 있소. 그들의 시신을 어떻게 했는지 알 수 있겠소?"

"역도(逆徒) 가운데 가족이 있소?"

"가족이 아니라 친구가 있소. 사실은 지금 시구문 밖까지 다녀오는 길이라오. 의금부에 잡혀간 게 분명한데 죄인 두 사람이 보이질 않아 그러오."

문지기가 주변을 둘러보며 나직하게 속삭였다.

"어제 국문 중에 숨진 이는 노모와 소년뿐이었소. 역도의 가족들이라 했소. 역도 가운데 죽은 사람은 아무도 없었소. 대신 죄수 중 한 명이 오늘 아침 호송 중에 탈옥하였고, 한 명은 먼저 고변한 자라 약속대로 풀어주었소."

뜻하지 않은 소식으로 인해 허균은 충격에 휩싸였다.

"지금 고변이라 했소? 탈옥이라 했소?"

"내가 말한 것은 기밀이므로 혼자만 알고 계시오." 문지기가 작게 속삭였다.

"알겠소. 고맙소."

허균은 후들거리는 다리를 부여잡고 그 자리를 떴다. 치의, 응서 누가 고변한 자이고, 누가 도주한 자란 말인가….

도문대작은 마침 한가한 시간이었다. 주막 일을 도와주러 온 아낙들도 다 집으로 돌아가고 계옥, 가희, 풍개가 뒷정리를 하고 있었다. 허균이 대문간으로 들어서자 모두들 말없이 자리에서 일어섰다. 그가 처형장에 다녀온 것을 아는 것이다. 허균은 모두에게 앉으라고 손짓한 후 부엌에서 초를 찾아 불을 붙였다.

허균은 떨리는 걸음을 진정시키며 부엌을 통과해 뒤란으로 갔다. 뒤란에는 폐쇄된 헛간이 있었다. 자물쇠가 달려 있었지만, 모양뿐인지라 작은 힘에도 쉽게 열렸다.

허균은 헛간 바닥에 깔린 거적때기를 들추고 나무문을 들어 올렸다. 제발, 제발! 촛불로 지하를 비춘 허균은 그만 숨이 멎는 것 같았다. 누군가 쓰러져 있었다. 엎어져 있어 얼굴은 보이지 않았지만, 치의가 분명했다. 밀실의 존재를 아는 이는 강변칠우 가운데 치의밖에 없었다.

노상만의 수하가 말하던 홍길동은 박치의였다. 치의는 동에 번쩍, 서에 번쩍하며 고관대작의 곳간을 털었다. 도문대작에서 사용하는 쌀은 다 치의가 져 나른 것이었다. 허균이 중단할 것을 부탁하고 또 부탁했으나 치의는 막무가내였다.

"내버려두게. 백성의 것을 백성에게 돌려주는 것뿐일세."

허균은 홍길동 아니 탈주범 치의에게 다가갔다. 그는 빈 곳 하나 없이 전신이 피투성이였다.

"이보게, 치의! 치의, 정신 차리게! 자네였구먼, 도주했다는 자가 자네였어. 어떻게 이런 몸으로…!"

허균의 부름으로 물그릇을 들고 온 풍개가 치의를 보고 기함을 했다.

"아니, 길동 형님, 이게 어떻게 된 일입니까?"

풍개가 치의를 일으켜 입술에 물그릇을 갖다 댔다. 치의가 희미하게 눈을 떴다. 허균이 고개를 저었다.

"아무 말 말게. 대충 무슨 일이 있었는지 알고 있네. 응서가 거짓 고변한 것이지?"

치의가 고개를 끄덕였다. 허균이 치의 손을 덥석 잡았다.

"살아 있어 주어 고맙네. 사방에 자네를 찾는 사람들이 깔렸으니 불편해도 일단 이곳에서 대기하세. 빛을 보아야 회복이 빠를 것이니 이삼일 후 상황을 봐서 안채로 옮기세나."

이번에는 풍개에게 일렀다.

"젖은 수건과 면포, 갈아입을 옷, 몸을 보온할 이불을 가져 오거라. 그리고 장사가 끝나는 대로 흰 죽을 쑤어 진장과 함께 들이고."

허균에게는 아버지 허엽이 만들어 30년간 보존해 온 간장이 있었다. 오래 묵은 간장은 진장이라 하여 약으로 쳤으니 죽어가는 사람도 살린다고 했다.

"알겠습니다, 서방님. 그런데 의원에게는 안 보여도 되겠습니까?" 풍개가 걱정이 되어 물었다.

"치의는 남달리 강한 체력과 정신력을 가졌으니 혼자 이겨낼 수 있을 것이야. 공연히 노출시킬 필요가 없다."

"예, 알겠습니다."

* * *

허균은 오히려 왕이 걱정이었다. 또 한 번 피바람이 몰고 갔으니, 왕은 큰 상처를 입었을 것이었다. 허균과 광해, 두 사람은 처음 스승과 제자로 만났다. 허균은 전란 중에 급제하여 세자시강원에 배속되었다. 왕이 될 사람을 가르치는 막중한 임무를 맡은 것이다.

광해는 스스럼없이 물었고, 허균은 스스럼없이 답했다. 영특한 세자는 허균의 말을 잘 이해했다.

"진나라의 신하 이사는 태산이 거대한 것은 어떤 흙도 뿌리치지 않았기 때문이고, 바다가 깊은 것은 작은 물줄기도 가리지 않았기 때문이라며 진시황에게 충언을 했습니다. 이 말씀을 명심하시면 성군이 되실 것이옵니다."

"바다처럼 받아들이라면 북인은 물론 서인, 남인도 다 받아들여 골고루 기용하라는 말씀입니까?"

"옳습니다. 이사가 말하기를, 땅을 동서남북으로 나누지 아니하고, 백성은 외국인을 차별하지 않으면 계절이 아름다운 것을 가득 채우고, 귀신도 복을 내린다고 하였습니다."

"내 스승님의 그 말을 명심하겠습니다."

허균은 이후 예조좌랑에 제수되었다가 정유재란이 발발하면서 변무사 사행단의 일원으로 명나라에 원군을 청하러 떠났다. 돌아오는 길에 그는 세자의 선물을 사 들고 동궁전을 찾았다.

광해가 옛 스승을 반가이 맞이했다.

"어서 오시오, 허 좌랑. 그동안 고생 많으셨소."

사제관계를 벗어나면 옛 스승일지라도 한낱 신하일 뿐이었다. 신하에게 존댓말을 사용하지 못하는 게 궁궐의 법도였다.

"소신은 그저 사행단의 말석으로 자리만 채웠을 뿐이옵니다."

허균이 세자 앞에 작은 꾸러미를 내어놓았다. 꾸러미 안에는 연적이 들어 있었다. 흰 복숭아를 형상화한 자그마한 백자 연적이었다.

"북경에서 구한 것이옵니다. 하잘것없는 물건이오나 세자 저하께서 받아주시면 영광으로 여기겠사옵니다."

"그대가 귀국길에 많은 서책을 들여왔다는 것을 들어서 알고 있소. 서책의 무게만도 적지 않았을 텐데, 나를 위해 일부러 선물을 준비하다니 고맙구려. 매우 아름다운 연적이오."

광해는 천성적으로 욕심이 없었다. 선조가 왕자들을 시험하기 위해 다양한 선물을 준비하여 내밀었을 때 다른 왕자들은 앞다투어 금은보석을 골랐지만, 광해만은 붓과 먹을 집어 선조를 기쁘게 했다는 일화가 왕실 훈훈한 미담으로 전해져오고 있었다.

"그대가 바라본 북경은 어떤 곳이오? 자금성을 직접 보았소?"

조선의 세자는 원천적으로 여행길이 막혀 있었다. 민정을 살핀다는 명목으로도 궐 밖으로 나가선 안 되었다. 민정을 살피는 것은 왕의 임무이지 세자의 일이 아니었기 때문이다.

"보았사옵니다."

"말처럼 거대하오? 매우 화려하겠지요? 경복궁 열 배는 됩니까? 천자가 사는 곳이니 100배는 되겠지요?"

"아니옵니다. 자금성은 경복궁보다 약간 더 큰 정도입니다. 조선 경복궁의 위용은 자금성 못지않습니다."

"그래요?"

"다만 자금성은 깊은 해자와 높은 성벽에 에워싸여 있었사옵니다. 해자의 너비만 2만 자에 달했사옵니다. 자금성 해자에는 동서남북으로 4개의 다리가 놓여 있어 4개의 큰 성문으로 연결되옵니다. 성안으로 들어가면 온 궁궐이 천자를 상징하는 황금색 용으로 장식되어 있어 매우 화려하옵니다."

두 사람은 시간 가는 줄 모르고 이국의 문물에 대한 이야기를 나누었다.

"이는 명나라 말을 능숙하게 한다고 들었소. 나도 '직해소학', '홍무정운역훈'을 통해 중국어를 배웠다오. 내 중국어 실력이 어떤지 좀 보아주겠소? 니 하이 하오마(你還好嗎)? 괜찮겠소?"

허균은 언어에 타고난 감각이 있었던 데다 사행단의 일원으로 명나라를 자주 왕래하면서 명나라 말을 자유자재로 구사할 수 있었다. 그것을 광해가 알고 있었던 것이다. 허균은 어찌하여 중국어를 배우시는지 중국어로 물었다. 광해가 중국어로 대답했다.

"백성을 잘 다스리기 위해서라오. 조선의 안위와 상업을 안정시키려면 대국을 알아야 하오. 그 앎의 첫 번째가 대국의 말을 익히는 것이라오."

허균은 탄복했다. 세자의 중국어 솜씨가 뛰어나서 탄복했고, 나라를 다스리는 법을 알고 있어 탄복했다. 두 사람은 제법 긴 시간 중국어로 대화를 주고받았다.

＊　＊　＊

　계축년 9월 9일, 광해는 경운궁 침전에서 눈을 떴다. 창덕궁으로 이어한 지 보름도 안 되어 경운궁으로 되돌아온 것이다. 모든 게 먼 옛날의 일처럼 아득했다. 그래서일까? 익숙한 경운궁이 이상하게 낯설었다. 낯섦에 더해 개운치 않은 감정이 광해의 마음 한구석을 찔러댔다.

　'이 말로 표현 못 할 찜찜함의 연원은 무엇인가?' 문득 어가 행차 때 어느 백성도 '임금님 만세!'를 외치지 않았다는 사실이 떠올랐다.

　광해는 서글픈 심정이 되었다. '전란으로 황폐해진 전답이 복구되면 민심도 돌아오겠지. 명으로부터 고명만 내려오면 문무백관 앞에 떳떳하게 고개를 들 수 있을 것이야.'

　고명에 생각이 미치자 찜찜함의 진짜 근원을 알 것 같았다. 고관대작의 서자에, 대비의 처가 식구에, 내로라하는 조선의 무관을 다 죽이고도 은을 찾지 못한 것이다. 김제남 집을 탈탈 털어 나온 것이라곤 은 1만 냥이 전부였다. '대체 김제남은 나머지 은을 어디에 숨겼단 말인가?' 의문으로 가득한 국문이었다.

　'왜 김제남의 아들들은 그 지독한 고문 속에서도 은의 출처를 대지 않은 걸까?' '혹시 은의 출처를 대지 않은 것이 아니라 은이 어디에 있는지 모르는 게 아닐까. 아니 애초에 은 따위를 숨기지 않은 게 아닐까?' 의심이 꼬리에 꼬리를 물었다.

그러고 보니 이상한 점이 한둘이 아니었다. 아무리 부왕의 적자였다고는 하나 성인이 되기 전까지 영창은 위험인물의 범주에 들지 못했다. '영창대군을 옹위하던 무리는 일찌감치 제거됐어. 조정에 더 이상 영창대군 편은 없어. 게다가 서양갑이라는 자가 고변한 무관들은 평소 정치에는 관심조차 없던 자들 아니었던가.' 위험하다면 어린 영창대군보다는 올해 열일곱 살이 되는 능창군 쪽이었다.

능창군, 능양군은 선조가 생전에 가장 사랑했다고 하는 후궁 인빈 김씨의 손자였다. 영창대군이 태어나기 전까지 두 사람에 대한 선조의 사랑은 이루 말로 할 수 없을 정도였다.

능양군은 얼굴도 두뇌도 평범한 편이었지만 능창군은 날 때부터 영특함을 타고난 데다 말타기, 활쏘기에 능하고 얼굴마저 잘생겨 장안 최고의 인기남으로 성장했다. 그가 나타나면 여인들은 부끄러워 숨거나, 좋아서 미쳐 날뛰었는데 왕족에게 적대적인 유생들마저 능창군을 사랑했다. '그런 능창을 놔두고 어린 영창대군을 왕으로 옹립했다? 더구나 서얼허통의 꿈이 좌절된 서자 무리가 부왕의 적자인 영창을 왕으로 옹립한다는 게 말이 되는가?'

돈이나 밝힐 뿐 세상 돌아가는 일에는 아무 관심이 없는 김제남은 결코 역모 세력을 규합할 만한 그릇이 못됐다.

설마 하는 생각이 광해의 뇌리를 파고들었다. '이이첨은 강변칠

우가 갖다 바친 은을 찾는 게 아니라 김제남이 다락에 숨겨둔 은을 찾으려는 속셈이 아니었을까?'

이번에도 이이첨에게 속아 엉뚱한 사람들을 죽음으로 내몬 것이 아닌지, 찜득한 의심이 일었다. '아무래도 영창을 어미 품에 돌려주는 게 좋겠어. 대비도 그쯤이면 충분히 벌을 받은 셈이지.'

광해는 문득 대비전에 문안인사를 가야겠다는 생각이 들었다. 그동안 서 내관만 보내고 말았다. 영창을 돌려주겠다는 말도 전할 겸 가긴 가야 했다.

그런 생각을 하는데 승정원 도승지 최겸이 왕을 찾아왔다. 도승지의 목소리가 비통에 잠겨 있었다.

"전하, 강화에서 서신이 당도했사옵니다."

광해는 심상치 않은 기운을 느끼며 그가 건네는 서찰을 폈다. 한 자 한 자 읽어 내려가던 광해가 서찰을 마구 구겼다. 이마의 힘줄이 무섭게 움찔거렸다.

* * *

대비는 거동조차 못할 만큼 깊은 슬픔에 빠져 있었다. 보름 사이에 경운궁의 모습은 은전을 뒤집어놓은 것처럼 달라져 있었다. 넓은 곳에 있다 와서 그런 게 아니었다. 눈에 넣어도 안 아픈 아들 영창. 태어나서 한 번도 궐을 벗어나본 적이 없는 영창이 경운궁에 없었다.

'이렇게까지 해야겠소, 주상?' 외딴섬 어둔 집에 홀로 갇혀 있을 영창을 생각을 하니 대비의 가슴은 칼로 포를 뜬 듯 아렸다. 왕의 행동도 의심스러웠다. 어찌하여 창덕궁으로 이어한 지 보름 만에 다시 경운궁으로 돌아온 것인가. 한창 폐모론이 기승을 부릴 때 이이첨을 위시한 대신들은 대비를 사가로 내쳐야 한다고 주장했다. 조금 온건한 쪽이 경운궁에 가두자는 쪽이었다.

'다 죽이고, 다 떠나보내고, 이제 내 차례인가. 경운궁으로 나를 내쫓았다가는 여론이 시끄러울 테니 일단 다 같이 옮겼다가 왕만 쏙 빠져나갈 속셈인가?' 다 말랐다고 생각했는데 다시 눈물이 났다. 지극한 사랑으로 자신을 돌보아주던 선대왕, 뒤를 든든하게 받쳐주던 아버지와 오라버니들, 아무것도 모른 채 자신의 무릎에 앉아 재롱을 떨던 영창. 그 모든 게 꿈만 같았다.

'만약 그 아이에게 무슨 일이 생긴다면 그 아이의 뒤를 따르리라. 내 원귀가 되어 왕의 침소를 배회하리라.' 대비는 숨죽여 흐느꼈다. 조심조심 우는데 밖에서 커다란 울음소리가 들렸다. 상궁들이 울부짖고 있었다. 울음이라기보다 곡소리에 가까웠다.

'무슨 일이 난 것인가?' 불길한 예감이 목을 죄었다. 대비는 밖에 대고 상궁을 찾았다.

"무슨 일이냐, 들어와 아뢰어라! 김 상궁, 무슨 일이 있는 것이냐?"

울음소리가 급하게 잦아든다 싶더니 김 상궁이 왕 내외가 찾아 왔음을 알렸다.

"상감마마, 중전마마 납시오."

대비는 간신히 일어나 앉아 옷매무새를 가다듬었다.

왕과 왕비가 예를 갖춘 후 나란히 앉았다. 왕의 낯빛이 좋지 않 더니 안부 인사조차 생략한 채 찾아온 용건을 말했다.

"소자, 좋지 못한 소식을 듣고 어마마마를 찾아뵘을 용서하시 옵소서. 영창대군이 유배 첫날인 오늘 새벽, 급체로 세상을 떠났 다 하옵니다."

대비는 자신의 귀를 의심했다.

"뭐라고 했소? 영창이 어떻게 되었다구요?"

"영창대군이 숨을 거두었사옵니다."

그래서 상궁들이 그렇게 울어댔던 것인가. 대비는 그대로 혼절 했다.

* * *

일은 거기서 그치지 않고 엉뚱한 곳으로 불똥이 튀었다. 영창 이 죄를 받는 도중에 숨졌으니 친모인 소성대비를 폐위시켜야 한 다며 대신들이 들고 일어난 것이다. 폐비 논쟁을 진두지휘한 이는 이이첨이었다.

"역도들이 옹위한 영창대군이 유배지에 도착하자마자 숨을 거둔 것은 하늘의 뜻이 분명하옵니다. 다시는 이 땅에 불궤의 모계를 품는 자가 없도록 영창대군의 생모인 대비를 폐위시켜 나라의 기강을 잡으심이 가한 줄 아뢰옵니다."

이이첨의 말이 끝남과 동시에 중신들이 한목소리로 외쳤다.

"대비를 폐위시키시옵소서!"

광해는 두통이 몰려옴을 느꼈다. 조정은 이미 이이첨의 손아귀 안에 있었다. 이이첨이 무슨 말만 하면 중신들은 짜기라도 한 듯 앵무새처럼 그의 말을 따라 했다.

대신들이 한 목소리로 소성대비의 폐비를 주장하지 않아도 광해는 언젠가는 자기를 낳아준 공빈 김씨를 공식 왕후로 추숭할 생각이었다. 다만 순서가 문제였다. 자신이 먼저 명나라로부터 임명장을 받아야 공빈 김씨도 왕의 유일한 모후로서 선왕의 왕비로 정식 책봉될 수 있었다. 소성대비를 폐위시키는 것은 그때 가서 해도 늦지 않을 터였다.

상황이 그러할진대 찾아오라는 은을 찾아오지는 않고 대비의 폐위부터 서두르니 이이첨의 검은 속이 보이는 듯하여 광해는 기분이 언짢았다. 영창대군의 죽음을 빌미로 왕을 허수아비로 만들려는 의도가 아니고 무엇이겠나.

"폐모론은 이미 끝난 이야기인 줄 알고 있소. 더 이상 과인으로 하여금 불효의 죄업을 짓게 하지 마시오."

조정 대신들은 물러서지 않았다.

"전하, 민심을 헤아려 주시옵소서. 대비를 사가로 내치시어 민심을 붙드시옵소서."

민심 운운에 광해는 혀를 찼다. '허구한 날 민심이 이러니저러니… 백성들에게 묻기나 했나? 백성은 아무 관심도 없을 일을 가지고 저렇게 목숨을 걸다니. 한심한 도당 같으니라구.'

폐모론이 쟁점화되면서 그예 우려했던 일이 발생했다. 유생들이 벌떼같이 들고 일어난 것이다. 대신들의 '폐모 강행'에 맞서 유생들은 '폐모 반대'를 외쳤다.

"어머니가 자식을 사랑하지 않아도 자식은 어머니에게 효도하지 않을 수 없습니다. 어찌 하여 살아 있는 어머니를 내치어 만고에 불효자가 되려 하시나이까."

"만백성이 보고 있음이옵니다. 폐모 논쟁은 천부당만부당한 일이오니 간신들을 멀리하시어 효도의 모범을 보이시옵소서."

"아무리 나라의 법도가 땅에 떨어져도 자식이 어머니를 폐할 수 없음이옵니다!"

대동법을 당장 시행하지 않으면 나라가 어떻게 될 것처럼 굴던 유생들이 이제는 폐모 반대에 전력을 다하고 있었다. 유생들은 임해군의 죽음 직후에도 진상을 규명하라며 한바탕 시위를 벌인 과거가 있었다. 영창대군의 죽음을 빌미로 폐비론이 다시 불거지자 때는 이때다 하고 왕실 문제에 개입하고 나선 것이다.

광해는 몸이 아프다는 핑계로 예정되어 있던 석강에 불참했다.

문병 차 이이첨이 왕을 찾아왔다.

"전하, 옥체 미령하시다 하여 찾아뵈었나이다."

"아직도 은을 찾았다는 소식은 없는 것이오?"

"인력과 장비를 총동원해 조선팔도의 은 시장을 수사 중에 있사옵니다. 김제남이 빼돌린 은이 필시 시장으로 흘러나와 있을 것이옵니다."

광해는 왜 이제야 그런 조치를 취했는지 따지고 싶었지만, 그럴만한 기운이 없었다.

"이제 스무날 남았소. 스무날 안에 찾을 수 있기는 한 거요?"

"아뢰옵기 황공하오나 그보다 더 급한 일이 있사옵니다."

"무엇이오, 은을 찾는 것보다 더 급한 일이라는 게?"

이이첨이 전한 소식은 정말 다급한 사안이었다.

"아뢰옵기 황공하오나 내일 아침 유생들의 총궐기가 있다고 하옵니다."

"총궐기라고 했소?"

"예, 대대적으로 폐모를 반대하는 집회가 있다 들었사옵니다. 지방 유생들까지 올라온다는 소식이옵니다."

이이첨의 말이 채 끝나기도 전에 왕이 어탁을 내리쳤다.

"사태가 그러할진대 어이하여 승정원에서는 여태까지 일언반구도 없었던 것이오?"

"아뢰옵기 황송하오나 근자에 들어 승정원의 나태가 극에 달해 있사옵니다."

"당장 도승지를 불러들이시오."

불려 온 도승지 최겸이 변명을 했다.

"전하, 실태를 파악하느라 보고가 늦어졌사옵니다. 방금 확인한 바에 의하면 약 1만 명에 달하는 유생이 몰려올 것으로 파악되고 있사옵니다."

"그래, 유생들은 하라는 공부는 안 하고 왜 그리 나랏일에 관심이 많다는 거요?"

이번에는 이이첨이 대답했다.

"아뢰옵기 황송하오나 재야에서 유생들을 지도하는 자들이 죄다 성리학 골수분자로 사료되옵니다."

"개탄할 일이로고. 조정에서는 어떻게 대비할 참이오?"

"큰 소요로 번지지 않도록 곳곳에 금군을 배치함이 마땅한 줄 아뢰옵니다."

광해가 손을 저었다.

"편히 누워 앓지도 못하게 하는군. 예판 대감이 알아서 처리하도록 하시오."

"분부대로 거행하겠사옵니다." 이이첨이 대답했다.

＊　＊　＊

계축년 9월 10일, 아침부터 육조거리가 술렁댔다. 유생들이 속속 광화문 앞으로 결집하고 있었다. 도성에서는 물론 팔도 전역에서 유생들이 몰려들었다. 어가행렬 때의 집회 규모는 저리가라였다.

정오가 안 되어 광화문 앞 육조거리는 색색의 도포를 걸친 유생들로 오색 물결을 이루었다. 유생들은 폐모 반대만 주장하는 게 아니었다. 일부 유생은 살제의 죄를 저지른 왕을 용상에서 끌어내리자며 목청껏 외쳐댔다.

"임해군, 영창대군을 살해한 왕을 용상에서 끌어 내리자!"

유생들이 왕을 탄핵하려 한다는 소식은 편전에도 전해졌다.

광해는 큰 충격에 빠졌다. 폐모 논의로 시작된 유생들의 시위가 해묵은 임해군 사건을 들추어내고 있었다. 심지어 병사한 영창대군까지 끌어들여 탄핵의 빌미로 삼는 것에 광해는 아연했다.

거기에다 도승지가 하는 말이 가관이었다.

"전하, 최악의 상황에 이르기 전에 내병조에 연락하여 군사를 동원함이 마땅한 줄 아뢰옵니다."

"온 정신이오? 유생들의 시위는 태조 때부터 합법으로 인정되어 온 것이오. 그들을 잡아들였다간 나라가 망한다는 것을 모르오?"

왕이 노발대발하자 최겸이 바로 잘못을 시인했다.

"전하, 성노를 거두시옵소서. 신의 생각이 짧았사옵니다."

하지만 광해도 이 난국을 어떻게 타계해야 할지 방법을 알 수 없었다.

탄핵의 목소리는 점점 커져 왕을 불러내기에 이르렀다.

"왕은 밖으로 나와 폐모살제에 대해 해명하십시오!"

광해는 긴급회의를 소집했다. 왕의 목소리가 경운궁을 흔들었다.

"이래도 폐모를 주장할 것이오? 나라 꼴이 이 지경에 이르도록 삼정승은 뭐했소? 육조 판서들은 대체 왜 있는 거요? 폐모가 민심이라더니 민심이 아니라 경들의 복심 아니었소?"

다들 아무 소리도 못 하고 있는 가운데 영의정 박승종이 앞으로 나섰다.

"전하, 신이 유생들을 설득해 보겠사옵니다."

소북의 우두머리 박승종은 무당파 박순을 대신해 광해가 특임한 인물이었다. 소북으로 이이첨의 대북을 견제하려 한 것이다.

"오오, 영상이 나서준다니 고맙기 이를 데 없소. 모쪼록 사태를 잘 해결하여 종묘사직에 누를 끼치지 않도록 해주시오."

광해가 당부에 당부를 거듭했다.

"신 기필코 유생들을 설득시키고 돌아오겠사옵니다."

박승종은 높다란 광화문 문루 위로 올라갔다. 영상이 등장했다는 소식에 유생들이 우우, 야유를 퍼부었다.

"영상은 들어가고 왕을 불러내시오!"

박승종은 아랫배에 힘을 주었다.

"존경하는 유생 여러분, 폐모론은 일부 대신의 주장일 뿐 결코 상감마마의 뜻이 아닙니다. 폐모는 없을 것입니다. 더구나 살제라니, 이는 있을 수 없는 일입니다. 임해군은 성격이 포악하기 이를 데 없어 하늘의 벌을 받아 급사하였고, 영창대군은 몸이 약하여 병을 이기지 못한 것일 뿐 상감마마께옵선 형제의 죽음에 어떤 간여도 하지 않으셨습니다. 유생들은 임금을 탄핵하는 일을 멈추고 자기 자리로 돌아가 학문에 힘을 쓰시기를…"

그의 연설이 채 끝나기도 전이었다. 어디선가 달걀이 날아들었다. 영상이 팔을 들어 막았다. 그러나 빗발치듯 쏟아지는 달걀을 다 피할 수는 없었다. 수많은 달걀을 맞고, 지푸라기를 뒤집어쓴 박승종은 영락없는 한 마리 암탉 꼴이었다.

관군이 유생들을 저지하려 들자, 영상이 손을 저었다.

"긁어 부스럼을 만들지 말라. 나는 괜찮다."

하지만 박승종은 유생들의 달걀 세례를 이기지 못하고 문루에서 내려왔다.

유생들은 더욱 소리 높여 외쳤다.

"왕을 불러내시오!"

"우리는 폐모살제에 대해 왕으로부터 직접 이야기를 듣겠소!"

"모두 함께 경운궁으로 갑시다!"

흥분한 유생들이 우, 하고 경운궁 쪽으로 방향을 틀 때였다.

"멈추시오!"

다들 소리 나는 쪽으로 고개를 돌렸다. 영상이 물러간 자리에 한 선비가 올라와 있었다. 의관을 갖추지 않은 것으로 보아 벼슬 아치는 아니었다. 광화문 문루 위에 올라간 그를 윤선도가 알아보았다. 스승님….

"여러분, 나의 스승이신 허균 선생이시오. 경운궁으로 가는 것은 아무 때나 해도 되니 허균 선생의 말을 먼저 들어봅시다."

유생들의 대표 격인 윤선도가 부르짖자 다들 행동을 멈추었다.

허균이 차분하게 입을 열었다.

"유생 여러분, 냉정을 되찾으십시오! 지금 궁으로 가서 어쩌자는 것입니까? 이 나라의 임금께서 친히 무릎을 꿇고 빌어야겠습니까? 그것을 감당할 수 있겠습니까? 영상의 말을 믿지 않는데 임금의 말은 믿겠습니까? 상감마마께서 어떤 분입니까? 세자의 몸으로 임진왜란을 정면으로 통과하신 분입니다. 평안도, 함경도, 하삼도를 필마로 돌며 군대를 격려하고 의병을 독려하셨습니다. 서민과 더불어 한데서 잡수시고, 말안장 위에서 주무셨습니다. 세상에 이런 왕이 어디 있습니까? 이제까지 조선 역사에 이런 왕은 없었습니다. 결코 당신의 안위를 위해 폐모살제를 저지를 분이 아닙니다. 대비마마는 지금 경운궁 대비전에 평소처럼 앉아 계십니다.

임금님 바로 옆방에 기거하고 계시다는 말씀입니다. 폐모론은 일부 대신들의 논의일 뿐 상감마마의 결정 사항이 아닙니다. 대비는 폐위되지 않으실 것입니다. 일어나지도 않은 일을 갖고 탄핵이라니, 그게 말이 되는 이야기입니까?"

허균의 연설에 육조거리는 찬물을 끼얹은 듯 조용해졌다. 허균은 멈추지 않았다.

"살제와 관련한 이야기도 마찬가지입니다. 영상대감께서 지적하셨듯이 임해군은 성정이 포악하고 탐욕스러워 장자임에도 세자에 추존되지 못한 인물입니다. 오죽하면 그를 미워하는 백성이 왜군에 넘기기까지 하였겠습니까. 임해군을 죽인 것은 민심이지 왕이 아닙니다. 백성은 하늘이라 하였습니다. 하늘이 저지른 일을 왕에게 덮어씌우는 것은 옳지 못합니다."

누군가 "영창대군을 살려내시오" 하고 외쳤다.

허균이 안타까운 표정으로 열변을 토했다.

"영창대군이 세상을 뜬 지 이틀도 되지 않았습니다. 영창대군은 유배를 떠나던 중 급체로 사망한 것으로 알려졌습니다. 현재 정확한 사인을 수사 중입니다. 임금님에 대한 탄핵은 결과가 나온 후에 해도 늦지 않습니다. 여러분이 성급히 행동하여 후회할 일이 생긴다면 그 책임은 누가 지겠습니까? 지금 임금을 탄핵하면 호시탐탐 조선을 먹으려는 왜국과 오랑캐에게 좋은 일을 시키는 것입니다. 임금님이 상에서 내려오면 누가 있어 조선을 지킬 것입니까? 어른들 말씀에 명나라라 믿지 말고, 오랑캐라 미워하지 말라고 하였습니다. 장차 이 나라를 이끌고 갈 유생 여러분이 소수의 주장에 부화뇌동하여 이토록 민심을 어지럽히니 조선의 백성은 누구를 믿고 의지하여야 한단 말입니까. 더구나 여러분의 이러한 행동은 대비마마를 위하는 것이 아닙니다. 아들을 잃은 슬픔으로 몸도 가누지 못하는 대비마마께 폐모론 소동으로 근심을 안겨 드리다니요! 여러분의 단체행동이 폐비를 부추기는 세력에게 빌미를 줄 수 있다는 것을 모르십니까? 가엾은 대비마마께 더 이상의 고통을 안겨 드리지 맙시다. 부탁이니 침착합시다. 시간을 두고 기다립시다."

허균이 연설을 마치자 여기저기서 자제를 외치는 목소리가 들렸다.

"허균 선생의 말이 옳소. 성급하게 행동하여 후회하는 일이 없도록 합시다!"

"맞소, 탄핵은 조금 더 기다렸다가 해도 늦지 않습니다!"

유생들은 물론 육조거리를 포위하고 있던 군졸들도, 이를 구경하고 있던 양반, 백성들도 허균의 말에 동조했다.

"저분이 뉘시간데 저리 옳은 말만 쏙쏙 골라 한단 말이오?"

"말이야 바른말이지, 이이첨이 죽일 놈이지 나라님이 무슨 잘못이 있겠소."

"간신배 무리를 싹 몰아내고 저분을 조정에 보내야겠구면."

허균이 문루에서 내려오는 것과 동시에 유생들도 하나둘 발길을 돌렸다. 경운궁이 아닌 집 쪽으로 방향을 튼 것이다.

그 시간 경운궁에서는 서 내관이 쿵쾅거리며 복도를 달리고 있었다.

"전하, 전하, 기쁜 소식이옵니다."

서 내관은 예를 갖추는 것조차 잊고 편전으로 뛰어들었다.

왕은 유생들이 경운궁으로 몰려온다는 소식에 머리를 싸매고 누웠던 참이었다.

"전하, 기뻐하여 주시옵소서. 경운궁으로 쳐들어오려던 유생들이 발길을 돌려 집으로 향하고 있사옵니다."

왕이 자리에서 벌떡 일어나 앉았다.

"그게 정말이냐? 어떻게 일이 그리 되었느냐?"

"예, 영상대감께서 달걀 세례를 맞고 처참한 몰골이 되어 집으로 옷을 갈아입으러 가신 사이 한 선비가 광화문 망루에 올라 유생들을 설득하였다 하옵니다."

"선비라 했느냐? 대간도 아닌 선비가 유생들을 설득하였다고? 그 선비가 어디 사는 누구라 하더냐?"

"사람들이 허균이라고 했사옵니다."

"허균이라고?" 광해가 무릎을 쳤다.

"어쩐지 그의 안부가 내내 궁금하더라니… 내가 본디 촉이 있느니라. 이런 일이 있을 줄 알고 그토록 그가 궁금하였던 것이구나.

승정원에 기별을 넣어 빠른 시간 안에 허균을 데려오도록 일러라.
크게 상을 내릴 것이다."

"성은이 망극하옵니다. 분부 받잡아 거행하겠나이다."

5. 도문대작에서 만난 이이첨과 허균

광해는 허균과의 해후가 믿기지 않아 눈물을 글썽거렸다.

"이와 이렇게 마주 보고 앉은 것이 얼마 만이오?"

"신이 승문원 판교로 있을 적이니 어언 3년이 다 되어 가옵니다."

"벌써 그렇게 되었군. 안 그래도 이를 불러 저간의 사정을 설명하고 용서를 구하려고 했소."

광해가 말하는 저간의 사정이란 3년 전, 허균이 전시 대독관으로 있을 때 시험 부정과 연루해 함열로 귀양 보낸 사건을 말함이었다.

"용서라니 당치 않으시옵니다."

"과인은 이가 부정을 저지르지 않았다는 것을 알고 있었소. 별시 총감독이었던 이항복 대감이 다른 사람은 몰라도 허균의 제자 손순은 자신이 뽑은 사람이라고, 허균은 부정을 저지르지 않았다고 말해주었다오. 그럼에도 여론이 들끓으니 누구라도 보내야 했다오. 그게 이가 되어버린 거요."

부정을 저지른 무리는 따로 있었다. 자기 자식과 조카들을 무더기로 합격시킨 이이첨, 박승종이 진짜 범인이었다. 허균은 모든 사실을 알면서도 자신을 귀양 보낼 수밖에 없었던 왕의 입장을 이해했다.

"다 지난 일이옵니다. 전하께서 그때 일을 기억하시고 이리 위로를 해주시니 은혜가 백골난망이옵니다."

그때나 지금이나 조선의 왕권은 당내 정쟁을 통해 간신히 유지되고 있는 형편이었다. 선왕의 지지를 받지 못했던 광해로선 확실한 권력 기반을 마련하기까지 대북이라는 강력한 세력이 필요했다. 그러나 대북이 너무 커져서는 안 되겠기에 이를 견제할 세력도 필요했다. 그게 소북이었다. 왕이 대북의 영수 이이첨, 소북의 영수 박승종의 부정을 눈감아줄 수밖에 없던 이유였다.

"함열에 유배되어 있던 기간은 1년도 채 되지 않사옵니다. 전하께서 신에게 용서를 구하심은 당치않사옵니다."

허균에게도 나쁘기만 했던 귀양살이는 아니었다. 함열 생활 1년은 허균에게 약이 되는 시간이었다. 한시 품평책인 '성수시화'를 지었고, 시문집 '성소부부고' 26권을 탈고했다. 성소부부고 맨 마지막 권이 음식 품평책인 '도문대작'이었다. 입에서 입으로, 손에서 손으로만 전해지던 조선팔도의 먹거리를 일목요연하게 정리하는 일을 1년의 귀양살이가 가능케 한 것이다.

광해가 부드러운 음성으로 허균에게 말했다.

"이에게 부탁이 있소. 과인의 곁으로 돌아오면 안 되겠소?"

허균은 감정이 북받쳐 눈물이 날 것 같았다. 왕이 자신을 잊지 않은 것만도 고마운데 관직을 맡기겠다니 더할 수 없이 고마운 일이었다. 하지만 그 아사리판으로 다시 돌아갈지 말지는 신중하게 결정해야 했다.

"아뢰옵기 황공하오나 전하, 소신에게 생각할 시간을 주시옵소서."

"알았소, 내 간절하게 기다릴 터이니 꼭 돌아와 주시오."

왕은 간곡하게 부탁했다.

* * *

"이리 오너라!"

도문대작에 의외의 손님이 등장했다. 마름을 앞세우고 대문간으로 들어서는 그를 가장 먼저 발견한 것은 현응민이었다.

"저, 저, 저!"

현응민이 대문간을 바라보면서 말을 더듬자 허균, 김윤황, 우경방이 모두 그쪽으로 시선을 두었다.

"저자는 이이첨 아닌가?"

"저자가 웬일인가!"

비명에 간 친구들을 추모하기 위해 모처럼 모인 자리에 옥사의

122

원흉이 나타난 것이다.

이이첨은 계옥이 맞으러 가기도 전에 성큼성큼 안으로 들어섰다. 그리고 곧장 허균 일행이 있는 대청마루 쪽으로 걸어왔다. 허균이 댓돌로 내려서자, 이이첨이 그냥 있으라고 손짓을 했다.

"내가 그리로 감세."

이이첨 옆에는 마름 노상만이 서 있었다. 상만이 허균을 향해 고개를 까딱해 보였다. 귀한 손님을 안내한 사람이 자기라는, 자긍심 어린 인사였다.

이첨이 얼떨떨해하는 허균을 바라보며 웃었다.

"오랜만에 옛 친구를 만났는데 자네는 반갑지 않나?"

옛 친구라 함은 과거시험 동기라는 뜻이었다.

"어이하여 이런 누추한 곳까지 발걸음을 하셨습니까, 대감."

이첨은 대답 대신 도문대작 내부를 둘러보았다.

"여기 방이 몇 개인가?"

난데없이 주막집 방 개수는 왜 묻는 걸까, 하는데 가희가 나타났다.

"방은 사랑채, 건넌방, 안채 2개 해서 모두 4개이고 대청마루와 평상, 툇마루에도 손님을 받고 있습니다."

가희가 대신 대답을 하자 이첨이 아는 체를 했다.

"자네구만, 이곳에 기생도 찜쪄먹을 미모의 요리사가 있다 하더니."

가희가 싱긋 웃었다.

"보시다시피 부풀려진 소문입니다. 도문대작 요리사 가희 인사드립니다."

"명불허전. 듣던 대로 미인일세. 허 판교가 매일 와 있다시피 하는 게 아가씨 때문이었군."

허균이 황급히 변명을 했다.

"그게 아니오라 저의 노복이었던 풍개가 이곳에 취직하여 자리 잡을 때까지 들여다보느라⋯."

"허허! 알았네, 알았어."

세 친구가 주섬주섬 자리에서 일어나는 것을 보고 이첨이 유감스럽다는 듯 말했다.

"내가 방해했나 보군?"

허균이 부인했다.

"아닙니다. 소생의 친구들이온대 바쁜 일이 있어 일어서려던 참입니다. 괘념치 마십시오."

이첨이 좌정하면서 대청에는 새로운 술상이 차려졌다.

"허 판교는 그다지 많이 안 마신 모양이오?"

이첨은 전관예우로서 허균의 마지막 벼슬 이름을 불러주었다. 허균의 마지막 벼슬은 승문원 판교였다.

"술을 줄이는 중입니다."

"그렇군. 내가 인사가 늦었네. 그간 고생 많았어. 귀양살이가 고

됐지?"

"나쁘지 않았습니다. 제 치수에 맞추어 따뜻한 옷도 지어 보내 주시고 일 년 잘 쉬다 왔습니다."

"다행일세. 그때 은혜는 내 잊지 않고 있네."

"은혜라니오, 국법을 어긴 죄로 벌을 받은 것뿐입니다."

"내가 허 판교를 찾은 것은 몇 가지 볼일이 있어서일세. 먼저 홍길동전이라는 허황된 소설의 작자가 허 판교라는 소문이 있던데, 그게 사실인지 확인차 들렀네."

허균은 망건 밑으로 땀이 차오르는 것을 느꼈다. 그가 선뜻 대답하지 못하자 이첨이 몰아붙였다.

"사실인가?"

"그럴 리가 있겠습니까? 한글로, 그것도 소설을 쓴다는 생각은 해본 적도 없습니다. 듣기로 그 홍길동전인가 하는 소설 내용이 칠서지옥의 중심인물인 강변칠우와 판박이라 소생이 의심을 받는 것은 사실입니다. 오래전 소생이 서자들과 어울려 술추렴을 한 적이 있는 것은 사실입니다. 그러나 그들이 남한강 변에 무륜당을 지어 떠난 뒤에는 일절 연락이 끊긴 상태입니다. 제가 뭐가 아쉬워 그런 소설을 쓰겠습니까?"

"그렇지? 그 소설은 도무지 읽어줄 수가 없는 황당무계한 이야기일 뿐만 아니라 만고의 대죄를 미화하여 민심을 교란하는 악화일세. 하여 그것을 쓴 작자를 잡아 문초할 생각으로 방을 붙이고 사람을 풀었다네. 그러는 중에 자네 이야기가 나왔지 뭔가. 내 결코 허 판교는 아닐 것이라 생각은 하였지. 그것을 자네에게 확인하고 싶었네."

"믿어주셔서 감사합니다, 대감." 허균은 안도의 숨을 내쉬었다.

"그리고 또 하나는!" 이첨이 은근한 눈빛으로 입을 열었다.

"나는 자네가 하루라도 빨리 입궐하여 대북 편에 서주었으면 싶네. 사실은 그 이야기를 하러 왔네."

이첨이 손을 잡아왔다. 허균으로선 예의로라도 쉽게 대답할 일이 아니었다. 왕이 허균에게 도움을 청한 것은 이첨의 권력욕으로부터 자신을 구해달라는 뜻이기 때문이었다. 허균은 슬그머니 그의 손아귀에서 자신의 손을 뺐다.

"상께서 내리신 도승지직은 제게 너무 과분한 직책입니다. 하여 아직 결정을 내리지 못하고 있습니다."

"사내로 태어났으면 나라를 위해 일해보아야 하지 않겠나. 미적거릴 틈이 없네. 불안정한 시국에 도승지 자리를 그리 오래 비워둘 수가 없지 않은가. 나라 일을 하려면 기반이 있어야 하네. 대북이 곧 출세의 지름길일세."

"대감, 지나친 나라 걱정은 몸에 해롭습니다. 밤도 깊어가니 오늘은 저와 뜨끈하게 해장이나 하시지요."

"허허, 알았네. 생각을 너무 오래 하지는 마시게."

이첨이 웃으며 한 발 물러서는 몸짓을 취했다.

126

"주모, 나 좀 보시오. 식사를 하려는데 뜨끈한 백탕 가능하겠소?" 허균이 주방 쪽에 대고 소리쳤다.

주모가 달려와 가능하다고 말했다.

"난데없이 백탕은 왜?" 이첨이 물었다.

"아침저녁으로 많이 쌀쌀해졌습니다. 따뜻한 음식을 드시면 감기에 예방이 됩지요."

잠시 후 하얀 김이 모락모락 오르는 떡국 두 그릇이 상에 올랐다.

"이 집 주모가 개성 권번 출신이라 개성 음식에 정통합니다. 자, 한번 맛보십시오. 개성식 백탕입니다."

"개성식 백탕은 전에도 먹어 본 일이 있네. 가래떡 대신 조랭이떡을 사용하지."

이첨의 말대로 그릇 안에는 조롱박을 닮은 조랭이떡이 둥둥 떠 있었다.

"아시는군요, 대감, 그럼 조랭이떡국에 얽힌 전설도 알고 계십니까?"

"전설?"

"예, 개성 지방에 전해 내려오는 이야기가 있습니다. 일찍이 태조께서 고려를 무너뜨리고 조선을 창건하면서 왕씨 성을 가진 사람은 고려 왕족의 후예라 하여 눈에 띄는 대로 숙청하였습니다. 이에 왕씨들은 왕(王) 자에 획 하나를 보태 전(全) 씨, 옥(玉) 씨, 전

㈃ 씨로 살아야 했습니다. 이에 대한 분풀이로 개성 사람들은 태조 이성계의 목을 조르는 형상의 조랭이떡을 만들어 먹게 되었다고 합니다."

이첨의 얼굴이 확 변했다.

"자네 지금 감히 태조를 욕보이는 것인가?"

"음식에 얽힌 전설을 말씀드리는 것뿐입니다. 조신과 유생의 상소는 성상께 직접적인 부담입니다. 하지만 그보다 더 무서운 게 민심입니다. 민심은 천심이라 하였습니다. 백성을 중심에 두고 정사를 펼치시면 그것이 곧 상께 대한 충성이 될 것입니다. 저 따위에게 손을 벌릴 이유가 있겠습니까?"

"으음."

이이첨은 신음했다.

* * *

그날, 밤이 깊어 허균이 박치의를 찾았다.

"몸은 좀 어떤가?"

"덕분에 많이 좋아졌네."

치의는 확실히 좋아 보였다. 놀라운 회복력이었다.

"지금은 건강을 회복하는 게 가장 중요하네. 다른 생각일랑 말고 몸을 추스르는 데 최선을 다 하게."

"고맙네, 교산. 과거에는 귀한 녹봉을 헐어 우리를 먹여 살리더니, 이제는 숨을 곳을 제공해 내 목숨을 살려주는구먼. 이 은혜 잊지 않겠네."

"은혜라니. 양반의 자식으로 태어나 한평생 먹을 걱정, 입을 걱정, 잠자리 걱정 안 하고 살았고, 노비들이 떠다 주는 더운물로 세수했고, 높은 관직에 제수되어 세상을 호령하며 살았고, 아름다운 여인을 품어보았고, 착한 아내도 가져보았네. 자네들이 누리지 못하는 것을 나는 누렸네. 나의 행복이 어디에서 왔는가. 신분 차별의 악습 덕에 이때껏 호의호식했으니, 양심이 있으면 세상에 갚고 가는 게 순리 아니겠는가. 자네는 있는 동안 편히 지내면 되네."

"아닌 게 아니라 따뜻한 구들장을 이고, 장안 최고의 음식을 맛보는 일이 남의 옷을 입은 듯 불편하더니만 며칠 있다 보니 몸이 적응하는 것인지 편안하기 그지없네. 솔직히 말하면 친구들 다 떠나보내고 나 혼자 이래도 되는 건가 싶네."

허균이 고개를 끄덕였다.

"나 또한 강변칠우만 떠올리면 먹고, 자고, 숨 쉬는 모든 일이 죄스럽고 괴롭네. 우리 둘은 그들에게 빚이 있어. 그 빚을 해결하기 전까지는 모든 게 남의 옷을 입을 듯 불편할 게야. 하지만 끝까지 살아남아 좋은 세상이 오는 것을 보는 일 또한 우리의 숙제라네."

"교산, 솔직히 이번 일로 나는 좌절했네. 방법이 없다고 해야 하나? 단단한 불의 앞에 나의 정의는 그저 버석거리는 가랑잎 같아."

허균 역시 세상의 불의가 얼마나 단단한지 잘 알고 있었다. 강변칠우는 서얼허통의 상소가 받아들여지지 않자 불의로서 불의를 벌주기로 했다가 참변을 당한 것이었다.

"내가 다른 것은 몰라도 한 가지 믿는 게 있네. 세상은 많은 사람이 원하는 대로 흘러가게 되어 있다는 것이네. 더 많은 사람이 깨어, 더 자주 들고 일어난다면 언젠가는 정의로운 세상이 도래할 것일세. 자네는 축지술을 써서 천리길을 한달음에 달리고, 변신술을 써서 세상 어떤 모습으로든 변할 수 있는 초인이 아니던가? 자기 자신을 믿게. 자네의 능력은 세상의 어떤 불의보다 강하네."

허균은 치의가 얼마나 뛰어난 인물인지 잘 알고 있었다. 사명대사에 필적할 만한 도력과 인품을 지닌 인재는 조선 천지에 치의밖에 없었다.

"허허, 과장이 심하네. 그저 남보다 조금 강건한 신체를 지니고 태어나 우연히 무술을 연마하게 된 것일 뿐. 그때 도망치지 말고, 나의 동무들을 따라 저세상으로 갔어야 하는 것을…."

"저, 낮에 이첨이 다녀갔다네."

"알고 있네, 안에서 다 듣고 있었네. 듣자 하니 자네를 대북으로 끌어들일 생각인 것 같더군."

"그래서 찾아온 것도 있고. 이 방 저 방 기웃거리는 것을 보니 자네의 행방을 쫓고 있음이야. 각별히 조심해야겠어."

"유념하겠네. 응서 소식은 들었는가?"

"아니, 어디에 숨어 있는지 꼼짝도 안 해. 모르지, 저 멀리 서해 신안이나 남해 어디 섬으로 달아났는지도."

치의가 어금니를 물었다.

"교산, 내 다른 사람은 몰라도 응서 하나는 죽이고 갈 것이야."

"그것도 잊어버리게. 응서가 그래도 낳아주신 아버지를 살리려고 그런 게 아니겠나? 이첨도 그것을 노린 것이고. 지금 응서는 우리보다 천 배, 만 배는 괴로울 것이야."

"그렇지, 이이첨 그놈이 먼저야. 이이첨을 죽인 후 응서를 처단하겠네."

"고관대작의 비리가 하루이틀 일도 아니지 않은가? 겨우 사람 목숨 둘 빼앗는다고 세상이 바뀌겠는가?"

"그럼 몇을 죽이면 세상이 바뀌겠나? 내 전부 죽이고 가겠네."

치의의 눈이 분노로 이글거렸다. 허균이 그를 다독였다.

"죽이기보다 살리는 게 법도네. 천지간 법도를 세우는 게 모든 일의 으뜸이야."

"그럼 임금을 죽일까?"

"임금이 더 셀 것 같은가, 이이첨이 더 셀 것 같은가? 성상께옵서도 손발이 꽁꽁 묶여 옴짝달싹 못하신다네. 사람 하나를 이곳에서 저곳으로 옮겨 놓으려고 해도 이이첨의 재가를 받아야 하는 처지라네. 누구를 죽이든 결과는 똑같아. 임금을 죽이면 다음 임금이 나올 것이고, 이이첨을 죽이면 또 다른 간신이 나올 것일세."

"그럼 대체 나더러 어쩌라는 것인가?"

"나의 꿈인지는 모르겠으나 나라를 제대로 운영하려면 새로운 법이 필요하네. 당쟁의 입김에 휘어지지 않는 법, 공평무사한 보편의 법 말일세. 왕도 폭군 짓을 할 수 없고, 신하도 간신 노릇을 할 수 없도록 오로지 백성만을 위하는 궁극의 법을 찾아야 해. 그것만이 조선을 구할 것일세. 간단한 일은 아니야. 긴 세월에 걸쳐 이루어질 것일세. 그 초석이라도 쌓아보려는 것이야. 그보다 당장은 진범을 찾아 강변칠우의 한을 풀어주는 게 나로선 당면과제이네."

허균의 말에 치의가 생각에 잠기는 표정이 됐다.

"진범을 찾는다 했나?"

"진범만 잡는다면 강변칠우의 누명을 벗겨줄 수 있지 않겠는가? 또한 이첨의 간악무도함을 세상에 널리 알릴 기회가 될 걸세."

치의가 그날의 일을 떠올렸다.

"그날 이첨이 김제남의 세 아들을 집요하게 추궁했네. 은이 어디에 있는지 불라는 것이지. 내가 보기에는 그들이 매를 못 이겨 거짓으로 은이 숨겨진 곳을 댄 게 분명한데, 이이첨은 일일이 파헤치며 조사하더군. 영창을 옹위하던 무리는 일찌감치 제거됐네. 김제남은 역모를 꾀할 만한 그릇이 못돼. 내 생각인데 이첨의 이번 공작은 정적을 제거하기보다 은을 찾는 데 방점이 찍혀 있는 게 아닐까 싶네만."

허균은 잠시 생각하는 얼굴이 됐다.

"성상께옵서 그날 국문을 친견했다고 했지?"

"직접 친국에 참여하지는 않으셨으나 참관하신 것은 맞네."

허균이 고개를 끄덕였다.

"지금 국고가 바닥일세. 국고뿐이겠나? 전란을 겪으면서 조선은 빈털터리가 되었네. 어제 입궐했을 때 보니 영접도감이 설치되어 사신 맞을 준비에 바쁘더군. 사신이 문관일 때는 안 그러는데, 태감이 사신으로 오면 대놓고 은을 요구한다네. 나라에 돈이 마른 상황에서 이이첨이 상감마마의 재가를 얻어 추국청을 연 것일 수 있어."

치의가 고개를 끄덕였다.

"자네가 명나라 통이니 그에 대해선 잘 알겠군. 내 생각에는 자네가 빠른 시일 내에 입궐하여 상감마마와 진솔한 대화를 나누는 게 순서일 듯하네. 도승지라면 왕의 최측근 아닌가? 왕께서 단서가 될 만한 이야기를 들려주실 것이야."

"아무래도 그게 사건 해결에 빠를 듯하이."

허균은 도승지 직을 받아들이기로 결심했다.

6. 허균의 입궐

응서는 조령의 관문인 주흘관에 이르러 비로소 지친 다리를 쉬었다. 굽이굽이 돌아온 것까지 따지면 한양에서부터 문경까지 500리가 넘었다. 임진왜란 때 왜군이 한양까지 단숨에 치고 올라갈 수 있었던 것은 조령에서의 수비에 실패했기 때문이라고 했다. 이에 전쟁이 끝나자마자 사후약방문격으로 조령에 초곡성을 쌓고 주흘관을 설치한 것이다.

주흘산. 산세가 험하고 깊어 '죽을 산'으로 불리는 곳이라던가. 과연 제멋대로 솟은 암봉들이 하늘을 찧어 먹을 듯 날카로운 이빨을 드러내고 있었다. 곧 해가 질 것이었다. 서둘러야 했다. 응서는 암벽을 타는 대신 북사면의 완만한 육산으로 접어들었다. 시원한 물줄기 소리에 고개를 돌리니 여섯 자가 넘는 한 줄기 굵은 폭포가 연못을 향해 기운차게 낙하하고 있었다. 못 위로 멋들어지게 휘어진 노송까지, 한 폭의 그림 같은 곳이었다. 선조가 왜 이곳에 절을 지었는지 알 것 같았다.

134

그날 육조거리에서 군졸들을 따돌린 응서는 과감하게 영의정 박순 대감의 집을 찾았다. 군졸들은 그가 도성을 빠져나간 줄 알고 성저십리만 뒤질 터였다. 설마 의절한 상태나 다름없는 부친을 찾으리라 상상도 하지 못할 것이었다.

아버지의 집 담장을 넘은 응서는 드디어 사랑방 앞에 이르렀다.

"대감마님!"

"누가 왔느냐?"

응서는 아버지의 목소리를 듣자, 목이 메었다.

"소인, 잠시 들어가겠습니다."

박순은 아들이 방문을 열고 들어오자 기겁하여 뒤로 자빠졌다.

"네가 어쩐 일이냐?"

"용서하십시오. 소인, 대감마님께 큰 죄를 지었습니다. 하여 마지막으로 뵙고 용서를 빌기 위해 찾아왔습니다."

"다들 형장으로 끌려갔다 하더니 너는 어떻게 살아 돌아온 것이냐? 고변한 것이로구나!"

박순이 탄식했다. 응서의 눈에 눈물방울이 맺혔다. 박순이 고개를 저었다.

"너는 가문을 구한 것이 아니다. 조상께 부끄러운 짓을 저질렀음이야."

"알고 있습니다. 그래도 어쩔 수가 없었습니다. 대감마님께 누를 끼치고 친구를 배반한 죄, 이 몸이 다 받고 갈 것이옵니다."

"언제까지 대감마님 소리를 달고 살 것이냐?"

응서는 고개를 들고 아버지를 올려다보았다.

"예?"

"오늘부터 호부호형을 허하노라."

"…"

혈색이 거의 없다시피 누릇한 피부에 흰 수염, 침착하게 가라앉은 눈빛, 아버지의 얼굴을 똑바로 쳐다본 게 처음인 것 같았다.

"아버지, 하고 불러봐라!"

"…"

응서가 입을 열지 못하자 박순이 재촉했다.

"아버지 소리가 그렇게 힘든 것이냐? 내 예순이 다 되어 가는 나이에 너를 보았다. 정사에 바빠 집구석이 어떻게 돌아가는지, 자식이 어떻게 성장하는지 챙기지 못했다. 하지만 나는 네 이름을 직접 지어준 애비니라. 난들 네가 밖으로만 도는 게 좋았겠느냐? 너의 앞길을 가로막은 죄, 그 죄를 내가 떳떳하게 받을 자신이 없었다. 나는 살 만큼 살아 관직에는 아무 미련 없지만 아들에게 아버지 소리 한 번 못 듣고 세상을 뜬다면 천추의 한이 될 것이다. 부탁이니 응서야, '아버지' 하고 한 번만 불러 다오."

응서는 엎드려 한참 동안 눈물을 뿌렸다. 박순 대감은 아들을 기다려 주었다. 그리고 아들은 용기를 내어 아버지를 불렀다.

"아, 아버지!"

136

"오냐, 그동안 얼마나 한이 맺혔느냐. 오늘 우리에게 떨어진 불행은 다 나의 부덕이 낳은 결과니라."

응서는 이제 내어놓고 울었다.

"아버지, 잘못했습니다. 용서해 주십시오."

"이미 엎질러진 물, 너나 나나 너무 늦게 뉘우쳤다."

"아버지, 소자는 결코 살인을 저지르지 않았습니다. 은은 구경도 하지 못했습니다."

"알고 있다."

응서는 놀란 눈으로 박순 대감을 쳐다보았다.

"…!"

"응서야, 이미 죽은 사람은 살릴 수 없다. 한번 죽으면 끝이기 때문이다. 하지만 살아 있는 사람은 죽지 않게 만들 수 있다. 내가 시키는 대로 하겠느냐? 살아 있는 사람을 살리겠느냐?"

응서는 아버지의 말을 이해할 수 없어 눈만 멀뚱거렸다.

"그게 누구입니까? 소자가 살려야 할 사람이 누구입니까?"

"이 나라의 임금이시다."

"…"

응서는 아버지의 말이 너무 뜻밖이라 아무 대꾸도 하지 못했다. 박순 대감의 어조는 시종 차분했다.

"응서야, 내 말을 잘 들거라. 당장 조령 주흘산에 있는 보국사를 찾아가거라. 그 절은 선왕께서 내탕금을 들여 지으신 절이니라.

선왕께서 그 절을 지으신 것은 사후에 당신의 업장을 소멸하고 조상님의 극락왕생을 기원하는 동시에 영창대군의 무탈을 기원하기 위함이었다."

"조령은 은 상인이 변을 당한 곳 아닙니까?

"그렇다. 조령 주흘산 보국사 자리는 원래 행궁이 있던 곳이었다. 선왕께서는 조령 행궁을 매우 사랑하셔서 일 년에 한 번씩 휴양 차 다녀오시곤 했다. 너도 가보면 알겠지만 더할 수 없이 아름다운 곳이다. 선왕께서는 내탕금으로 보국사를 지으신 후 또 얼마를 떼어 절에 보관해 두셨다. 그게 이번에 분란을 일으킨 조령 살인사건의 시작이 되었다."

응서는 너무 놀라 말이 나오지 않았다.

"그럼 조령에서 살해당한 자들은 보국사에 있는 은을 이동시키는 중이었다는 말씀이옵니까?"

박순은 조용히 고개를 끄덕였다.

"그곳에 선왕의 내탕금이 잠자고 있다는 것을 아는 사람은 신료 가운데 나밖에 없다. 그리고 또 한 사람, 내수사 장 내관이 알고 있다. 장 내관이 선왕의 함구령을 깨고 금상을 부추겼을 가능성이 크다. 상께서는 장 내관의 말을 듣고 내수사 무관들을 시켜 돈을 찾아오도록 했을 것이야."

응서는 아버지의 말이 믿기지 않았다.

"조령에서 목숨을 잃은 자들은 상인이 아니라 내수사 무관이라는 말씀입니까?"

"아마도 그럴 것이다."

"그들은 조선 최고의 무사일 텐데, 대체 누가 그들을 죽였단 말씀입니까?"

"보국사 중들이 그랬을 것이다. 선왕의 수하들과 금상의 수하들 사이에 다툼이 일어난 것이지."

"아무려면 중들이 어떻게 내수사 무관을 당해낸다는 말씀입니까?"

응서로선 이해할 수 없는 일이었다.

"게다가 장 내관은 어찌하여 선왕을 배반하고 은의 소재를 임금님께 아뢴 것입니까?"

"선왕에 대한 의리가 금상에 대한 충심과 충돌한다면 너는 어떻게 하겠느냐? 국고가 바닥난 상황에서 금상께서 간절하게 은을 원하신다면 너는 선왕과의 의리만 고집할 수 있겠느냐?"

"..."

응서는 혼란스러웠다. 아무리 대단한 충심이라도 나라를 혼란에 빠뜨린다면 그것은 불충이 아닌가?

박순은 사정 돌아가는 것을 아들에게 설명했다.

"선대왕께선 영창대군을 사랑하셨지만, 왕으로 세울 생각은 하지 않으셨다. 선대왕께서는 금상의 뛰어난 능력을 진즉에 알아보셨다. 동시에 영창이 무탈하게 자라길 원하셨기에 금상에게 아우

를 잘 지키라는 유언을 남긴 것이다. 그런데 영창대군에게 위리안
치라는 무지막지한 벌이 내려졌다."

"…"

"보국사 중들은 일반 스님이 아니다. 전란 후 먹고 살기 어려워
지면서 도처에 산적, 도적이 기승을 부렸다. 관가에서 싹 잡아다
가 모가지를 자르려는 것을 선왕께서 교지를 내려 목숨을 살리셨
다. 뿐만 아니라 보국사에 거처를 마련해 준 후 체계적으로 무술
교육을 시키셨어. 그렇게 자동으로 그들은 선왕의 사병들이 되어
갔다."

들을수록 놀라운 이야기였다. 선대왕이 내탕금으로 절을 짓고,
은을 숨겨두는 것도 모자라 사병을 키웠다니.

"그들의 무술 실력 또한 보통이 넘겠군요? 내수사 무관들이 은
을 찾는 데 실패한 것도 무리가 아니었을 듯합니다. 그렇다면 은
10만 냥은 보국사에 그대로 보관되어 있는 것입니까?"

"선왕의 내탕금에 대해서는 나도 잘 모른다. 은이 1만 냥인지
10만 냥인지. 아직까지 그곳에 있는지조차 알 수 없다. 네가 해야
할 일은 보국사 중들의 반란을 막는 것이다. 영창대군이 위리안치
형에 처해진 것을 알면 그들이 무슨 일을 저지를지 알 수 없다."

"아무리 보국사 중들이 무술 실력이 뛰어나도 도성으로 쳐들어
오는 것은 쉬운 일이 아닐 것입니다."

"그들은 조직적으로 움직이던 도적이었다. 전국적으로 고리가

있어. 내 말 알아들었느냐? 서두르지 않으면 상께서 위험하시다."

"사실을 말씀드리면 소자, 상감마마를 살려야 할 이유를 납득하기 어렵사옵니다. 상감마마는 사익을 위해 이 나라 무관들과 백성, 친동생을 죽음으로 내몰았습니다. 설사 상감마마께서 뛰어난 군주라 해도 반란을 통해 더 나은 군주가 나올 수 있는 것 아닙니까?"

"지금 조선의 상황에서 더 나은 군주는 있을 수 없다."

"예?"

"조선은 강대국에 둘러싸여 그 목숨이 풍전등화에 처해 있다. 늑대 같은 이웃 나라로부터 조선을 지키려면 나라의 힘을 길러야 한다. 그게 단시간에 되는 일이 아니다. 국력을 기르기까지 이웃 나라들과 화친하여 잘 지내는 수밖에 없다. 사정이 그러함에도 조선의 대간들은 물론 백성에 이르기까지 오로지 명나라만 바라보고 있다. 여진이나 왜국은 나라 취급도 하지 않아. 하지만 명나라는 지금 부패하여 조선의 안전을 신경 쓸 틈이 없을 뿐만 아니라 자기 자신조차 지킬 수 없는 실정이다. 그것을 상감마마께옵서는 정확히 내다보고 계신다. 외교적 안목이 탁월하신 분이야. 어떻게 해야 조선을 지킬 수 있을지 알고 계시다. 내 말 알아듣겠느냐? 이 혼란기에 군주가 교체되어선 안 돼. 네 심사는 알겠지만 사사로운 정에 이끌릴 때가 아니다. 한시가 급하다. 어서 떠나거라."

응서는 아버지의 말을 이해하기는 했지만 자신이 과연 그런 막중한 일을 감당할 수 있을지 자신이 서지 않았다. 영상은 노잣돈을 넉넉히 쥐여주며 즉시 떠나라고 했다.

"도성을 통과할 때 검문이 있을 것이야. 그럴 때 한 닢 던져주면 무사히 통과할 수 있다. 명심해라. 너무 많이 주면, 의심을 사게 될 것이야. 한성부를 빠져나간 뒤에는 말을 이용하거라."

박순 대감이 문갑에서 무언가를 꺼냈다. 손바닥만 한 마패였다.

"역참에 이것을 보이면 말을 내줄 것이다."

"…"

응서는 물끄러미 마패를 바라보았다. 말로는 들었으되 눈으로는 처음 보는 물건이었다.

"선대왕께서 내게 하사하신 것이다. 바지저고리에 단단히 달아놓아라. 역참에서는 옥새가 새겨진 이 특별한 마패를 바로 알아볼 것이다. 아무것도 묻지 않고 말과 함께 숙식을 제공할 것이니라."

마패의 실체를 확인하고서야 응서는 자신이 맡은 일이 얼마나 막중한 것인지 깨달을 수 있었다. 응서는 눈물을 흘리며 아버지에게 절을 했다.

"아버지, 다시 뵙지 만나 못하더라도 소자를 용서하여 주시옵소서. 오래오래 건강하시옵소서."

"몸조심해라."

아버지의 작별 인사를 뒤로하고, 응서는 들어올 때처럼 담을 넘어 아버지의 집을 빠져나갔다.

거리에는 개 한 마리 눈에 띄지 않았다. 시간을 단축해야 하므로 응서는 남쪽 숭례문을 통과하기로 했다.

성문에는 문지기 둘이 서 있었다. 문지기들의 얼굴과 맞닥뜨리는 순간 응서는 다리가 후들거렸다.

'과연 엽전 한 닢에 이자들이 넘어갈까?'

응서는 주머니 속 엽전 다발을 만지작거렸다. 다발 째 안겨주어야 하는 게 아닐까? 한참을 고민하는데 그들이 창으로 응서의 길을 막았다.

"서라! 이 늦은 시간에 어디를 가는 것이냐?"

응서가 태연하게 엽전 두 닢을 내밀었다. 아버지의 말을 따르기로 한 것이다.

"이촌에 사시는 장모님께서 오늘 밤을 못 넘길 듯하여 가보려고 합니다."

두 사람은 잠시 엽전을 응시하더니 말없이 한 닢씩 집어 들었다. 그리고 창을 치워 응서가 지나가도록 해주었다. 아버지 말 대로였다. 응서는 남대문을 나서자마자 냅다 뛰었다.

* * *

허균이 도문대작 안으로 들어섰을 때 계집아이 하나가 행주로 상을 훔치고 있었다. 예닐곱 살이나 되었을까.

"너는 누구냐?"

아이는 허균을 일별하더니 대답 없이 행주질을 계속했다. 계옥이 부엌에서 나오며 자초지종을 설명했다.

"대문간에 쪼그리고 앉아 있었습니다. 어미가 이 집에 얌전히 있으면 달포 뒤에 데리러 오겠다고 약조했다 합니다."

"어허! 어미가 자식을 버리고 갔단 말이오? 천지간에 자식을 버리는 부모가 어디 있단 말이오?"

"먹고 살기 어려운 때 아닙니까. 주막에서 일을 거들면 밥술이라도 얻어먹지 싶어, 버리는 것이지요."

허균을 다시 한번 아이를 쳐다보았다. 아이는 입술을 앙다물고 서툰 손을 놀렸다.

계옥이 혀를 찼다.

"백성 살림살이가 이 지경인데 고관들은 당파 싸움이나 해대고."

가희가 부엌에서 나오다가 허균과 마주쳤다.

"오라버니 오셨습니까? 제법 똑똑한 아이입니다. 시키는 일도 잘하고 어미도 찾지 않습니다. 제 모습을 보는 듯합니다. 저도 어렸을 때부터 주막 일을 도왔지요."

"연아, 다식이다! 먹고 하여라."

저를 부르자 아이는 행주를 집어 던지고 조르르 달려왔다. 가희가 아이 손에 다식 하나를 쥐여주었다.

"저희 양모는 음식을 잘하였는데 그중 가장 맛있던 것이 다식이 었습니다."

허균이 고개를 끄덕였다.

"권씨의 뛰어난 음식 솜씨는 누구보다 내가 잘 알고 있지. 잘 계 시나 모르겠군."

"바람결에 들으니, 장사를 접고 길쌈을 매고 계시다 하옵니다. 양모님은 제 목숨을 구해주신 은인입니다. 제가 어디에 있든 늘 제 걱정을 해주십니다. 어머니가 무척 뵙고 싶습니다."

"복잡한 일이 정리되면 같이 한번 내려가 보자꾸나."

가희의 눈이 반짝였다.

"그게 정말이옵니까?"

"너는 권씨가 맺어준 나의 혈육이 아니더냐? 너의 어머니면 내 게도 어머니나 다름없느니라."

"감사합니다, 오라버니!"

가희의 눈에 이슬이 맺혔다. 감격에 겨워 눈물짓던 가희가 생각 났다는 듯이 물었다.

"그런데 오라버니, 궐에 갔던 일은 잘되신 것입니까?"

허균이 고개를 끄덕였다.

"내일부터 정식으로 입궐이다. 당분간 자주 못 들를 것 같구나."

"감축드립니다! 이제 여기 일은 걱정 마시고 나랏일에 집중하십 시오."

주모도 축하 인사를 건넸다.

"나리, 감축드립니다."

"어깨가 무겁소. 그런데 풍개는 어디 갔소?"

"선비님과 함께 있습니다."

주모가 안채를 가리키며 대답했다.

풍개는 치의의 말상대가 되어주고 있었다.

"풍개야, 길동 형님이라는 호칭은 그만 삼가야 할 것 같구나. 누가 들으면 애먼 도문대작까지 위험해지지 않겠느냐."

치의의 타박에 풍개는 넉살 좋게 웃었다.

"헤헤, 죄송합니다. 그만 길동 형님이 입에 붙어서요. 앞으로 조심하겠습니다, 선비님."

"오냐, 너도 고생이 많다."

"내일부터 입궐이네."

허균이 문을 열고 들어오자 치의의 얼굴이 환해졌다.

"잘됐네, 교산. 축하하네."

실로 오랜만에 보는 치의의 미소였다. 허균은 문득 그 미소에 대한 책임감으로 가슴이 뻐근했다.

"오늘은 자네가 무사한 것과 나의 입궐을 묶어 축하연을 열려고 하네. 이따 유시를 기해 다들 모이라고 일렀네. 풍개야, 치의가 옮겨 다니기 불편하니 이 방에서 했으면 좋겠구나."

허균의 제안에 치의가 즉각 반발했다.

"무슨 소리! 다 나았네. 뛰어다닐 수도 있네."

"허허, 알겠네. 자네가 사람들 눈에 띄면 좋을 것 없어 하는 말일세."

치의가 쑥스러운 듯 뒷머리를 긁었다.

"그렇긴 하네. 그럼 오늘 다 볼 수 있는 것인가?"

허균이 따스하게 웃었다.

"그렇다네."

* * *

계축년 9월 12일 저녁, 허균을 위시한 4인방과 치의 그리고 도문대작 식구들이 한자리에 다 모였다.

윤황과 응민, 경방은 치의가 무사한 것을 알고 감격의 눈물을 흘렸다. 허균이 누구에게도 말을 하지 않았기 때문에 치의가 죽은 줄로만 알았던 것이다.

"세상에 이렇게 기쁜 일이 있다니!"

"성문 앞에 자네를 찾는다는 방이 오래도록 붙어 있었네. 그래서 어딘가 살아 있을 줄은 알았지. 하지만 이렇게 가까운 곳에 있을 줄은 미처 몰랐네."

치의가 사과의 말을 전했다.

"심려를 끼쳐 미안하네. 나를 포함한 강변칠우가 혈기 방자하여 자네들에게 큰 죄를 지었네. 부디 용서하여 주시게."

"용서라니, 그런 말이 어디 있나. 우리는 자네가 무사한 것만 반가울 뿐일세."

허균이 손뼉을 짝짝 두드렸다.

"자자, 오늘은 제가 도문대작 운영에서 잠시 손을 떼는 날입니다. 임무를 마치는 대로 바로 돌아올 것이니 너무 안심하지는 마십시오."

"하하하, 알겠네. 여기 궁금하다고 들여다볼 생각일랑 하지 말고 정사에 힘쓰기를 바라게. 이제부터 도문대작과 가희는 우리에게 맡겨주게."

"자네들만 믿음세. 오늘은 자축연 겸 송별회! 특별요리가 준비되었다네. 풍개야, 그것을 가져오너라."

"예."

풍개가 솥단지를 들고 다시 나타났다. 가희가 국자며 그릇 등을 소반에 받쳐 들고 뒤를 따랐다.

"내가 요리 솜씨를 보여준다고 했지?"

풍개가 솥뚜껑을 열자 김이 모락모락 오르는 푸른 빛깔의 죽이 모습을 드러냈다.

"자, 나의 선물일세."

4인방이 어이없다는 표정을 지었다.

"웬 죽인가?"

148

"그냥 죽이 아니네. 대맥묘로 만든 죽일세."

"대맥묘라면 보리싹을 말하는 겐가?"

"그렇다네."

"보리싹이 나올 때가 아닌데, 대체 이게 어디서 났나?"

"오늘을 위해 특별히 시루에서 키웠네. 자, 한 그릇씩 맛들 보시게. 가희야, 4인방 나리들께 한 그릇씩 떠드리거라."

"예."

가희가 공기에 죽을 뜨기 시작했다. 응민이 시큰둥한 표정으로 물었다.

"죽도 요리에 속한단 말인가?"

"허허, 세상에서 가장 힘든 요리가 무언 줄 아는가? 누구나 할 줄 아는 요리라네. 제대로 된 밥과 죽을 만들기가 얼마나 어려운 것인 줄 아나? 물과 불, 시를 딱 맞추어야 하네. 어떤 조미료로도 맛을 보탤 수 없으니, 밥과 죽만큼 솔직한 요리도 없지."

응민이 멀건 죽을 내려다보며 한탄했다.

"거참! 쇠고기라도 다져 넣던가 할 것이지, 이거 밍숭밍숭 해서 어디 먹겠나."

"보리는 민초들의 양식이네. 한겨울 눈 속에서 싹이 돋는 대맥묘는 민초들의 강인한 정신을 상징하지. 보리싹은 된장, 간장을 담글 때 꼭 필요한 재료일 뿐만 아니라 추운겨울 원기를 북돋아주는 데 그만이네. 자, 보리싹죽 한 그릇씩 먹고 힘을 내세."

잠자코 있던 풍개가 그들에게 일렀다.

"나리님들, 이 보리싹죽은 아씨 마님이 이생에서 마지막으로 드신 음식입니다."

그제야 친구들의 입에서 탄식 소리가 새어 나왔다. 허균의 아내가 전쟁 중에 병으로 세상을 떠났다는 것은 모두 아는 사실이었다. 허균이 새 장가를 안 드는 것도 약 한 첩 못 써보고 불쌍하게 떠난 아내를 못 잊어서라고 했다.

"그랬는가?"

"마님께서 죽기 전에 꼭 방풍죽을 드시고 싶어 했는데 엄동설한에 방풍나물을 구할 수가 없어서 대맥묘로 대신했습죠."

"이제 보니 사연이 있는 음식이었군."

"보리싹죽은 또한 저를 있게 한 음식입니다. 죽을 끓이는 나리를 보면서 깨달았지요. 음식이 사람이구나. 음식이 사랑이구나. 사람이라는 글자의 네모 받침을 치우고 둥그런 밥상을 얹으면 그게 사랑입죠."

"오호, 그래서 도문대작의 상은 모두 둥글군. '서당 개 삼 년이면 풍월을 읊는다'더니 풍개 자네 교산 밑에 있더니 문장가가 다 되었네."

"어허, 사람을 개에 비유하다니. 풍개는 면천하여 양인일세."

허균의 말에 하하하 모두 웃었다.

경방이 사죄했다.

"내가 잘못했네. 풍개는 이름만 개고 사실은 양인일세."

"태어날 때부터 상놈이 어딨고 양반이 어딨겠나? 노비와 가장 가까운 족속은 양인이 아니라 양반이란 거 모두들 알지 않나? 고관대작이 역적으로 몰리면 가족은 노비로 전락하지."

"암만, 암만."

친구들이 일제히 고개를 끄덕였다. 그리고 죽 그릇을 깨끗하게 비웠다. 관직을 제수받은 기념으로 친구들과 나누어 먹은 보리싹 죽은 언제 어디서라도 백성들을 잊지 말자 다짐하는 약속의 음식이었다. 그렇게 도문대작의 밤은 깊어갔다.

7. 수상한 승려들

계축년 9월 13일 첫 근무 날, 허균은 두 가지 업무를 처리해야 했다. 하나는 건주여진의 족장 누르하치가 보내온 친서를 처리하는 일이었다. 누르하치는 지난번에 보냈던 친서와 관련해 확실한 답을 요구하고 있었다. 승정원 기록을 살펴보니 누르하치의 친교 제의에 왕은 그저 고려해 보겠다며 두루뭉술하게 답신을 보낸 것으로 되어 있었다.

여진이 조선에 이토록 끈질기게 화친을 요구하는 데는 이유가 있을 것이었다. '명을 고립시키겠다는 이야기인데…. 설마 여진 쪽에서 명에게 싸움이라도 걸 생각인가?' 과거 같으면 명나라만 믿고 여진의 화친 제의쯤 간단하게 무시할 수 있었다. 하지만 명나라는 과거의 명나라가 아니었고, 여진은 과거의 여진이 아니었다.

함열로 유배 가기 전 해였다. 허균은 명나라 황태자의 생신을 축하하는 천추사에 임명되어 사행길에 올랐다. 그가 본 북경은 몰락의 징조가 역력했다. 황제는 정사는 돌보지 않고 자금성 구중궁

152

궐에 처박혀 10만 궁녀와 환관의 시중을 받으며 환락에 빠져 살았다. 황제의 취미는 보물 감상이요, 장기는 무덤 공사였으니 조선에서 사신이 와도 내다보지 않았다. 고관대작부터 환관에 이르기까지 약속이나 한 듯 벼슬 장사에 열을 올렸으며 매점매석을 일삼았다. 그 모습을 보고 명도 명운이 다 되었구나, 허균은 생각했던 것이다.

그에 비해 여진은 누르하치가 각 부족을 통일하면서 요동 땅까지 넘볼 만큼 무섭게 성장하고 있었다.

허균은 하늘을 올려다보았다. '명나라만 믿었다간 같이 망하는 수가 있지.' 여진과의 화친은 선택의 여지가 없었다. 문제는 명나라의 심기를 거스르지 않는 선에서 여진과 친교해야 한다는 것이었다.

다른 한 가지는 매우 안타까운 소식이었다. 이이첨이 간밤에 능창군을 의금부로 압송한 모양이었다. 왕의 조카를 임의로 끌어온 것도 문제가 될 수 있는데 아침에 보니 능창군이 싸늘한 시체로 변해 있었다는 것이다.

도문대작을 찾아와 열혈독자라고 고백하던 능창군의 모습이 떠오르자, 허균은 가슴이 뻐근해지는 것을 느꼈다. 왕족이면서 스스럼없이 국밥을 청해서 한 그릇 다 비우고 가던 능창. 능창의 나이 이제 겨우 열일곱이었다. 왕족이라는 한계 때문에 관직에 등용되지는 못 하겠지만 그대로 죽기에는 재주와 인물됨이 아까웠다. 아우를 금쪽처럼 생각하는 능양의 마음은 또 얼마나 갈가리 찢어졌을 것인가?

허균은 한숨을 내쉬었다. 왕이 보위에 오른 지 만 5년도 안 되었는데 왕족의 죽음이 이어지고 있었다. 임해군, 영창대군에 이어 능창군까지. 공교롭게도 전부 세자 후보로 거론되던 인물이었다.

'유생들의 탄핵 소동이 가라앉은 지 사흘도 지나지 않았는데 이 일을 어이할꼬.' 조정 중신으로서 허균은 장차 왕을 보필할 일이 캄캄했다.

허균은 편전에 들어 친서 건부터 보고했다.

"전하, 건주여진의 누르하치로부터 화친의 친서가 당도하였사옵니다. 이번에는 확실하게 답을 달라고 요구하고 있사옵니다."

"이의 생각은 어떻소?"

"아뢰옵기 황공하오나 신이 수년 전에 북경을 찾았을 때, 황상께서 정사에 태만하시어 대국의 기강이 많이 흐트러져 있는 것을 보고 적이 근심이 되었사옵니다. 요동 지역에서 명과 여진의 분쟁이 그치지 않는 것은 명나라가 여진을 제압하지 못함이옵니다. 지금은 어느 한쪽 하고만 친하기보다는 등거리 외교로서 종묘사직을 보존하심이 가한 줄 아뢰옵니다."

광해가 고개를 끄덕였다.

"과인의 생각도 도승지와 같소. 허나 조선이 여진에게 화친을 약속한 것을 명나라에서 알기라도 하면 그 화가 적지 않을 것이오. 어찌하면 좋겠소?"

"여진에는 긍정적인 답신을 보내되 명을 당장 멀리할 수 없는 조선의 처지를 솔직하게 알리는 것이 어떨까 싶사옵니다."

"좋은 생각이오. 솔직한 것이 최선일 수도 있을 것이오."

"그리고 아뢰올 것이 하나 더 있사옵니다."

왕은 허균이 미적거리자 의아해하며 물었다.

"무슨 일인데 그러시오? 말해보시오. 탄핵 직전까지 갔는데 더 나쁜 소식이 뭐가 있겠소. 허허허."

"전하, 아뢰옵기 황공하오나 어젯밤 능창군이 금부에 압송되어 취조를 기다리는 도중에 사망하였다 하옵니다."

예상대로 왕은 크게 놀랐다.

"지금 그게 무슨 이야기요? 능창군을 금부에서 압송하다니오?"

"판의금부사께서 자세한 내막을 아뢸 것이온데 밤사이에 고변이 들어왔다고 하옵니다."

"아무리 고변이 들어와도 그렇지, 왕의 윤허도 없이 왕족을 압송했단 말이오? 당장 판사를 들라 이르시오."

때마침 서 내관이 이이첨의 등장을 알렸다.

"판의금부사 납시옵니다."

이첨도 왕을 알현하기 위해 편전으로 오는 중이었던 것이다.

왕은 이첨이 자리에 앉기도 전에 따져 물었다.

"왕족을 압송할 때는 과인의 허락을 받아야 하는 것을 모르오?"

이첨은 아무 대답도 하지 않았다. 화를 참고 있는 얼굴이었다. 왕 앞에 저런 얼굴을 보이다니…. 허균은 황당하기 그지없었다. 조정의 법도가 바닥에 떨어진 줄은 알았지만, 이 정도인 줄은 몰랐던 것이다.

"어서 대답하시오. 판의금부사!"

왕이 재촉하자 이첨이 못내 입을 열었다.

"아뢰옵기 황공하오나 어제저녁 소 아무개라고 하는 자가 사소한 죄로 관가에 붙들려왔사온데 역모가 있다고 고변하였사옵니다. 그의 의붓외숙부인 신 모가 신성군의 양아들 '능창군 이전'을 두고 점을 쳤더니 '40년간 치평할 임금'이라는 점괘가 나왔다며 능창군 이전을 왕으로 옹립하고자 역모를 꾸몄다고 하옵니다. 하여 급하게 사람을 보내 능창군을 압송하였습니다. 이는 능창군이 말타기에 능해 도주할 우려가 있음이옵니다."

"그 일을 과인에게 먼저 보고하지 않은 이유가 무엇이오?"

"아뢰옵기 황공하오나 워낙 늦은 시각이라 일단 금오에 압송하여 놓고, 아침에 보고하려 하였사옵니다. 그런데 새벽에 가보니 이미 숨을 거둔 후였사옵니다. 밤사이 목을 맨 듯하옵니다."

왕은 주먹으로 책상을 쾅쾅 내리쳤다.

"이제 이 일을 어쩔 것이오?"

"신이 수습하겠사옵니다."

"어찌 수습한다는 것이오? 죽은 사람을 살려내기라도 한다는 것이오?"

왕은 내침김에 이첨을 닦달했다.

"은은 어찌 되었소? 찾으라는 은은 안 찾고, 왜 자꾸 이런 사건을 일으키는 겁니까?"

이첨은 왕 곁에 앉아 있는 허균을 힐끗 일별했다.

"신 이이첨, 은의 행방을 백방으로 찾고 있사옵니다. 곧 찾아낼 것이옵니다. 지체됨을 용서하여 주시옵소서."

"이제 보름 남짓 남았소. 찾기는 찾을 수 있는 거요?"

이첨의 관자놀이가 분노로 불끈거렸다.

"신, 기필코 찾아내겠사옵니다."

"알았소, 이만 물러가시오."

이첨이 물러나자, 허균은 좀 전의 이야기가 무엇인지 왕에게 물었다.

"전하, 은의 행방이라니요, 신이 알아서 안 되는 일이 아니라면 말씀해 주시옵소서."

"안 그래도 이와 의논할 생각이었소. 내 모든 것을 털어놓으리다."

왕은 조금 뜸을 들이더니, 보름 안에 은을 찾아야 하는 이유와 그 은이 어디에서 난 것인가에 대한 부분까지 세세하게 고백했다. 그리고 보국사의 비밀까지 다 털어놓았다.

"은의 출처에 대해서는 판의금부사에게도 말하지 않았소. 선왕께서 문경 주흘산에 절을 지으면서 10만 냥에 달하는 내탕금을 숨겨두셨소. 그 은을 찾아오라 내수사 무관들을 보내었는데, 그만 조령 고개에서 모두 살해당하고 말았소. 10만 냥의 은도 감쪽같이 사라졌다오. 열흘 하고 칠일 후면 명나라 사신이 당도하오. 알지 않소? 지금 명나라는 은 없이는 조금도 움직이지 않는 나라가 됐소."

'과연….' 치의의 예상이 들어맞은 것이다. 칠서지옥의 핵심은 역모를 발본하는 데 있지 않았다. 은을 찾는 게 관건이었다.

"신이 조령으로 사람을 보내 자세하게 알아보겠사옵니다. 그 보국사라는 절의 위치도 소상히 알고 싶사옵니다."

"보국사를 조사한다고 했소?"

"현장에 답이 있을 것이옵니다."

"알겠소. 내수사에 들러 장 내관에게 약도를 받아 가도록 하시오."

왕은 고개를 끄덕였지만 그다지 신뢰하는 얼굴은 아니었다.

"이제 수사를 시작해 기간 안에 은을 찾을 수나 있겠소?"

"조령은 말을 갈아타며 달리면 사흘 길이옵니다. 은의 행방이 잡히는 대로 파발마를 이용하여 경과를 전해 올리도록 이르겠사옵니다."

왕이 슬픈 표정으로 허균을 바라보았다.

"도승지, 입궐 첫날부터 어려운 일을 맡겨 미안하오. 수고해 주시오.”

                        *　*　*

　이이첨은 베개며 방석을 윗목으로 마구 집어 던졌다. 그러고도
분이 안 풀렸는지 책상 위에 있던 서책과 지필묵을 팔로 쓸어버렸
다. 바닥에 떨어진 벼루가 두 동강이 났다.
　‘누가 저를 왕으로 만들었는데!’ 생각할수록 분했다. 자신이 누
구인가? 문무백관이 영창대군을 지지할 때 목숨을 걸고 제 편을
들어준 거의 유일한 사람이 아니던가? 선조가 나이 쉰에 영창대
군을 얻자 대부분의 신료들이 그리로 줄을 섰다. 선조의 장자인
임해군은 싹수가 노랬고, 세자인 광해는 임금의 견제와 미움을
받고 있었으니 기댈 것은 오로지 적자! 영창대군밖에 없다고 여긴
것이다.
　하지만 이첨이 보는 시각은 달랐다. 광해군은 군주의 자질이 다
분했다. 어느 순간에도 분별력을 잃지 않았고, 조선의 세자로서
품위를 지켰다. 인목왕후를 비롯한 왕실의 척족이 방납과 벼슬장
사로 부를 쌓을 때 그는 그저 동궁에 틀어박혀 글을 읽었다. 모든
것을 삼가고 조심했다. 임진왜란 때 분조하여 조선의 군사를 격려
하고 의병을 독려한 것까지. 이첨이 보기에 광해군은 이미 조선의
임금이었다.

이첨이 광해군 편을 들었던 또 하나 중요한 이유는 영창대군 뒤에 서 봤자 가져갈 게 없어서였다. 이첨에게는 가문을 일으켜야 한다는 절체절명의 과제가 있었다. 이첨은 과거에 급제해 놓고도 끌어주는 사람이 없어 오랫동안 한직으로만 돌았다. 조정은 비빌 언덕이 있어야 출세가 가능한 곳이었다.

건국 초기만 해도 그의 가문은 괜찮았다. 5대조 이극돈이 무오 사화(戊午士禍. 1498년 연산군이 신진세력인 사림파를 제거한 사화)에 연루돼 사림파의 미움을 받으면서 집안이 내리막길을 걸었다.

이첨은 조정의 말석을 지키며 꿋꿋하게 때를 기다렸다. 영창대군의 뒤에 서 봤자 콩고물이 떨어진다고 해도 부스러기 차지밖에 안 될 것이었다. 가문을 일으키기는커녕 조정에 붙어 있을지조차 미지수였다. 패를 까봐야 답이 나온다면 지지자가 적은 광해군 뒤에 서는 게 여러모로 현명했다. 결국 이첨의 바람대로 광해가 보위에 올랐고, 권력은 그의 차지가 되었다. 권력을 잡고 나서 그가 가장 먼저 한 일은 영창대군 뒤에 줄을 섰던 서인, 남인 일파를 숙청하는 것이었다. 필요하다면 왕족도 죽였다. 광해의 왕위를 넘볼 만한 사람, 자신의 권력을 건드릴 만한 사람은 다 제거한 것이다.

이제 모든 게 정리되어 한시름 놓아도 될 만하니 왕이 변했다. 토사구팽이라 했던가. 왕은 토끼 사냥을 마친 개는 더 이상 쓸모가 없다며 솥 안으로 들어가라 종용하고 있었다. 손에 피를 묻힐 대로 묻힌 자기를 버려두고 왕은 허균만 끼고 돌았다.

"내가 가만있을 줄 알고? 천하의 이이첨이야. 함부로 박대하다간 코 깨지지."

이이첨은 두 주먹을 불끈 쥐었다.

* * *

그날 오후, 내수사 장 내관을 찾은 허균은 적잖이 놀랐다. 그는 등이 굽은 꼽추였다. 눈썹 뼈가 유난히 튀어나온 데다 아랫입술마저 두꺼워 결코 평범한 인상이 아니었다. '신체에 하자가 있는 사람은 궐에 들일 수 없는데 이게 어떻게 된 일일까?'

허균의 마음을 읽은 듯 장 내관의 입가에 잔잔한 미소가 떠올랐다.

"제 몸을 보고 놀라셨지요? 궐에 들어온 후 낙상사고를 당하여 몸이 이렇게 되었습니다. 어린 세자가 월대에서 떨어지는 것을 온몸으로 받아내었지요. 그런 저를 선대왕께서 어여삐 보시고 내치지 않으셨습니다."

어린 세자를 구한 공으로 신하에게 특혜를 주었다니, 선왕이 성상을 처음부터 미워한 것은 아니었던 것이다.

"그런 일이 있었구려. 궁금한 것이 있소이다. 조령에서 내수사 무관 5인이 전원 사망하였다 들었소. 내수사 무관들은 무술 실력이 출중한 자들 아니오?"

내수사 전수(典需)는 정5품에 해당했다. 그가 나이로는 위였지만 직급이 낮았기에 허균은 그에 맞는 말투를 사용했다. 장 내관이 고개를 조아렸다.

"맞습니다. 상감마마의 호위무사급이라고 생각하시면 됩니다."

"그렇다면 조선 최고의 실력자들일 텐데, 대체 어떤 자들이 그들을 살해할 수 있단 말이오?"

"그것이 가장 큰 의문입니다."

장 내관이 비통한 표정을 지으며 조령의 지도를 내밀었다.

"여기를 보시면 주흘산 고개를 넘기 전 폭포를 지나 바로 안쪽에 보국사가 자리 잡고 있습니다."

허균은 지도를 찬찬히 살펴보았다. 보국사를 찾는 것은 그리 어려워 보이지 않았다.

장 내관이 첨언했다.

"보국사 자리는 원래 사명대사께서 행궁으로 점지해 주셨던 장소입니다. 천 년에 한 번 나올까 말까 한 길한 장소라고 하셨습니다. 선왕께서 그 자리에 보국사를 세운 것이지요."

사명대사라는 말에 허균은 갑자기 관심이 확 쏠렸다.

"사명대사께서 점지해 주셨다고요?"

"그렇습니다. 그곳 주지는 노암스님인데 사명대사의 스승이신 서산대사님의 시동이셨지요. 두 분은 친구셨습니다. 사명대사께서 살아계셨으면 동갑일 것입니다."

"그렇군요."

"듣기로 사명대사께서 노암스님에게만 조선 왕조의 국운에 대해 말해주었다고 합니다."

허균으로선 귀가 쫑긋할 만한 정보였다.

"그래요? 그 내용을 알 방법이 없겠소?"

장 내관이 고개를 저었다.

"그 내용은 모두 궁금해하지만 아무도 모릅니다."

"그러니 더 궁금하구려."

"나리께선 보국사에 사람을 보낼 작정이십니까?"

"그렇소. 내 직접 가고 싶지만 여의치 않으므로 심복을 보낼 생각이오."

장 내관은 잠시 생각하는 얼굴이 되었다.

"알겠습니다."

"하나만 더 물읍시다. 보국사에 대해 대비마마께선 얼마나 알고 계시오?"

"대비마마께서는 내탕금의 존재는 모르십니다. 보국사를 단지 선왕의 위패를 모시면서 영창대군의 안위를 위해 기도를 드리는 곳으로만 알고 계십니다."

"영창대군의 안위를 위해 기도를 올린다고 했소?"

허균이 다소 놀란 표정을 하자 장 내관의 얼굴에 낭패의 빛이 떠올랐다. 말을 잘못 전달했다는 얼굴이었다. 허균은 그를 안심시켰다.

"허허, 성상께선 그 사실을 모르시는 게군요. 아무래도 아시면 언짢아하시겠지요. 성상께는 아뢰지 않겠습니다."

장 내관이 감사의 뜻으로 고개를 숙여 보였다.

"헤아려주시니 감사할 따름이옵니다."

"그런데 장 내관께선 어찌하여 이런 사실을 성상께 고한 것이지요? 이 중대한 비밀이 타인에게 알려지는 것을 선대왕께서는 원하지 않으셨을 텐데 말이오. 장 내관께서 아뢴 것이 맞지요?"

허균의 물음에 장 내관은 망설이는 기색 없이 대답했다.

"그렇습니다. 제가 아뢰었습니다. 성상께서 명나라로부터 속히 고명을 받으셔야 정국이 안정될 터인데 내탕금은 바닥 난 지 오래고, 명나라 사신은 줄곧 은을 요구하니 제가 임의로 판단하여 보국사의 위치를 알려드렸사옵니다. 그것이 상감마마나 영창대군 모두에게 이로운 일이라고 판단되었기 때문입니다."

보국사에 은이 숨겨져 있음을 왕에게 고한 것이 어찌 영창대군에게도 이로운 일이겠는가? 영창대군은 그 일이 빌미가 되어 죽음에 이르렀지 않은가.

"알아듣기 쉽게 설명해 주시겠소?"

"상감마마께서는 정식으로 임명장을 받지 못한 상태시옵니다. 이런 상황으로 인해 왕족을 중심으로 불궤가 발생할 거라는 불안감을 갖고 계십니다. 상감마마의 이런 마음을 아는 자들이 자꾸 거짓으로 역모 사건을 만들어 옥사를 일으키므로 제가 조치한 것입니다. 상감마마께서 하루라도 빨리 고명을 받으셔야 영창대군도 불의한 무리로부터 화를 당하는 일이 없을 거라고 생각했습니다. 그런데 한발 늦고 말았습니다. 진즉 명나라로부터 칙서가 내려왔더라면 영창대군은 물론 능창군도 불의한 자들로부터 지켜낼 수 있었을 것입니다."

장 내관이 말하는 '불의한 자'란 이이첨이 분명했다. 허균은 장 내관이 스스럼없이 이이첨에게 증오심을 나타내는 것에 놀랐지만 애써 심상하게 대답했다.

"충분히 이해했소이다."

장 내관이 강조하듯 말했다.

"소생은 누구의 편도 아닙니다. 종묘사직의 안위만을 생각할 따름입니다."

"나 또한 그렇소. 그게 신하의 참된 도리 아니겠소?"

허균은 내수사를 나와 곧장 도문대작으로 향했다.

허균이 들어서자 툇마루에 걸터앉아 나물을 다듬고 있던 계옥이 일어섰다.

"나리, 지금 오십니까?"

"주모가 수고가 많소. 풍개는 안에 있소?"

"잠시 장에 갔습니다."

허균은 혹시나 해서 주모에게 물었다.

"주모, 사명대사의 친구 중에 같은 서산대사의 제자였던 분을 아시오?"

"대사님 제자 누구를 말씀하시는 것입니까? 한두 분이 아니셔서."

"노암스님이라고 하던데요. 지금 조령에 있는 보국사의 주지로 있다 들었소."

계옥이 관심을 갖고 물었다.

"생김새가 어떻다 합니까?"

허균은 아차 싶었다.

"내 그걸 못 물어보았군. 사명대사께서 그분에게 조선의 국운에 대해 어떤 예언을 하셨다고 하는데, 어떤 말씀인지 궁금하기도 하고 풍개를 보내기 전에 그분에 대해 알아두고 싶기도 하고, 그래서 꺼낸 이야기라오."

계옥이 뭔가 짚인다는 듯 눈을 가늘게 떴다.

"국운에 대해서라면 언젠가 대사님께서 친구분과 술을 자시다가 이상한 말씀을 하시는 것을 듣긴 했습니다."

"그래요? 어떤 말씀이었소?"

허균은 그녀의 말에 초집중했다.

"예, 대사님께서 술을 한 잔 죽 들이켜시더니 지금 망국의 기운이 조선을 덮쳤다 하시며 간신히 이 위기를 넘긴다 해도 두 번 더 위기가 남았다 하였습니다."

"두 번이라고 했소?"

"예, 두 번이라 하였습니다."

"그것을 막을 방법에 대해서는 듣지 못했소? 사명대사께선 미래를 대비할 계책을 일러주셨을 텐데요."

"그다음 말씀은 안타깝게도 듣지 못했습니다. 손님이 와서 방을 나와야 했습니다."

"저런!"

"죄송합니다, 그저 하시는 말씀인 줄만 알았죠."

"주모가 말한 분이 노암스님인지는 모르겠으나 사명대사께서 하신 말씀만큼은 의미심장하오. 앞으로 전쟁이 두 번 더 있을 것이라는 것!"

"중요한 것은 그 방법을 모른다는 것이죠."

"음, 이제까지 이야기로 미루어보아 그분이 노암스님일 확률이 아주 높소."

"서방님, 오셨습니까?"

외출했던 풍개가 문간으로 들어서며 인사를 했다.

"잘 왔다, 여기 앉아 보거라."

앉으라고 해놓고 허균은 그가 앉기도 전에 다짜고짜 짐을 싸라고 했다.

"서둘러야 한다, 풍개야, 어서 떠날 채비를 하여라."

"지금요? 대체 무슨 일인데 그러십니까?"

뜻하지 않은 명령에 풍개가 눈을 끔벅거렸다.

허균은 내수사 무관이 살해당한 이야기, 보국사의 비밀, 노암스 님과 관련해 주모에게 들은 이야기를 최대한 빠르게 전달했다.

"제가 그 일을 해낼 수 있을까요?"

풍개가 자신 없는 얼굴을 했다.

"풍개 너라면 충분히 할 수 있다. 해야 한다!"

허균이 풍개의 두 손을 꼭 잡았다. 풍개는 잠시 망설이는 듯했지만, 곧 비장한 얼굴로 대답했다.

"알겠습니다, 서방님. 저 말고 이 일을 맡을 사람이 없다면 이왕하게 된 거, 쇤네 신명을 바쳐 임무를 완수하겠습니다."

* * *

응서는 아버지가 준 약도를 몇 번이나 들여다보았다. 약도에 나온 대로라면 길이 있어야 했다. 길이 사라진 것인지, 약도가 잘못된 것인지 알 수 없었다. 응서는 주변을 천천히 살펴보았다.

분명 보국사로 향하는 진입로 같은데 커다란 나무가 쓰러져 길을 막고 있었다. 태풍에 쓰러진 것처럼 위장했지만 뿌리에 삽날자국이 있었다. 일부러 넘어뜨린 게 틀림없었다. 누군지는 몰라도 보국사로의 접근을 강하게 막고 있는 것이다.

응서는 단도를 꺼내 나뭇가지를 대충 쳐낸 뒤 둥치를 뛰어넘었다. 그 너머에도 나뭇가지가 어수선하게 널려 보행을 방해했다. 응서는 아랑곳하지 않고 지도만 보면서 앞으로 나아갔다. 어느덧 해가 기울었으므로 응서는 걸음을 빨리했다. 드디어 평탄한 길이 나오고 멀리 일주문이 시야에 들어왔다. 보국사에 다다른 것이다.

절 마당에 들어서니 중앙에 자리 잡은 대웅전에서 흐린 불빛이 흘러나오고 있었다.

응서는 대웅전으로 다가가 안에 대고 사람을 불렀다.

"계시오?"

대답이 없었다. 문틈으로 들여다보니 불상 앞에 초 두 자루가 놓여 있을 뿐 아무도 없었다.

"뉘시오?"

돌아보니 승복을 걸친 승려가 등잔불을 손에 들고 그를 빤히 쳐다보고 있었다. 어찌나 뚫어지게 쳐다보는지 노려보는 것처럼 보였다.

응서는 가급적 공손하게 들리도록 신경 써서 대답했다.

"실례합니다. 지나가던 객이온데 산에 들었다가 길을 잃고 헤매던 중에 날이 어두워져 이리로 왔습니다."

"죄송하지만 현재 저희 사찰에는 길손께 내어드릴 방이 없습니다. 마을로 내려가시는 것이 좋을 듯합니다."

노승의 불친절에 응서는 기분이 상했다.

"짐승이 길을 잃어도 박정하게 쫓지 않는 것이 사람의 도리이거

늘 불가에서는 오밤중에 길 잃은 나그네를 박대하는 것이 법도입니까?"

"밤늦게 칼을 품고 찾아온 자를 받아들이지 않겠다는 말을 한 것입니다."

응서는 자신의 품에 숨겨진 단도를 상대가 알아챘다는 것에 매우 놀랐다.

"미안하오. 호신용으로 갖고 다니는 물건이요. 이게 거슬리면 내려놓겠소."

응서는 품에서 단도를 꺼내 발 앞에 내려놓았다. 노승은 물러서지 않았다.

"소승을 속이고 계십니다. 몸에 쇠붙이가 하나 더 있습니다."

"노잣돈까지 빼앗을 셈이오?"

"엽전 꾸러미 말고 왼쪽 허리 아래 쇠붙이가 매달려 있습니다."

노승이 바지춤을 가리키자, 응서는 뜨끔했다.

'사명대사도 아니고 이자가 투시를 하는 것인가!'

"이것 말이오?"

노승은 응서가 내미는 마패를 바로 알아보았다. 짐작했다는 듯이 물었다.

"왕이 보냈소?"

응서가 대답하려고 할 때였다. 횃불이 등장하더니 절간 여기저기에서 사람들이 우르르 튀어나왔다. 모두 다섯 명이었다. 승복 차림에 손에는 기다란 각목이 쥐여 있었다. 횃불에 반사된 얼굴을 보니 노승 일색이었다.

'저 사람들이 왕의 무관들을 처치했다?' 아버지가 뭔가 잘못 알고 있는 게 아닌가 싶었다.

"이러지 마시오. 나는 그대들을 해칠 의사가 없소."

먼저 말을 걸었던 노승이 물었다.

"이곳에 왜 온 것이오?"

"다 말하겠소. 나는 영의정 박순 대감의 아들 박응서라고 하오."

순간 스님들이 서로의 얼굴을 번갈아 쳐다보았다. 그러더니 약속이라도 한 듯 쳐들었던 무기를 아래로 내렸다. 박순 대감만큼은 확실한 아군으로 받아들이고 있는 듯했다.

노승이 조금 누그러든 음성으로 물었다.

"영상 대감은 잘 계십니까?"

"잘 계시지 못합니다. 못난 아들을 둔 덕분에요."

"그게 무슨 말입니까?"

"밤새 세워둘 참이오?"

그제야 노승은 절 입구에 있는 요사채를 가리켰다.

"소승은 보국사의 주지 노암입니다. 안으로 드시지요."

응서는 노암의 안내를 받아 요사채로 들었다. 요사채는 불이 지펴져 바닥이 따뜻했고, 황토벽은 금 간 데 없이 정갈했다.

잠시 기다리니 밥상이 들어왔다. 꽤 정성 들여 차린 상이었다. 갖가지 나물 반찬과 함께 조밥이 한 공기 가득 나왔다. 주지스님이 응서 앞으로 밥상을 살짝 밀었다.

"먼 길 오느라 시장하실 텐데 요기부터 하시지요. 전란으로 농토는 다 파괴되었지만, 산은 변함없이 소출을 내어줍디다."

"그럼, 염치 불구하고 먹겠습니다."

인사는 했지만, 응서는 쉽게 수저를 들지 못했다. 밥을 먹을 때마다 그랬다. 친구들을 다 죽여 놓고 저 혼자 살겠다고 밥술을 입에 퍼 넣고 있는 자신이 한없이 경멸스러웠다. 허균 생각도 났다. 몇 년을 한결같이 강변칠우에게 술이며 쌀이며 부식을 대준 이였다. 이첨이 역모 고변을 사주하면서 허준의 이름도 댈 것을 요구했지만 그것만은 응할 수 없었다. 허균은 조금의 잘못도 없었기 때문이다. '교산이 도적질을 말렸을 때 들었어야 했어.'

그가 수저질을 편하게 하지 못하는 것을 보고 주지가 물었다.

"무슨 일이 있소이까?"

응서는 죽을 각오로 대답했다.

"영창대군이 유배 길에 오르셨소."

"뭐라고요? 뭐라 했소?"

노암이 중심을 잃고 뒤로 넘어갈 뻔한 것을 다른 스님들이 떠받쳤다.

"큰 스님, 정신 차리십시오."

"어찌 된 일이오? 자세히 말해보시오." 노암의 음성이 떨렸다.

"내가 그랬소. 이첨의 꾐에 넘어가 내가 무고하였소."

응서는 자신의 잘못을 순순히 시인했다.

* * *

능양군 이종의 귀에 능창군이 옥에서 자결했다는 소식이 들려왔다. 능양군은 치를 떨었다. '왕족의 씨를 말리려는 것인가. 영특하고 잘생긴 내 동생. 아까운 내 동생! 이제 열일곱밖에 안 된 내 동생. 조용히 지내고 있는데 왜 자꾸 사람을 건드려? 우리가 무얼 잘못했기에? 내 반드시 동생의 원수를 갚으리라. 광해, 너도 똑같은 슬픔을 맛보게 해줄 것이야. 너를 죽여 네 간을 씹어 먹으리라.'

능양군이 비통에 젖은 채 머리를 싸매고 누워 있는데 하인이 손님이 찾아왔다고 아뢰었다. 능양은 방문객을 돌려보내도록 했다.

"뉘신지는 모르겠으나 손님을 맞을 수 없다 일러라."

하인이 나가 그대로 일렀지만, 손님은 돌아가지 않고 계속 소리쳤다.

"이리 오너라!"

"대체 누구기에 초상집을 찾아와 이리 소란을 피우는고?"

능양군은 하는 수 없이 무거운 몸을 일으켜 대문간으로 나갔다.

대문 밖에 서 있는 사람은 놀랍게도 이이첨이었다.

능양군이 부들부들 떨며 호통을 쳤다.

"예가 어디라고 찾아왔소?"

이첨은 말없이 흙바닥에 무릎을 꿇었다. 능양군이 놀라서 그의 팔을 잡았다.

"왜 이러시오? 여기서 이러지 마시오. 아랫것들이 보고 있소."

이첨은 아무 망설임 없이 용서를 빌었다.

"죽을죄를 지었습니다."

"낭패로세. 어허, 어서 돌아가시오. 나는 지금 누구한테 사과를 받을 겨를도, 위로를 받을 겨를도 없소이다."

"능창군의 일은 저로서도 어쩔 수 없었습니다. 고변이 들어와 압송한 것일 뿐 손가락 하나 건드리지 않았습니다. 자결하리라고 는 상상도 못 했습니다. 딴생각을 못 하도록 감시했어야 했는데 다 제 불찰입니다. 죽으라면 죽겠습니다."

죽으라면 죽겠다는 말에 능양군의 마음도 조금 누그러들었다. 조금 상황이 나아진 것을 눈치챈 이첨이 다시 한번 졸랐다.

"용서를 받아 주실 때까지 이러고 있겠습니다."

왕을 꼭두각시처럼 갖고 논다는 조선의 이인자가 흙바닥에 엎 드려 사죄를 하니 능양군도 더는 어쩌지 못하고 그를 안으로 들 였다.

"일단 들어오시오."

이첨은 사랑방으로 안내되었다. 두 사람은 다과상을 사이에 두고 잠시 말이 없었다.

이첨이 결연한 눈빛으로 입을 열었다.

"능창군의 일은 백 번, 천 번 용서를 빌겠습니다. 다만 억울한 것은 저의 사견이나 사심으로 능창군을 압송한 것이 아니라는 것입니다. 나리, 저는 단지 왕에게 충성할 뿐입니다."

"그 말을 하러 온 것이오?"

이첨이 간절한 눈으로 능양군을 바라보았다.

"나리, 왕이란 성상을 두고 말씀드리는 게 아닙니다. 제가 뫼셔야 할 분은 오로지 왕 한 분이라는 것을 말씀드리는 것입니다. 그게 누구라도 말이지요."

그게 누구라도? 이첨의 말에는 묘한 여운이 깃들어 있었다. 능양군은 이첨이 자신을 떠보려는 것인가 보다 하고 얼른 내보내려 했다.

"잘 알겠습니다. 능창군을 잃은 슬픔은 시간이 해결해 주겠지요. 제가 지금은 경황이 없습니다. 이만 돌아가시지요."

이첨은 여전히 할 말이 남았는지 시간을 끌었다.

"나리, 제가 요즘 고민이 많습니다. 성상께서 오랑캐와 화친 정책으로 나갈 작정이신 것 같습니다. 보름 후면 황제의 칙서가 한양에 당도하는데 예조의 수장으로서 사신을 뵐 낯이 없어 걱정이 이만저만이 아닙니다."

능양군도 광해가 겉으로는 명나라에 의리를 지키는 척하면서 여진과 외교의 끈을 놓지 않고 있다는 사실을 알고 있었다. 유년기에 난리를 겪은 능양군에게 명나라는 구원의 나라로 각인되어 있었다. 명나라는 춥고 배고픈 피난살이를 면하게 해준 은인이었다. 임진왜란의 승리는 조선 혼자의 힘으로 된 것이 아니었다. 조명연합군이 일심동체가 되어 왜구와 맞섰기에 가능한 일이었다. 안 그래도 여진의 힘이 강성해진다 싶으니 요리조리 줄타기를 하려는 광해군의 태도가 내심 못마땅하던 능양군이었다.

하지만 능양군은 속마음을 드러내지 않고 사무적으로 대답했다. 녹봉은 주어져도 나랏일에 배 놔라, 감 놔라 할 수 없는 게 종친의 운명이었다.

"성상께서 하시는 일이니 저는 아무래도 좋습니다. 어차피 왕족이 정치에 왈가왈부할 수 없는 일, 두 분이 종묘사직을 잘 이끌어 주십시오. 안녕히 가십시오, 대감."

이첨은 이쯤에서 물러가기로 했다.

"예, 그럼 저는 이만…. 마음 편히 잡수십시오, 나리. 종종 들르겠습니다."

이첨은 여운을 남기며 자리를 떴다. '생각의 씨앗을 뿌려놓았으니 생각에 물을 주고 햇살을 쬐어 주는 것은 능양의 몫일 터….'

8. 왕이 미쳤다

날카로운 비명소리가 궐의 공기를 찢었다. 침소 밖에 대기하고 있던 상궁들이 일제히 왕에게 달려갔다.

"전하, 전하, 어인 일이시옵니까?"

상궁이 급히 초를 찾아 불을 켜니 왕이 침소에 드러누운 채 허공을 휘젓고 있었다. 서 내관이 달려와 왕의 팔을 붙잡았다.

"전하, 정신 차리시옵소서."

왕의 눈이 번쩍 떠졌다. 왕이 떨리는 손으로 천장을 가리켰다.

"저 안에, 저 안에 숨었다."

"누가 숨었다는 것이옵니까?"

"저기 저 반자 뒤에 영창이 숨었다."

영창이라는 말에 서 내관은 눈물이 핑 돌았다. 왕의 악몽이 다시 시작된 것이다.

"전하, 고정하시옵소서. 영창대군은 닷새 전에 숨졌사옵니다."

"아니다, 아니다, 살아 있다. 분명히 살아 있다. 반자를 뜯어보면 안다."

서 내관이 엎드려 용서를 빌었다.

"전하, 근자에 궐내에 쥐가 돌아다니기에 내시부에 소제를 단단히 하라 일렀사온데 미처 처리하지 못하였음이옵니다. 모든 게 신의 잘못이옵니다. 날이 밝는 대로 반자를 뜯어 완벽하게 소제를 마치겠나이다."

날이 밝는 대로 반자를 뜯겠다는데도 왕은 세차게 고개를 저었다.

"지금 당장 뜯도록 하여라. 필시 영창이 있을 것이다. 영창이, 영창이 반자에 난 구멍으로 나를 불렀다. '전하, 전하! 여기는 춥사옵니다. 그리로 내려가겠습니다. 그 자리는 소신의 자리옵니다.' 이러면서 이쪽으로 오려 했다."

서 내관은 거의 울 것 같은 표정이 됐다.

"전하, 반자에 구멍은 없는 줄로 아옵니다."

"명령이니 반자를 뜯어 영창을 꺼내어라! 꺼내서 자기 처소에 데려다주도록 하여라."

서 내관은 왕을 설득할 수 없음을 깨닫고 순종하여 답했다.

"어명 받자와 바로 내시부에 일러 반자를 뜯도록 하겠사옵니다."

이에 한밤중에 내시부 전원이 동원되어 반자를 뜯어내기 시작했다. 침전이 혼란스러우므로 왕은 편전으로 잠자리를 옮겼다.

승정원 주서가 왕이 간밤에 주무신 곳을 기록하기 위해 침전을

178

찾았다가 밤사이 편전으로 이동한 것을 알게 되었다. 그가 이 사실을 허균에게 보고했다.

허균은 또 무슨 일인가 싶어 편전으로 달려갔다. 서 내관이 밤사이 있었던 일을 허균에게 설명했다.

"간밤에 침전의 반자 위에서 쥐가 돌아다녀 침소를 편전으로 옮겼사옵니다."

"대궐 침전에 쥐가 돌아다닌다니, 그게 무슨 소리입니까?"

서 내관이 말을 고르기 위해 진땀을 흘렸다.

"그게, 상감마마께서 아무래도 헛것을 보신 듯하옵니다…. 상감마마께서 영창대군이 찾아왔다며 반자를 뜯어내라 명하셨사옵니다."

'자다 말고 반자를 뜯으라 하셨다?' 왕의 상태가 심상치 않았다. 도승지로서 이 일을 빨리 수습해야 했다.

"아침 문안을 거를 수 없으니 서 내관께서 전하를 대신하여 대비전에 문안을 여쭙고 와야겠습니다. 저는 내의원에 기별을 넣겠습니다."

잠시 후 허균의 기별을 받은 허준이 편전에 도착했다. 허균이 허준을 맞이했다.

"형님!"

"성상은 알현했는가?"

"아직입니다."

"들어가세." 허준이 앞장섰다

왕은 입술이 바싹 말라 있었다. 얼굴은 검게 타들어 가 있었고 원래부터 살집이라곤 없는 뺨이 우물이라도 판 듯 더 깊어졌다. 며칠 새 이렇게 사람이 수척해질 수도 있는가 싶어 허균은 가슴이 먹먹했다.

허균은 돌아앉아 진찰이 끝나기를 기다렸다. 잠시 후 허준이 진맥 결과를 일러주었다.

"워낙 심병이 있으신 데다 갑작스러운 슬픔으로 인해 폐의 조화가 깨지셨네. 여기에 노권, 식적, 칠정, 방로, 담음이 옥체를 덮치니 약과 침만으로 고치기 어렵겠네."

"약이 없다는 말씀이십니까?"

"약이 없다기보다 의원이 처방하는 약에는 한계가 있다는 뜻일세. 성상께서 앓고 계시는 병은 걱정을 말끔히 걷어내고, 슬픔을 기쁨으로 대체하고, 허기진 육체를 음식으로 보하고, 피로한 신체에 휴식으로 주어야 낫는 병일세."

허균이 고개를 끄덕이며 한숨을 쉬었다. 허준이 허균에게 당부했다.

"내 일단 약을 조제하겠네. 그리고 침의에게 일러 침을 놓도록할 것이야. 절대적으로 안정이 필요하니 오늘 조회는 쉬시도록 하시게."

"예, 알겠습니다. 신료들에게 이르겠습니다. 그리고 형님, 저

180

좀….”

허균이 할 말이 있다며 허준을 밖으로 이끌었다. 두 사람은 편전 마당에 마주 보고 섰다. 허균이 길게 한숨을 내쉬었다.

“지금 상께서는 악몽 단계를 넘어 헛것을 보고 계신 듯합니다. 어젯밤 침전에 영창대군이 나타났다 하여 한바탕 소동이 있었다지요.”

“지난번 칠서들의 옥사 이후 병증이 더욱 심해지신 듯하이. 이건 동생이라서 하는 이야기가 아니라 자네가 승정원 도승지라서 하는 얘기네. 지금 이 상태라면 성상께서는 생명이 위태로우실 수도 있네.”

생명이 위태롭다는 말에 허균은 미간의 골이 더욱 깊어지는 느낌이었다.

“그 정도입니까? 큰일입니다. 보름 후면 명나라 사신이 당도하는데 가뜩이나 이 핑계 저 핑계 대면서 고명을 미루는 판에 옥체 미령하신 것을 알면 진짜 일을 그르칠 수도 있겠습니다.”

허균은 지나치게 섬세한 왕의 성정이 안타까웠다. 좀 꿋꿋하게 버텨주면 얼마나 좋을까. 허준도 두 눈을 끔벅거리며 조선의 미래를 걱정했다.

“자네도 알다시피 성상께서 선대왕의 숙원이셨던 창덕궁을 중수하시고 얼마나 감격에 겨워하셨나. 그런데 어떻게 됐나? 창덕궁에 드신 지 보름도 안 되어 다시 경운궁으로 되돌아오시지 않았는가? 이곳에서마저 계시지 못하면 이제 어디로 가셔야 할지⋯."

창덕궁에서는 노순군, 연산군의 귀신이 밤마다 괴롭힌다 하더니 경운궁에서는 또 영창대군의 혼령이 괴롭힌다며 잠을 못 이루는 왕.

"형님, 어심이 안정을 찾지 못하시는 것이 진짜 혼령들에게 괴롭힘을 당하시는 탓은 아니겠지요?"

"두말 하면 잔소리지. 상감마마의 병은 심병일세. 최근 들어 옥사가 좀 많았나. 왕족과 백성의 목숨을 앗았다는 죄책감에, 누군가 당신의 자리를 빼앗을지 모른다는 불안감의 발로야."

허균은 무슨 좋은 방법이 없을까, 하다가 한 가지 생각이 났다.

"형님, 이러면 어떻겠습니까?"

＊ ＊ ＊

응서는 요사채에서 끌려 나와 대웅전 뒤쪽, 산비탈에 세워진 작은 전각에 던져 넣어졌다. 현판에 독성각(獨聖閣)이라 쓰여 있었다. 홀로 깨쳐 성인이 된 사람을 독성이라 한다던가? 대웅전, 극락전 외에 따로 독성각을 두는 절이 있다더니 보국사도 그런 모양이었다.

독성각 내부는 화려하면서도 음산했는데 전각 정면에 불상 대신 탱화가 모셔져 있었다. 어린아이가 부처에게 꽃을 전달하는 그림이었다. 그러고 보니 그 그림이 다가 아니었다. 사방이 어린아이 그림이었다. 어린아이가 부처의 품에 안겨 있는 모습, 중생들이 구름 위에 올라앉은 어린아이를 우러르는 모습….

그리고 응서의 눈을 끄는 신기한 물건. 전각 한쪽에 사람 키를 넘기는 기다란 나팔이 소중한 보물인 듯 모셔져 있었다. 손에 들고는 불 수 없고 나팔 끝을 땅바닥에 댄 채 불어야 할 것 같았다. '저것은 또 뭐하는 물건인가?'

응서가 사방을 두리번거리는 것을 보고 노암이 꾸짖었다.

"독성불께 예를 갖추어라."

노암이 탱화를 향해 공손하게 절을 올렸다. 그림 속의 어린아이가 독성불인 모양이었다. 응서도 노암을 따라 탱화를 향해 절을 했다. 손이 뒤로 묶여 있어 합장은 불가능했다. 얼떨결에 절을 하고 나니 우스운 생각이 들었다.

"이보시오, 저 어린아이가 중생들에게 복을 주고 소원을 들어주는 독성불이라면 스님과 나, 둘 중 누구에게 복을 주고 누구의 소원을 들어줄 것 같소?"

그때였다. 뭐에 북받쳤는지 노암이 갑자기 흐느껴 울기 시작했다.

"대군마마! 소신이 곧 구하러 가겠사옵니다."

일이 이상하게 돌아가고 있었다. '설마 저 어린아이가 영창대군?'

노암이 바로 수수께끼를 풀어주었다.

"생불이신 영창대군이시다. 독성불께서는 목이 잘려 죽게 된 중생을 살리시고, 그들로 하여금 나라에 충성할 기회를 주셨다. 우리는 영창대군을 구하러 떠날 것이다. 네놈이 죽고 싶어 제 발로 찾아왔으니 네놈부터 죽여 죽겠다."

그가 눈짓을 하자 다섯 노승이 각목을 들고 다가왔다. 응서가 급하게 소리쳤다.

"스님, 나는 언제 죽어도 좋소. 죽어도 여한이 없는 사람이오. 죽기 전에 하나만 가르쳐 주시오. 궁금한 게 있소. 보아하니 그대들 힘으로는 어림없고, 또 다른 승병이 있어 상감마마의 무관들을 죽인 것이 분명하오. 내 말이 맞소?"

노암은 부정하지 않았다.

"잘 알고 있구나. 맞도다."

"다섯 무관을 다 죽였소?"

"한 놈도 남김없이 다 죽였다."

"한 가지만 더 묻겠소. 은 10만 냥은 보국사에 그대로 있는 것이오?"

노암이 코웃음을 쳤다.

"네놈 역시 은이 탐나서 왔구나. 네놈은 특별히 은과 함께 묻어 주겠다."

응서가 빠르게 외쳤다.

"제발, 제발 내 말 한마디만 더 들어주시오."

"천하의 죄인이 할 말이 더 남았더냐?"

"이이첨이라는 자가 있소. 의금부 판사인 그가 우리 강변칠우를 살해범으로 몰았소. 내수사 무관들이 탈취한 은을 역모 자금으로 둔갑시킨 것도 그자요. 이이첨은 나로 하여금 연흥부원군이 영창대군을 왕으로 옹위할 계를 꾸몄다고 거짓 고변하도록 만들었소. 이이첨 때문에 연흥부원군과 그 아들들이 사사되었고, 영창대군이 강화에 위리안치된 것이오. 이이첨을 잡아다 족치시오."

노암의 눈썹이 격렬하게 꿈틀거렸다.

"어차피 다 죽여줄 테니 걱정 말아라. 네놈도, 이이첨도, 왕도 모조리 죽여줄 것이다."

"이렇게 합시다. 이이첨 먼저 제거합시다. 나는 그 뒤에 죽겠소. 이이첨에게 속아 내 평생의 벗들을 능지처사의 구렁텅이에 몰아넣은 죄, 이이첨에게 속아 아버지를 7년간 이어오던 영상 자리에서 끌어 내린 죄, 왕을 위태롭게 한 죄, 기꺼이 받겠소. 나는 죽어 마땅하오. 다만 내 죄를 갚고 친구들의 복수를 한 후 죽게 해주시오. 제발 내게 기회를 주시오."

노암이 하하하 웃었다.

"네놈이 이이첨의 사주를 받아 대군마마를 역적으로 몰더니 이제는 우리까지 죽게 만들 작정으로 왔구나. 네놈의 간계가 그렇게 쉽게 통하지는 않을 것이다!"

응서가 간곡하게 애원했다.

"이보시오, 스님! 제발 사람 말을 믿어주시오. 선왕께서 내 아버지께 왕의 마패를 내주신 것은 이런 일이 있을 줄 아셨음이 아니겠소? 아버지는 또 왜 나에게 마패를 주셨겠소? 내가 초래한 불행을 내 손으로 수습하라는 것 아니오? 다시 말하지만, 나는 이 자리에서 벼락을 맞아 죽어도 할 말이 없소. 다만 이대로 갈 수는 없소. 이이첨에게 속은 것이 얼마나 원통했으면 사지나 다름없는 이곳에 내 발로 찾아 왔겠소? 부디 나로 하여금 죗값을 받게 해주시오. 내게 계책이 있소."

노암이 잠시 생각하는 눈치였다.

"네 계가 무엇이더냐?"

"이이첨을 꼬여내겠소. 당신들은 그 틈을 이용해 그자를 죽이시오."

노암이 뚫어질 듯 응서를 바라보았다.

"그럼 네놈도 이이첨과 임금을 죽이고 나라를 뒤엎는 일에 가담하겠다는 것이냐?"

"역적과 충신은 종이 한 장 차이오. 대의 앞에 역적은 없소. 대의 앞에서는 무슨 짓을 해도 충신이요. 하지만 권력을 찬탈하겠다는 생각으로 반정을 일으킨다면 그것은 역적이오. 임금은 잘못이 없소. 단지 아버지와 아들 사이에 약간의 오해가 있었던 것뿐이오. 이이첨이 그것을 확대하고 부추겨 국론을 분열하고 국법을 문란케 한 것이오."

응서의 열변에 노암이 끙 하고 신음소리를 냈다. 노승 내면의 갈등이 읽혔다.

"스님, 왕을 바꾸기보다 왕의 생각을 바꾸게 만듭시다. 당신들도 아시지 않소? 임진왜란 때 의병, 승병이 어이하여 들불처럼 일어났소? 세자였던 임금님께서 친히 전쟁터를 누비시니 그에 고무되어 너도나도 왜구를 토벌하러 나선 것이 아니오? 임금을 죽이는 것은 간단할지 모르오. 하지만 임금을 죽이면 정국에 혼란이 오고, 정국의 혼란은 백성의 부담으로 전가되오. 임금님께서는 보위에 오르시면서 대동법을 시행하셨소. 경기도에서만 시행되는 현 대동법을 조선 팔도로 확대하느냐 마느냐 기로에 서 있소이다. 다음 임금이 그것을 제대로 이어받아 시행한다는 보장이 있소? 그것을 아예 폐지해 버린다면 어찌할 것이오? 상감마마께서 시작한 일이니, 시작한 분이 결단하여 대동법을 확대할 수 있도록 합시다. 민초들이 배곯지 않고 살 수 있도록 합시다."

노암이 다시 한번 끙, 하고 신음소리를 냈다. 응서는 기회를 놓치지 않았다.

"왕을 죽이고 영창대군을 임금으로 세운들 어린 왕이 무슨 힘이 있겠소? 어차피 대신들이 조정을 좌지우지할 것 아니오? 그들이 이 나라를 혼란 정국으로 이끈다면 그다음에는 어찌할지 계획이 서 있소? 그 뒤의 생각까지 해두었다면 반란을 하든 역모를 하든 맘대로 하시오!"

노암이 결정을 내렸는지 하하하, 크게 웃었다.

"네 말대로 그 뒤의 일은 우리가 생각할 것이다. 일단 너는 죽어 주어야겠다!"

* * *

"형님, 제게 생각이 있습니다. 귀를 좀 빌려주십시오."

허균이 허준에게 바짝 다가섰다. 허준이 아우에게 물었다.

"무슨 이야기를 하려는 것인가?"

"환경을 바꾸어 보면 어떨까요? 성상께서 궐이 아닌 다른 곳에서 지내시도록 하는 것입니다."

"어디를 말하는 겐가? 행궁을 말하는 것인가?"

"아닙니다. 성상께서는 행궁을 궐만큼 싫어하십니다."

"…"

"이를테면 민가 같은 데 계시게 하면 어떨까요?"

"자네도 알지 않나. 성상께서는 궐을 한 발자국도 벗어나실 수가 없네. 그게 왕의 운명이야."

"궐에 머물면서 민가에도 동시에 묵으신다면 이야기가 다르지 않겠습니까."

"장난을 하자는 것인가, 성상께서 무슨 홍길동인가? 머리카락을 뽑아 당신을 하나 더 만드시라는 것인가?"

허균이 고개를 크게 끄떡였다.

"맞습니다. 사명대사께서는 아주 간단하게 변신술로서 목숨을 건지셨지요. 대사께서 선대왕의 친서를 받들고 왜나라에 건너갔을 때의 일입니다."

그가 사람들 입에 자주 오르내리는 사명당의 무용담을 거론했다.

"당시 왜인들은 겉으로는 화친을 주장하면서 조선의 중에게 본때를 보여주고자 음모를 꾸몄습니다. 하루는 온천장에 대사를 모셔놓고 멀리서 활을 쏘았지요. '맞추었다!' 하고 다가가서 보니 화살에 맞아 쓰러진 것은 대사님이 아니라 허수아비였습니다."

허준이 한쪽 눈을 치떴다.

"그 말인즉슨 허수아비를 세워 옥체를 대신하고, 성상께서는 피전토록 하시자는 것인가?"

"그렇습니다."

"설마 대소신료들이 허수아비를 주상 전하로 여기리라 믿는 것인가?"

허균이 확신에 찬 목소리로 대답했다.

"믿게 해야지요. 형님께서 도와주시면 가능합니다."

"내가?"

허준의 반문에 허균이 의미심장한 미소를 입가에 올렸다.

허균은 그날 저녁 왕을 알현했다. 어의가 응급으로 첩약을 쓴 덕에 광해는 어느 정도 기력을 찾은 상태였다.

"전하, 옥체 미령하던 것은 좀 어떠하옵는지요."

"좀 낫소."

그렇게 말은 했지만, 광해의 눈은 쑥 들어가 있고 낯빛은 검었다. 정신만 돌아왔을 뿐 전혀 나아진 것이 없었다. 생명이 위험할 수 있다는 허준의 말은 조금도 과장이 아니었다.

"전하, 아뢰옵기 황송하오나 안 좋은 기운이 궁궐 일대를 덮고 있는 것이 확실하옵니다."

왕은 자신은 미친 사람 취급하지 않고 그 말에 동의해 주는 허균이 고마웠다.

"이야 말로 사태를 바로 보고 있소. 내 그렇다 하지 않았소?"

"전하, 오래전에 전하께옵서 신과 대화할 적에 명나라 말을 사용했던 일을 기억하고 계시옵니까?"

허균은 광해가 조선의 안위와 상업을 안정시키려면 대국을 알아야 한다면서 스승까지 두고 열심히 중국어를 익혔던 일을 상기시켰다.

"그랬지요."

"여전히 중국어가 가능하시옵는지요?"

"그때처럼 열심히 공부를 하는 것은 아니지만 잊지 않도록 가끔씩 〈직해소학〉, 〈홍무정운역훈〉을 들여다본다오."

"그때를 추억하면서 잠시 중국어로 대화를 나누고 싶은데 허락하여 주시겠습니끼? 니 하이 하오마(你還好嗎)?"

"중국어로 대화를 나누자고요?"

광해는 허균의 느닷없는 제안이 의아했으나 곧 그 의도를 파악했다. 듣는 귀가 많으므로 비밀 이야기를 하고 싶다는 뜻이었다.

"하오(好)."

광해가 수락하면서 두 사람은 중국어로 대화를 시작했다.

"소신 감히 간하옵니다, 잠시라도 피전하시는 것이 어떠하올는지요."

"그건 안 될 말이오. 명나라 사신이 당도하려면 보름밖에 안 남았소. 궐을 떠날 수는 없소."

"그래서 가야 한다는 것이옵니다. 열흘만이라도 피전하시어 옥체를 보존하시옵소서."

광해와 허균은 중국어로 대화를 이어 나갔다. 왕을 에워싼 상궁과 내관들은 알아들을 수 없는 언어였다.

"피전이라면 얼마든 해보았소. 온정이 있는 온양이나 이천, 고성, 청주… 팔도에 있는 행궁이라는 행궁은 다 머물러 보았소. 온양에 다녀오니 피부병이 도졌고, 이천에 다녀오니 장염이 생겼고, 고성에 다녀오니 천식이 심해졌소. 행궁살이가 과인에게는 맞지 않는 듯하오."

"궐이 아닌 민가에 머무시는 것은 어떻겠사옵니까?"

민가 이야기를 꺼내자, 왕이 웃었다.

"가당치도 않소. 반나절 미행이라면 몰라도 과인은 단 하루라도 궐을 비워둘 수 없는 몸이오."

허균이 차분하게 고개를 저었다.

"궐은 비우시지 않으셔도 됩니다. 전하를 대신할 허수아비를 궐에 두겠사옵니다. 허수아비가 궐을 지키는 동안 전하께서는 치료에 온 신경을 기울이옵소서. 열흘만 민가에 머무시면 되옵니다."

"허수아비를 세운다? 거 누구더라? 세간에 회자되는 홍길동! 나더러 홍길동이 되라 하는 거요?"

허균이 간곡하게 부탁했다.

"전하, 당장은 이해가 되지 않으시고 황당한 소리로 여겨지시겠사오나 한시가 급하옵니다. 옥체를 보전하셔야 합니다. 전하께서 옥체 미령하시다는 소문이 궐 안에 가득하옵니다. 불온한 무리에게 빌미를 주어서는 안 될 일이옵니다. 궐에 사는 악귀를 피해 건강을 되찾으시는 동안 소신이 은을 찾아놓겠사옵니다."

"도승지, 어찌 그런 일이 가능하단 말이오. 조신들이 내 얼굴을 다 알고 있소. 수많은 비와 빈, 세자와 왕자, 공주는 어떻게 할 거요. 그리고 다른 사람은 다 속여도 중전은 못 속이오."

"전하, 서역 너머에 잉글랜드라 하는 섬나라가 있사온데, 그곳 튜터 왕가에 에드워드 6세라 하는 왕이 있었습니다."

6세라는 말에 왕이 의문을 제기했다.

"에드워드 6세요? 여섯 살짜리가 나라를 다스렸다는 말씀입니까?"

허균만 해도 명나라를 오가며 서양의 문물을 익힌 덕에 이질적인 외국 문화에 익숙했지만, 조선을 벗어나 본 적도, 외국 서적을 본 적도 없는 왕에게 6세라는 이름은 낯설었다.

"아뢰옵기 황공하오나 6세라 함은 나이를 가리키는 말이 아니라 같은 이름을 가진 왕손이 여럿 있어 태어난 순서를 매긴 것에 불과하옵니다."

왕은 바로 이해했다.

"그렇군요. 조선에서 갑식이, 을식이, 병식이 하듯 말이지요?"

"바로 그러하옵니다. 그런데 그 에드워드 6세가 세자였을 적 이야기옵니다. 하루는 에드워드 세자가 궐 밖으로 나갔다가 자신과 매우 흡사하게 생긴 거렁뱅이 아이를 보고 장난기가 발동하여 잠시 역할을 바꾸어보면 어떨까, 생각했습니다."

"저런, 그래서요?"

"사람들이 감쪽같이 속자 에드워드 세자는 신이 났습니다. 그렇게 두 사람은 정반대의 삶을 살게 되었사옵니다."

어느덧 왕은 이야기에 흠뻑 빠져들고 있었다.

"그럼 그 거렁뱅이가 왕이 된 것이오?"

"아니옵니다. 다행히 즉위식 날에 맞춰 세자가 궐로 돌아와 모든 것을 바로 잡았다고 하옵니다."

"오호, 참으로 재미있는 이야기구려."

"이 이야기는 전설에 불과할지 모르지만 신이 현실에서 이를 가능하게 만들 방도를 생각해놓았사옵니다. 전하, 종묘사직을 위하여 피전을 결행하여 주시옵소서."

광해는 한참을 고민하더니 입을 뗐다.

"내가 어떻게 하면 되겠소?"

"닷새 후 도문대작으로 미행을 나와 주시옵소서. 그때 가서 상황을 보시고 결정하셔도 늦지 않은 줄 사료되옵니다. 신은 그동안 피전 준비를 해두겠사옵니다."

그렇게 그들의 비밀스러운 중국어 대화는 끝을 맺었다.

*　*　*

풍개는 허균이 준 약도를 몇 번이나 들여다보았다. 약도에 나온 대로라면 길이 있어야 했다. 길이 사라진 것인지, 약도가 잘못된 것인지 알 수 없었다. 풍개는 다시금 약도와 주변 지형을 맞추어보았다.

보국사 진입로로 의심되는 곳에 커다란 나무가 쓰러져 있었다. 태풍에 쓰러진 것처럼 위장했지만, 뿌리에 삽날 자국이 있었다. 일부러 넘어뜨린 것이다.

풍개는 단도를 꺼내 나뭇가지를 정리한 뒤 나무둥치를 뛰어넘었다. 주변에도 나뭇가지가 어수선하게 널려 보행을 방해했지만, 요리조리 피하며 지도를 따라 앞으로 나아갔다. 한참을 가니 평탄한 길이 나오고 멀리 일주문이 보였다. 풍개는 걸음을 빨리 놀렸다.

드디어 절이었다. 층계를 올라 천왕문을 지나자 너른 마당이 나타났다. 마당에 발을 들여놓았다고 생각하는 순간, 머리에 둔중한 충격이 가해졌다. 풍개는 그 자리에서 의식을 잃었다.

얼마나 시간이 흘렀을까. 풍개는 서서히 정신이 돌아오는 것을 느꼈다. 깨질 듯한 통증이 머리를 후벼 팠다. 입에는 재갈이 물려 있고, 뒤로 손이 묶여 있었다. 작은 창으로 달빛이 비쳐 들었다. 이런저런 물건들이 쌓인 것으로 보아 광이었다.

광에는 자기 말고 다른 사람이 한 명 더 있었다. 그는 웅크린 채 잠이 들어 있었는데 자신과 똑같이 결박된 상태에서 입에 재갈이 물려 있었다. 그의 얼굴을 확인하는 순간 풍개는 자기 눈을 의심했다. 그는 응서였다.

"응서 형님…!"

입에 물린 재갈 때문에 풍개는 '으어어어'로밖에 그를 부를 수가 없었다. 풍개의 소리를 들었는지 응서가 고개를 들었다.

뿌옇게 날이 밝아 오고 있었다. 타는 듯 목이 말랐다. 풍개는 침이라도 삼켜보려 애썼다. 바깥에서 기척이 들렸다. 누군가 문을 열고 들어섰다. 노승이었다. 눈썹이 희고 눈매가 매서웠다. 그가 풍개에게 다가와 재갈을 풀어주었다.

"너는 누구냐? 누구이기에 옥새가 찍힌 마패를 차고 있는 것이냐?"

노승이 풍개의 눈에 마패를 들이댔다.

"어우! 답답해 죽는 줄 알았네."

풍개가 입을 움직여 얼굴 근육을 풀었다.

"물부터 먹게 해주시면 안 됩니까?"

노승이 물 사발을 들어 그의 눈에 들이댔다.

"물이 마시고 싶으면 네가 누군지 말해라."

"소인은 한양 사는 풍개라고 합니다. 어명으로 임금님의 심부름을 가는 중이었습니다. 자, 이제 물을 먹게 해주십시오."

임금님의 심부름꾼이라는 말에 노승이 푸하하, 웃음을 터트렸다.

"누굴 바보로 아는가? 너는 누가 봐도 상놈이다. 임금님께서 너따위에게 명을 내렸다고? 솔직히 대라. 어디에서 훔친 물건이냐?"

"자세히 말씀드릴 테니 물부터 먹게 해주십시오. 너무 목이 말라 내가 누구인지 잘 생각이 나지 않습니다."

노승이 할 수 없다는 듯 그의 입에 물그릇을 갖다 댔다. 풍개가 얼굴을 박다시피 벌컥벌컥 물을 들이켰다.

"으아, 이제 좀 살 것 같네!" 그의 얼굴이 격하게 밝아졌다.

"저는 도승지 허균 나리의 노비였다가 면천되어 양인이 된 풍개라고 합니다. 나리께서 어명을 받으셨는데 직접 내려오시기 힘드시므로 제가 대신 온 것입니다."

"그렇다면 네 주인의 심부름을 가는 것이지 어명을 따른 것이 아니지 않느냐. 게다가 양반이 노비를 양인으로 풀어주었다고? 지나가던 개가 웃겠다."

"진짭니다."

풍개가 응서를 가리켰다. "저자에게 물어보십시오. 사실을 말해줄 것입니다."

"두 사람이 아는 사이더냐?"

노승이 대답을 듣고자 응서의 재갈도 풀어주었다. 응서도 입을 크게 벌려 얼굴 근육을 이리저리 움직였다.

"그 사람의 말은 다 사실이오!"

풍개가 의기양양해서 외쳤다.

"거 보십시오."

그러나 노암은 수상쩍은 표정을 풀지 않았다.

풍개는 풍개대로 어찌하여 응서가 이곳에 있는 것인지 궁금하기 짝이 없었다.

"형님은 여기 어쩐 일이시오?"

허균과 강변칠우에게는 천하의 죽일 놈, 친구를 팔아먹은 배신자였지만, 풍개 자신에게 그를 응징할 권리가 있는 것인지는 애매했다. 그래서 하던 대로 형님이라는 호칭을 사용했다.

응서는 응서대로 궁금한 게 많았다.

"나는 죄를 갚으러 왔다. 듣자 하니 교산이 도승지에 제수된 모양이구나. 잘되었다. 혹시 치의 소식을 들었느냐?"

"치의 형님은 잘 계십니다."

"그리로 갔더냐?"

풍개는 확실한 대답을 피했지만, 응서는 긍정으로 받아들였다.

"잘 있는 게로구나. 다행이다."

응서가 노승에게 부연 설명을 했다.

"도승지 허균과 나는 친구 사이외다. 나는 그를 잘 아오. 허균이 도승지에 제수되었으니, 풍개가 그의 명을 받았다면 어명을 받든 것이나 다름없소."

노암에게는 응서의 설명이 충분치 않은 것 같았다.

"아무래도 두 놈이 공범인 것 같구나. 좋다! 한날한시에 보내주마. 길동무가 있으니 마지막 가는 길, 외롭지는 않겠구나."

그 말에 풍개가 역정을 냈다.

"스님, 대체 앞에 있는 사람 말이 옳은지 그른지도 구분 못 하고 무슨 중생을 구제한다고 그러시오?"

"어디서 감히 큰소리더냐?"

응서가 둘을 말렸다.

"그만들 하시오. 나는 왕의 목숨을 지켜야 하오. 그것만이 이 나라를 구할 수 있는 길이오. 상감마마께서 큰 그림을 계획하고 계시오. 그 계획이 나라를 구할 것이오. 그분을 지켜드려야 조선을 구할 수 있소."

"시끄럽다! 그 입을 닥치렷다! 그깟 요설을 줄줄이 풀어놓은들 네놈이 살 수 있으리라 생각하는가?"

"지금 조선의 적은 왜구가 아니라 여진이오. 여진은 지금 강성하여 마음만 먹으면 얼마든 명나라를 삼킬 수 있소. 조선을 집어 삼키는 일쯤 어린아이 팔 비틀기란 말이오. 우리가 할 일은 명나라에 붙어 안전을 구걸할 것이 아니라 여진과 화친하여 형제의 의를 맺는 것이오. 모든 사람이 친명 정책으로 나가는 가운데 상감마마께서는 외로이 등거리 외교를 펼치고 계시오. 상감마마께 무슨 일이 생기면 조선도 풍비박산이 나고 말 것이오."

그 말이 풍개의 귀에 번쩍하고 와 닿았다.

"응서 형님께서는 조선의 상황을 어찌 그리 자세히 알고 계십니까? 스님, 스님은 사명대사의 친구분이었던 노암스님이 맞지요?"

노암이 석연찮은 표정으로 반문했다.

"네놈이 그걸 어찌 아느냐?"

"역시 그랬군요! 그럼 지금 응서 형님이 하는 말도 알아들으시겠군요."

"그게 무슨 말이냐?"

"사명대사께서 오래전에 스님께 한 말씀이 있을 텐데요. 이 나라에 두 번의 커다란 위기가 온다고 했던 대사님의 말씀 기억 안

나십니까?"

그럴 때 노암의 표정은 마치 귀신을 본 듯했다.

"그, 그 이야기를 아는 자가 없는데, 네놈의 정체가 무엇이더냐?"

"소인은 현계옥 주모 밑에서 요리사로 일하고 있는 풍개입니다."

"현계옥? 개성 권번의 현계옥을 말하는 것이냐?"

"그렇습니다."

노암은 뭔가 짚이는 구석이 있는지 풍개를 다그쳤다.

"허균이라는 자가 현계옥과 무슨 관계더냐?"

"허균이라는 자라뇨? 서방님은 도승지 나리십니다. 소인도 자세한 것은 모릅니다. 서방님은 사명대사의 절친이셨던 허봉 나리의 아우로서, 사명대사님의 명에 따라 현계옥 주모와 함께 큰일을 도모하고 계신 걸로 알고 있습니다."

노암의 눈썹이 치켜 올라갔다.

"허균이라는 자가 허봉의 아우였더냐?"

"아 또! 허균이라는 자가 아니고 도승지 나리십니다."

분개하는 풍개를 두고 노암의 시선이 응서 쪽으로 옮아갔다.

"네 말을 자세히 듣고 싶구나."

노암이 밖을 향해 큰소리로 외쳤다.

"손님들 시장하시겠다! 서둘러 아침상을 보도록 하여라!"

이에 스님들은 광에서 쌀을 꺼낸다, 무를 꺼낸다, 일사불란하게 움직이더니 요사채에 떡 하니 한상을 차려놓았다. 풍개는 절간에서 이런 상을 차릴 수 있다는 사실에 입이 벌어졌다. 말린 나물, 숙채, 생채, 겉절이, 조밥, 무국에 이르기까지 여느 대가댁에 밀리지 않는 밥상이었다. 보는 것만큼 맛도 좋았으니 말린 나물은 씹는 맛이 살아 있었고, 숙채는 부드러웠으며, 생채는 아삭거렸다.

"내가 속세에서 요리 하면 알아주는 사람인데 여기 스님들의 음식 솜씨에 감탄했습니다. 산속이라 양념도 변변치 않을 텐데 어찌 이런 맛을 낸단 말입니까? 스님들의 요리 비결을 배워가야겠습니다."

그때 밖에서 "야합! 야합!" 기합 소리가 들렸다. 풍개가 밖의 동정을 살피며 물었다.

"이게 무슨 소리입니까?"

일행이 문밖으로 나섰을 때 너른 마당에는 수많은 젊은이들이 모여 체력 단련을 하고 있었다. 족히 오백 명은 되어 보였다. 하나같이 푸른색 쾌자 차림에 팔과 발에 토시를 낀 것이, 초립만 쓴다면 영락없는 홍길동이었다.

"대체 이 사람들은 다 누굽니까? 왜 홍길동처럼 하고 있는 것입니까?"

응서의 물음에 노암이 대답했다.

"자긍심을 심어주기 위해 요즘 유행하는 홍길동 복장을 해보았소. 저들은 기근으로 인해 산적, 도적이 되었던 이들이오. 관가에 끌려와 죽게 된 것을 선대왕께서 어명으로써 살려주셨지요. 또한 잠자리와 먹을거리를 마련해주시어 이곳에 살게 하셨습니다. 소문을 듣고 사람들이 불어나면서 다 절에 살게 할 수가 없어 마을에서 가정을 이루어 살게 하였소. 그리고 원하는 자에 한해 군사훈련을 받게 하였는데 대부분 참여하였소. 닷새는 밭에서 일하고 이틀은 이곳으로 올라와 군사훈련을 받는 것이오. 말하자면 유사시를 대비한 군이라고 할 수 있소. 체력을 타고난 데다 제대로 된 훈련을 받으니, 저들의 실력은 웬만한 무사들 저리 가요. 전쟁이 나도 이곳 조령은 끄떡없소이다."

노암의 말에 풍개가 손뼉을 쳤다.

"조선 최고의 무관들을 쓰러뜨린 이가 바로 저들이군요. 와, 진짜 숭악하게 생겼습니다."

산적 출신들이라 하더니 다들 덩치가 보통이 넘었다. 맨손으로 멧돼지도 때려잡을 것 같았다. 저런 덩치들이 철퇴를 붕붕 휘두르면서 달려들면 아무리 조선 최고의 무사들이라고 해도 당해내기가 쉽지 않았을 것이다.

"그런데 사건이 있던 날, 절에 거주하지도 않는 사람들이 어떻게 알고 스님들을 도우러 온 것입니까?"

"등천(登天)으로 신호하였소."

"등천이요?"

"토번의 원주민이 산신을 불러낼 때 사용하던 8척의 나팔이라오. 그 소리가 하늘까지 닿는다 하여 등천이라고 하지요. 살짝만 불어도 조령 전체에 그 소리가 들립니다. 내 토번국(吐蕃國)에 갔을 때 보고 직접 구해온 물건이오."

응서는 노암의 말을 듣고 독성각에 고이 모셔져 있던 기다란 나팔을 떠올렸다.

'그것이 등천이었군.'

노암이 자랑스레 말했다.

"등천 소리를 듣고 달려온 우리 군사들이 내수사 다섯 무관을 간단하게 처치하여 조령에 내다 버렸소. 그리고 시체 부근에 돼지 피를 뿌려 사건 현장을 위장하였소. 이게 사건의 전말이오."

풍개가 고개를 끄덕였다.

"그렇게 된 것이군요. 그런데 관에서 수사를 했을 터인데 어째서 그런 사실을 조금도 눈치채지 못했을까요?"

"누가 절에서 사람을 죽여 조령까지 운반했으리라 상상이나 했겠소?"

"그럼 은 10만 냥은 어디 있습니까? 지금 임금님께서 은을 애타게 찾고 계십니다."

풍개까지 은의 행방을 묻자, 노암이 기가 차서 웃었다.

"은 10만 냥? 허, 그런 것은 애초에 있지도 않았소. 선대왕께서 남기신 은은 1천 냥도 채 되지 않소. 그나마 있던 은도 승병들의 살 곳을 마련해주고 정예군으로 훈련시키는 데 다 들어갔소.”

“그, 그럴 리가요.”

풍개는 자신이 들은 이야기와 노암의 이야기가 너무도 다른 데 당황했다.

“내수사의 전수 내관이 상감마마께 아뢰기를, 선대왕께서 은 10만 냥을 이곳에 숨겨두었다고 보고 했답니다.”

노암이 한참 생각에 잠겼다.

“장 내관이라면 나도 안면이 있소. 보국사 창건 당시 선대왕마마를 모시고 이곳에 내려온 적이 있소이다. 참으로 이해할 수 없는 일이군. 대체 무슨 생각으로 그가 그런 거짓을 아뢰었을까?”

풍개가 생각났다는 듯이 응서에게 말했다.

“형님! 영창대군 마마께서 비명에 가신 것은 아시지요?”

그때였다.

“뭐라 했소? 대군마마께서 어떻게 되셨다고요?”

노암의 눈에서 불꽃이 튀는 듯했다.

응서도 이만저만 놀란 것이 아니었다.

“유배 떠나신 지 얼마나 되었다고 그 사이 유명을 달리하셨단 말이냐?”

풍개가 아는 대로 이야기했다.

“유배지에 도착한 당일, 급체로 세상을 뜨셨다고 합니다.”

그 자리에 무너지는 노암을 노승들이 달려와 부축했다. 스님들이 물을 먹이고, 사지를 주무르는 등 안정을 찾도록 한참 동안 노암을 간호했다. 넋이 나간 사람처럼 한참을 멍하니 앉아 있던 노암이 문득 일어나 대성통곡을 했다.

"대군마마, 어찌 이리 허무하게 떠나셨습니까? 이처럼 급하게 귀적하실 줄 알았다면 좀 더 빨리 움직이는 것인데. 그 어리고 약하신 몸이 어찌 죽음의 고통을 감당하셨을꼬!"

응서가 풍개에게 따라 나오라고 눈짓을 했다.

풍개와 응서 두 사람은 저만치 떨어진 주흘산 주봉을 나란히 바라보았다.

"이 나라에는 어찌하여 불운이 그치지 않은 것인지 모르겠구나."

"형님, 어쨌거나 저는 승정원에 파발마를 띄워야 합니다. 서방님께서 소식을 애타게 기다리고 계십니다. 마을로 내려가야겠습니다."

응서가 고개를 저었다.

"소용없다. 파발마를 사용할 수가 없다."

"그럴 리가요. 옥새를 보여주면 얼마든 발마(撥馬)를 사용할 수 있다 들었습니다. 올 때 분명히 역마를 이용했구요."

"역마야 각 역에 지급된 마전(馬田)으로 유지되지만 발마는 사정이 다르더구나. 발마는 병영에서 관리하는 것인데 오래전 백성의 부담으로 떨어졌다. 자기 한 입 먹고 살기도 힘든 판에 민간에서 말 먹일 겨를이 있겠느냐. 경상권에서는 파발마 제도가 무용지물이 된 지 오래다."

나라 책임인 파발마까지 백성들 부담으로 넘겨졌다는 말에 풍개가 분개했다.

"면세전에 방납 비리도 모자라 파발마까지! 세상에 어찌 이런 일이 있을 수 있습니까. 지방에 사는 게 무슨 죄입니까? 높으신 관리들은 어찌 그리 반성이 없습니까? 이런 피해를 어디 지방만 입는 것으로 그칩니까? 발마가 중단되면 전쟁이 나도 무슨 방법으로 한양에 알릴 것입니까? 백성의 삶이 언제까지 이래야 하단 말입니까?"

"그러게나 말이다."

응서가 풍개의 어깨에 손을 얹었다.

"어차피 내가 한발 앞서 올라가야 하느니라. 교산에게는 내가 전하겠다."

풍개는 난감해서 입이 안 떨어졌다. 응서를 보면 허균이 어떤 표정을 지을 것인가…?

9. 허균의 왕 만들기 대작전

계축년 9월 22일 오후, 해거름이 못되어 갓을 눌러쓴 선비가 도문대작 안으로 들어섰다. 별운검 휘헌이 그 뒤를 따르는 것을 보고 허균은 자리에서 벌떡 일어섰다.

허균이 감격에 겨워 깊이 절했다.

"어서 오십시오, 선비님. 안으로 모시겠습니다."

허균은 미복 차림의 왕을 사랑방으로 안내했다. 광해는 상석에 자리 잡고, 휘헌은 왕의 우측에 조금 떨어져 앉았다. 왕이 결심이 얼마나 대단한 것인지 허균은 알고 있었다. 그 고민의 날들은 왕이 되어보지 않고선 헤아릴 수 없을 것이었다.

"전하, 성은이 망극하옵니다. 곧 허수아비 할 자를 대령하겠사옵니다."

잠시 후, 박치의가 나타나 광해 앞에 넙죽 엎드렸다.

"인사 올리옵니다. 소인 박치의라고 하옵니다."

"고개를 들라."

왕의 명령에 박치의가 얼굴을 들었다. 삽시간에 광해의 표정이 굳었다. 창백한 안색, 툭 불거진 광대뼈, 깊은 눈 그늘, 얼굴의 중심을 잘 떠받치고 있는 코, 새치가 드문드문 섞인 수염…. 흡사 거울을 보는 듯했다.

"어찌 이리 나와 똑같을 수 있는가. 그대는 누구인가?"

"소인 박치의라고 하옵니다."

문득 광해의 머리에 떠오르는 이름이 있었다.

"박치의라면, 지난 칠일, 형장으로 압송하는 도중에 탈옥한 그 자인가?"

"아뢰옵기 황공하오나 전하께 불충하여 죄짓고 도망 다니는 박치의가 바로 소인이옵니다."

"지독한 국문을 당하고도 어찌 이렇게 멀쩡할 수가 있는 것이냐? 나는 믿지 못하겠다. 내 눈앞에 무릎을 내보이라."

치의가 일어나 바지를 걷어 올렸다. 이리저리 찢기어 피딱지가 앉은 무릎이 고스란히 드러났다.

허균이 피 토하는 목소리로 왕에게 아뢰었다.

"전하, 강변칠우는 내수사 무관들을 죽이지도 않았고, 은도 훔치지 않았사옵니다. 지난 옥사는 이이첨이 영창대군과 김제남을 제거하기 위해 꾸민 거짓 역모 사건이옵니다. 강변칠우 가운데 박치의를 제외하고는 무술 실력을 갖춘 자가 전혀 없사옵니다. 강변칠우는 조선 최고의 무관을 다섯이나 처치할 실력이 못되옵니다."

"맞도다."

광해의 얼굴에 형언할 수 없는 빛이 어렸다.

"내가 내 백성에게 큰 죄를 지었음이다."

박치의가 엎드려 고했다.

"전하, 소인은 이미 한번 죽은 몸이옵니다. 무슨 일이 있어도 이번 일을 성공시킬 것이옵니다. 전하를 대신하여 죽으라 하면 죽겠사옵니다."

왕이 감격에 겨운 얼굴로 치의를 바라보았다.

"내 그대에게 큰 잘못을 저질렀는데 어찌 과인에게 충성을 맹세하는 것인가?"

"전하께옵선 백성의 어버이시옵니다. 자식과 어버이 사이에 어찌 이와 해가 있겠사옵니다. 자식이 어버이께 드릴 것은 효뿐이라고 배웠사옵니다."

"그대의 마음씀씀이가 조정의 신료들보다 낫도다. 내 자세히는 기억 못하나 그대가 나와 닮았다는 생각은 하지 않았노라. 도승지, 이게 대체 어찌 된 일이오?"

허균이 대답했다.

"치의는 지난 닷새간 비슷한 모양으로 수염을 다듬고, 첩약으로써 급히 살을 뺐습니다. 조선에는 귀한 약재가 많사온데 안색을 어둡게 만드는 약과 머리를 희게 만드는 약을 먹었사옵니다. 다행히 치의는 전하와 신장이 같아 모든 게 순조로웠사옵니다."

닷새 만에 왕을 대신할 준비를 마쳤다는 말에 광해가 슬픈 얼굴을 했다.

"그 짧은 시간에 이렇게 바꾸었다는 것인가? 대체 얼마나 노력했기에 나와 같아졌는가. 몇 날 며칠을 굶고, 노력한 것을 생각하니 과인의 마음이 아프도다. 이 정도면 세자도 속고, 중전도 속겠구나."

허균이 나섰다.

"신이 여러 날 치의와 마주 앉아 전하의 목소리와 궐에서 사용하는 말투를 연습시켰사옵니다. 전하, 치의로 하여금 궐로 가도록 윤허해 주시옵소서. 이 일은 전하와 저, 내의원 허준 외엔 아무도 모르는 일이옵니다."

"내의원 허준이 약을 조제했구먼."

"아뢰옵기 황공하오니 그러하옵니다."

광해는 이 모든 일이 믿기지 않는다는 듯 치의에게 말했다.

"내 꼭 잡아들이라 명하였던 그대인데, 참으로 절묘한 때에 나타나 나를 살려주는구나."

"황공하옵니다, 전하."

"그런데 도승지. 이 주막은 여느 요릿집보다 유명하여 대간들도 드나든다고 들었소. 자칫 내 얼굴을 알아보는 이가 있으면 어찌하겠소?"

허균이 왕을 안심시켰다.

"전하, 성려를 내려놓으시옵소서. 전하는 궐에 있지 않사옵니까?"

왕이 껄껄 웃었다.

"알았소, 내 도승지가 시키는 대로 하겠소."

"성은이 망극하옵니다. 전하, 별운검 휘헌은 치의를 궁까지 안내한 뒤 다시 이리로 돌아와 전하를 호위할 것이옵니다. 저는 별운검이 병가를 낸 것으로 처리하겠사옵니다. 열흘만 참으시옵소서."

"좋도록 하시오."

그날 밤 치의는 휘헌과 함께 궐로 들어가고, 광해는 도문대작에 남았다.

* * *

광해는 낯선 풍경 속에서 눈을 떴다. 비단이 아닌 태지로 마감한 천장이 눈에 들어왔다. 손때 묻은 서안과 문갑, 소박한 형태의 책궤, 붓걸이, 화병에 꽂힌 국화 한 다발…. 그리고 윗목에 휘헌이 단정한 자세로 앉아 있었다.

광해가 일어나 앉으면서 휘헌에게 물었다.

"내가 얼마 동안 잔 것이냐?"

휘헌이 예의 표정 없는 얼굴로 대답했다.

"기침하셨사옵니까? 이틀 밤을 내리 주무셨사옵니다."

"말 그대로 세상모르고 잤구나."

"도승지이옵니다."

방문 밖에서 귀에 익은 목소리가 들렸다.

"들어오시오."

허균이 문을 열고 들어와 반절을 했다.

"전하, 기침하셨사옵니까? 어제 아침에도 들렀었는데 곤히 주무셔서 그냥 돌아갔습니다. 침소는 편하셨사옵니까?"

"편했소. 궐에 사는 악귀도 예까지 못 쫓아 온 모양이오. 내 이틀이나 잤다니 믿을 수가 없소. 조회는 마쳤소?"

"방금 마치고 오는 길이옵니다. 특별한 사안은 없었사옵니다. 대신들께는 전하께옵서 고뿔이 들었다 일렀사옵니다. 내일부터는 치의가 하명을 받자와 상참을 주관할 것이옵니다. 신에게 명을 내리시면 신이 치의에게 그 내용을 전달하겠사옵니다."

광해는 반신반의했다. 정말 자기가 없어도 되는 걸까?

"치의를 믿기는 하지만 적잖이 걱정이 되는구려."

"성려를 내려놓으시옵소서, 준비를 많이 하였으니 잘할 것이옵니다."

"칠서지옥으로 모두 세상을 떠난 줄 알았는데 한 명이라도 무탈하여 다행이오. 마음이 한결 가볍소."

"성은이 하해와 같사옵니다."

광해가 방구석에 놓인 국화를 가리켰다.

"어디서 진한 향내가 난다 했더니 저리 아름다운 갈꽃을 잔뜩 꽂아 두었구려. 아무것도 없는 방인데 저 꽃 하나로 이리 화려하고 요염해지는구려. 비단 보료가 화려하다 한들 저 꽃 한 송이를 이길 수 있겠소?"

"푹 주무셔서 그런지 사색이 한결 밝사옵니다. 선현께서 말씀하시길 잠을 잘 자면 탕약 없이도 건강을 유지할 수 있다 하였습니다."

"조령에서 소식은 아직 없소?"

허균이 머뭇거렸다.

"아뢰옵기 황공하오나 파발마의 당도가 지체되고 있사옵니다. 조금만 더 기다려주시옵소서."

"알겠소, 도승지가 수고가 많소."

"선비님, 조반이 준비되었습니다."

가희였다. 아침식사를 할 것인지 묻는 것이다. 왕을 잠시 다녀가는 과객으로만 알고 있기에 도문대작에서 그의 호칭은 '선비'로 통했다.

"들여오너라."

잠시 후 스르르 문이 열리고, 가희가 상을 들고 들어왔다.

"선비님, 상은 저희가 먹는 대로 차렸습니다. 부족한 것이 있으면 말씀하십시오."

차린 것을 보니 잡곡밥과 찌개, 김치, 숙채, 생채, 젓갈, 생선전이 가지런히 놓인 소박한 밥상이었다.

왕이 고개를 끄덕였다.

"훌륭하다. 신경 써주어 고맙구나."

가희가 물러가자, 허균이 겸연쩍은 얼굴을 했다.

"전하, 수라상이 초라하여 황공하기 그지없사옵니다."

"이도 알겠지만 왕이라고 매번 기름진 음식만 먹는 것은 아니라오. 감선을 시행할 때는 반찬을 세 가지까지 줄이기도 한다오."

허균도 알고는 있었다. 임금님의 수라는 고관대작의 밥상에 비하면 오히려 검소하다는 것을. 나라 살림이 어렵거나 말거나 조선의 수많은 대간들은 매 끼니 온갖 산해진미를 상에 올렸으며 많게는 일곱 끼니까지 먹었다.

음식 맛을 본 광해가 고개를 끄덕였다.

"만든 이의 정성이 느껴지오. 정성도 정성이지만 시장이 반찬이라고, 궐에서 받는 수라보다 더 맛있게 느껴지는구려."

그러나 왕은 생각처럼 많이 먹지 못했다. 반 공기를 비우고 난 광해가 상을 물렸다.

"맛있게 잘 먹었소. 이만 쉬고 싶소. 운검도, 도승지도 자기 일을 보시오."

허균은 밖으로 물러났으나 휘헌은 그 자리에 꼼짝 않고 앉아 왕을 지켰다.

더 잠이 오지는 않았지만, 광해는 보료 위에 몸을 뉘었다. 바쁜

214

일과 속에 모처럼 얻은 휴가인 만큼 머무는 동안 푹 쉬자는 생각이었다.

조금 누워 있는데 한 떼거리가 몰려온 듯 밖이 시끌시끌했다.

"도문대작이라고 했느냐?"

왕의 물음에 휘헌이 대답했다.

"예, 육부전거리에 있는 주막집입니다. 이웃 상인들과 길 가는 나그네들이 수시로 식사 하러 들르는 곳입니다. 때론 과거시험을 보기 위해 상경한 과객들에게 잠자리를 내어준다고 들었습니다."

"음, 내가 궐에서 태어나지 않았더라면, 이곳 이 방에 과객으로 머물 수도 있었겠구나."

잠시 후 밖의 소란이 가라앉고 도문대작에는 적막이 찾아왔다.

휘헌은 툇마루에 차려진 자기 몫의 식사를 하거나 왕의 매우틀 [梅雨]을 비우러 나갈 때를 빼곤 자리를 뜨지 않았다.

"별운검, 답답하지 않느냐?"

왕이 물었다.

"소신, 답답하지 않사옵니다."

"좁은 방에 왕과 함께 있는데 어찌 안 답답하겠느냐? 정찰 겸해서 성안을 한 바퀴 돌고 오너라."

"신은 전하의 곁을 지킬 것이옵니다."

"선비님!"

광해는 처음에 그 소리가 자신을 찾는 것인 줄 몰랐다. 연거푸

"선비님!" 소리가 들리고서야 자기를 부르는 줄 알았다.

"들어오너라."

운검이 칼을 잡았다. 문을 열고 들어온 사람은 가희였다.

"선비님, 방에만 계시는 것이 답답하지 않습니까? 세상 구경을 하시면 어떻겠습니까?"

광해가 빙긋 웃었다. 자신이 별운검에게 했던 질문을 가희가 똑같이 해왔기 때문이었다.

"세상 구경이라고 했느냐?"

"예, 볕이 아주 좋습니다."

"뜻은 고맙지만 내가 자유롭게 나다닐 처지가 못 되느니라."

가희가 명랑하게 말했다.

"알고 있습니다. 걱정 마십시오. 소녀가 안전한 길로 안내하겠습니다. 저만 믿고 따라오시면 됩니다."

"그럼 나가볼까?"

광해가 못 이기는 척 일어서자 운검도 자동으로 따라 일어섰다. 가희가 두 사람을 부엌으로 데리고 갔다.

"이곳에 비밀통로가 있습니다."

부엌에는 뒤란으로 연결되는 작은 문이 있었다. 문을 열자, 장독대였다. 장독대 옆에 헛간 한 채가 있었다. 가희가 헛간 문을 열어젖혔다. 빗자루, 지게, 깨진 장독과 같은 허드레 물건이 한구석에 쌓인 평범한 헛간이었다. 그런데 그게 전부가 아니었다. 가희가 바닥에 있는 거적때기를 걷어내자, 문이 하나 더 나타났다.

가희가 보란 듯 문짝을 들어 올렸다.

"두 분은 저를 따라오셔요."

"이곳이 외부로 연결된단 말이냐?"

"예, 사명대사가 파놓은 굴이 바로 이곳에서 시작됩니다."

"사명대사의 굴이라 했느냐?"

광해도 사명대사를 알고 있었다. 그는 전쟁영웅이었다. 임진왜
란 때 승병을 일으켜 나라를 구하는 데 앞장섰고, 선대왕의 명으
로 사절단을 이끌고 일본에 다녀오기도 했다. 온갖 무용담이 전
설처럼 전해 내려오는, 이순신 다음가는 구국의 영웅이었다. 하지
만 한양 도심 한복판에 굴을 파놓았을 줄은 상상도 하지 못한 일
이었다.

가희가 촛불을 들어 내부를 살폈다. 어둠에 잠겨 있던 안쪽의
윤곽이 서서히 드러나기 시작했다. 가희가 먼저 사다리를 타고 안
으로 내려갔다.

"조심하십시오."

가희가 벽에 걸려 있던 횃불에 촛불을 갖다 댔다. 횃불이 확 하
고 타오르면서 밀실이 모습을 드러냈다. 제법 널찍한 방이었다.
한쪽이 짐이 쌓여 있었다.

광해가 짐 쌓인 곳으로 다가갔다.

"이것은 명나라 황실 물건이 아니더냐?"

그가 가리키는 곳에 황금빛 궤가 있었다. 서안 크기만 했고 황제를 상징하는 용이 그려져 있었다. 더 기이한 것은 궤 한쪽에 쓰인 글자였다.

'구국(救國)의 불꽃'

한자와 한글이 조합된 글자를 광해가 한참 동안 들여다보았다.

"명나라 황실을 상징하는 금빛 궤에 조선 글씨라? 구국의 불꽃이 무슨 뜻이더냐?"

"글자에 대해서는 소녀도 잘 모릅니다. 그 궤도 사명대사께서 갖다놓으신 것이라 들었습니다. 한번 보시겠습니까?"

가희가 궤를 열어젖혔다. 안에는 정체 모를 막대기가 가득했다.

"이것이 다 무엇이더냐? 붓을 넣는 통처럼 생겼구나."

"일찍이 사명대사님께서 인근 절에 있는 보물을 모두 가져다가 이 방에 쌓아두셨다고 합니다. 그래서 성저십리에 있는 절들은 왜놈들로부터 보물을 지킬 수 있었습니다. 대사님은 전쟁이 끝나고 대부분의 보물들을 원위치에 가져다 두었는데 몇 가지 물건은 그대로 두셨습니다. 그 물건도 그때 남겨두신 것 중 하나인 듯싶습니다."

광해는 전쟁 때 왜놈의 손아귀에서 나라의 보물을 지킨 사명대사의 지혜가 놀라웠다.

가희가 밀실 한쪽에 있는 문을 가리켰다.

"저깁니다. 바로 저 문이 외부와 연결됩니다. 보물을 들여오는 길이었다고 합니다.”

“저 안쪽이 밖과 통한다는 뜻이렷다?”

“그렇습니다. 어서 가시지요, 선비님. 소녀가 앞장서겠습니다.”

가희가 문을 열어젖히자, 휘헌이 안쪽을 들여다보며 고개를 저었다.

“가시지 않는 게 좋겠습니다.”

“왜요? 생각보다 안전합니다. 가셔도 괜찮습니다.”

가희가 뭐라거나 휘헌은 아랑곳없이 왕에게 아뢰었다.

“더 이상은 가시지 않는 게 좋겠습니다. 안전을 담보할 수 없는 곳입니다.”

가희가 샐쭉하여 반발했다.

“뭐가 위험하다는 거죠? 사명대사께서 파놓으신 굴이고, 저도 여러 번 왕래했습니다. 설마 제가 위험한 곳으로 선비님을 모실까 봐 그러십니까?”

“선비님은 일반 선비님이 아닙니다.”

“선비가 아니면 이 나라 왕이라도 된다는 건가요?”

그 말에 광해도, 휘헌도 움찔하고 말았다. 휘헌이 빠르게 고개를 저었다.

“그, 그게 아니라…”

“자, 자, 이왕 가기로 한 거 계속 가봅시다. 이 나라 왕도 아닌데 그대는 과보호 말라.”

왕이 나서니 휘헌도 고개를 숙일 수밖에 없었다.

세 사람은 굴 안으로 진입했다. 굴은 왼쪽으로 살짝 휘어지면서 깊게 뚫려 있어 끝이 보이지 않았다. 횃불을 든 가희가 앞장을 서고 그 뒤를 광해가 따랐다. 그리고 맨 뒤에서 휘헌이 왕을 호위했다. 가희가 횃불을 아래쪽으로 비추었다.

"선비님, 발밑을 조심하셔요. 자칫 젖을 수 있습니다."

흙과 재를 이겨놓긴 했지만, 벽에서 흘러내린 물로 바닥이 군데군데 질척였다. 벽이 무너지는 것을 막기 위해 나무 기둥과 판자로 여기저기 꼼꼼하게 받쳐 둔 게 눈에 들어왔다. 축축한 흙냄새가 났고, 툭툭 물 떨어지는 소리도 들렸다. 가도 가도 끝이 보이지 않는 기다란 굴이었다.

도성 한복판에 굴이라니! 광해는 처음 겪어보는 상황이 도무지 현실 같지가 않았다. 하지만 나쁘지 않았다. 나쁘기는커녕 이상한 모험심으로 가슴이 두근거렸다.

"굴은 처음이구나. 피난 때도 이런 곳은 와보지 못했느니라."

"저도 이곳에 처음 들어와 보고 매우 놀랐습니다."

"굴의 존재를 아는 사람이 또 있느냐?"

"이곳에 굴이 있다는 것을 아는 사람은 교산 나리와 도문대작 식구뿐입니다. 그리고 홍길동이 안다고 합니다."

"홍길동?"

"예, 홍길동이 탐관오리의 재물을 빼앗아다 이곳에 쌓아두었다고 합니다."

"홍길동은 이야기 속 인물이 아니더냐?"

광해도 홍길동전을 읽어 그가 누구인지 알고 있었다. 미행 길, 시중에 한글소설이 나와 있는 것을 보고 서 내관에게 구해오라 일렀던 것이다.

"예, 그렇습니다."

"너는 이런 곳을 내게 함부로 보여주어도 되는 것이냐?"

"교산 오라버니가 선비님께서 답답해하실 거라면서 저더러 구경시켜 드리라고 했습니다."

"그랬구나."

광해는 허균의 세심한 배려가 새삼 고마웠다.

"너는 내가 누군 줄 알고 있느냐?"

"옥사에 얽혀 도망 다니시는 선비님 아니십니까? 교산 오라버니는 선비님 전에도 다른 선비님을 숨겨 준 적이 있습니다. 그분도 쫓기고 있다 하였습니다. 그런데 두 분이 참 많이 닮았습니다."

가희가 말하는 사람은 박치의일 것이었다. 사람 일이란 한 치 앞을 모를 일이라는 것을 광해는 새삼 느꼈다. '그를 죽이려던 사람이 그 자리에 대신 들어왔다는 사실을 알면 이 아이는 어떤 표정을 지을까?'

몇 리를 걸었을까. 이런저런 이야기를 나누며 걷다 보니 어느덧 끝이 보였다. 벽이 앞을 가로막은 것이다. 가희가 벽에 걸쳐진 사다리 꼭대기로 올라가 들창을 열어젖혔다. 환한 빛이 폭포처럼 쏟아져 들어왔다. 가희가 먼저 빠져나간 후 광해에게 손을 내밀었다.

* * *

초가을의 숲은 기세 좋던 푸른빛이 한풀 죽고 난 뒤의 차분함으로 가득했다. 젖은 낙엽 냄새와 섞여 숲이 뿜어내는 특유의 상큼한 향기가 후각을 기분 좋게 자극했다.

광해는 탄성을 질렀다.

"아름답구나. 이곳은 천국이더냐?"

"아닙니다. 이곳은 도성 서쪽 반송방(盤松坊)이라 하는 곳입니다. 왜란 전만 해도 그늘이 수십 보에 이르는 반송이 일대를 뒤덮고 있었다 합니다."

밥상같이 둥글게 자란다는 소나무 '반송'은 보이지 않았지만, 붉은 기둥이 유려한 육송이 그 자리를 대신하고 있었다. 숲은 한 폭의 그림 같았다. 광해는 자신이 다스리는 조선이 이토록 아름다운 나라라는 데 자부심을 느꼈다.

뒤를 돌아보니 소나무 숲 사이로 방금 통과해 지나온 성벽이 눈에 들어왔다.

"우리가 저 아래를 통과했다는 것이냐?"

222

"예, 그렇습니다."

일행은 솔숲을 지났다. 솔숲이 끝나면서 너렁청하게 펼쳐진 논이 나타났다.

"여기도 한양이더냐?"

"그렇습니다. 한양입니다. 성저십리라 하여 성안뿐만 아니라 도성 밖 십 리까지 한양으로 치고 있지 않습니까?"

"논은 분조 아니 피난 시절에 보고 처음 본다."

가희는 광해의 말에 적잖이 충격을 받았다.

"피난 때 논을 보고 그 뒤로 한 번도 못 보셨단 말입니까? 설마 이때까지 도성 밖을 한 번도 벗어나지 않은 것은 아니겠지요? 대체 뭐하느라 들판에도 한 번 안 나가보셨단 말입니까?"

"그러게 말이다."

광해는 팔을 걷어붙이고 논둑으로 내려섰다. 그러더니 열심히 피를 뽑기 시작했다. 휘헌은 왕이 하는 일에 개입하지 않고 묵묵히 지켜보기만 했다. 자신의 임무는 오로지 왕을 호휘하는 일뿐이라는 듯.

광해가 하는 양을 진득하니 구경하던 가희가 소리쳤다.

"선비님, 언제 끝납니까?"

"보거라, 피가 지천인데 어찌 그냥 두고 갈 수가 있느냐?"

가희가 깔깔 웃었다.

"선비님, 벼 베기 철에는 피를 뽑지 않습니다. 뿌리가 땅속 깊숙

이 박혀서 억지로 뽑다가는 옆에 있는 벼의 뿌리까지 상할 수 있습니다. 저는 선비님이 벼와 피를 구별하는 것이 더 신기합니다."

광해는 그 말에 그만 머쓱해져서 논에서 나왔다.

"그런 것도 모르고…."

"아닙니다. 글만 읽으시는 선비님이 어찌 농사일을 알겠습니까. 그렇지요, 무사님?"

가희가 동의를 구했으나 휘헌은 일절 대응하지 않았다.

"아무리 고용된 무사님이라고 해도 너무하시네."

직업정신으로 똘똘 뭉치다 못해 예의마저 실종한 휘헌을 보며 가희는 입을 비죽였다.

'성종께서는 친경례(親耕禮)를 했지. 궐로 돌아가면 친경례를 부활해야겠어.' 광해는 논을 바라보며 마음먹었다. 성종은 새봄이 되면 대소신료를 거느리고 선농단에 나아가 조상께 제사 지낸 후 몸소 쟁기질하는 시범을 보였다. 왕이 쟁기를 끌면 많은 백성이 왕 앞에 나아와 박수를 치며 환호성을 질렀다. 커다란 가마솥에서는 설렁탕이 설설 끓어오르고, 취타악대는 음악을 연주했으며, 노인들은 기녀들 사이에 섞여 덩실덩실 춤을 추었다.

평안했던 그 시절을 떠올리자, 광해의 눈에 눈물이 차올랐다. 언제부턴가 친경례가 사라졌다. 붕당에 열을 올리는 신하들이 쓸데없는 허례허식이라며 친경례를 금지한 것이다. 왕의 손발을 꽁꽁 묶어버린 그들. 그들은 어떻게든 백성들로부터 왕을 떼어놓으려 온갖 방법을 연구하는 것 같았다.

한참을 걷는데 누군가 불렀다.

"이보시오, 젊은이들!"

세 사람이 동시에 뒤를 돌아보았다. 등짐을 가득 진 노인이 손짓해 부르고 있었다.

"나 좀 도와주시오."

가희가 다가가 물었다.

"어르신, 무슨 일이십니까?"

노인이 턱으로 저 먼발치를 가리켰다.

"저어기, 나뭇단을 주워서 여기다 좀 올려주시오. 지고 가다 그만 떨어뜨렸다오."

노인이 가리키는 곳에 정말 성긴 나뭇단이 떨어져 뒹굴고 있었다. 가희가 노인에게 말했다.

"어르신, 지금 지신 것만 갖고도 힘겨워 보이는데 저것은 그냥 두고 가시지요."

"아니되오."

"어르신, 그러다가 허리 다치십니다."

"다쳐 죽으나 굶어 죽으나 매한가지요."

광해가 다가가 물었다.

"노인장, 그게 무슨 말씀이오? 굶어 죽는다니요."

"손바닥만 한 논 갖고 있던 것마저 팔고 나니 딱 굶어 죽게 생겼

다 이 말이오. 내일 먹을 보리쌀이라도 팔아오려면 이거라도 장에
내다 팔아야 하오."

"땅을 왜 팔았소?"

노인이 한숨 섞인 목소리로 대답했다.

"누군 팔고 싶어 팔았겠소? 논이 내는 쌀은 한정되어 있는데 해
마다 세를 올리니 감당을 못해 남의 쌀을 빌리다 빌리다 그 빚이
눈덩이처럼 불어나 결국 땅이 넘어간 것이라오."

놀라운 이야기가 아닐 수 없었다.

"소출보다 세가 더 많다는 말이오?"

"선비님은 조선 사람이 아니시오? 어찌 세상 돌아가는 꼴도 모
른단 말이오?"

그 말에 광해는 정신이 번쩍 났다. '내가 이 나라의 왕인데….'

노인은 아예 등짐을 내려놓고 땅에 주저앉았다.

"아이고 힘들어. 내친김에 쉬었다 가자. 이 나라는 어떻게 생겨
먹은 게 크고 쓸 만한 논은 죄다 면세전인지, 가난한 농민이 잘사
는 대감댁 세금까지 대신 내주는 꼴이라오. 대체 나라님은 무슨
생각으로 면세전을 저리 늘려놓으셨는지…."

광해는 뒤통수를 한 대 얻어맞은 느낌이었다. '방납만 문제인
줄 알았더니 면세전도 문제였군.'

방납은 지방 농민이 공물을 중앙에 직접 바치기 어려우므로 관
리가 대신 내주고 농민에게 대가를 받는 납세 방식이었다. 나름

226

합리적인 납세 방법이었지만 관리가 방납 상인과 짜고 수수료를 과하게 챙기면서 백성들의 부담이 증가했다. 그래서 그 대안으로 나온 게 대동법이었다. 광해는 선혜청을 설치해 현물 대신 쌀로 공물세를 받도록 했다. 경기도부터 시범으로 실시 중이었는데 중간 수익을 챙길 수 없게 된 관리들이 극력 반발해 더 확대하지 못하고 있었다. 그런 한편 유생들은 대동법을 확대해야 한다며 연일 육조거리에서 시위를 벌였던 것이다.

노인이 끝없이 펼쳐진 들판을 가리키며 말했다.

"여기서부터 저기까지가 다 면세전이면 말 다했지."

광해가 물었다.

"대체 저 면세전의 임자가 누구란 말이오?"

"보아하니 여기 분이 아닌 모양이구먼. 저 많은 땅이 이이첨이 논이란 걸 모르면 이 동네 사람이 아니오. 임진왜란 때 의병으로 나선 공에다 역적을 솎아낸 공을 인정받아 면세전을 하사받았다 하오. 왜놈이랑 덤벼 싸운 게 그 대감 하나인가? 안 그렇소? 나도 의병으로 나갔다오. 백성이 나라 지키는 것은 당연한 거고, 양반 나리가 나라 지키는 것만 대단한 일이오?"

광해는 아무 말도 할 수 없었다. 이이첨에게 상을 내린 게 자신이기 때문이었다. 노인은 맺힌 게 많은 모양이었다.

"역적을 솎아냈다고? 흥! 멀쩡한 사람 역적으로 몰아 죽게 만든 게 이이첨이오. 그 사람 때문에 죽이고 싶은 놈 있으면 관가에 고변하라는 말까지 생겼다오. 이이첨 그놈이 역적이오, 역적!"

광해는 아무 말도 하지 못했다.

* * *

그날 저녁, 허균이 광해를 알현했다.

"전하, 궐 밖으로 행차하셨다고 들었사옵니다."

"그랬소. 도승지의 배려로 모처럼 세상 구경을 했구려. 사명대
사가 파 놓은 굴을 따라 도성 밖으로 나갔소. 가희가 잘 안내해 주
었소."

"이때 아니면 못 하실 진귀한 경험일 것 같아 제가 안내해 드리
라고 시켰습니다. 혹 무리가 되어 옥체 미령치는 않았사옵니까?"

"괜찮았소. 오랜만에 몸을 움직이니 굳었던 관절이 펴지면서 개
운한 게 좋았소. 그런데 조정은 어떻소? 치의는 잘하고 있소?"

허준이 만면에 웃음을 띠었다.

"예, 생각보다 잘하고 있사옵니다. 궁녀도 피하고, 중전마마도
만나지 않고 침전에만 틀어박혀 있사옵니다."

"치의가 고생이 많구려. 도승지, 부탁이 있소."

"하명 하시옵소서."

왕이 결의에 찬 표정으로 말했다.

"내일 아침 상참을 열게 되면 면세전을 줄이는 방안에 대해 논

의하도록 하시오.”

허균은 광해의 주문이 너무 뜻밖이어서 되물었다.

“면세전이라고 하셨사옵니까?”

“오늘 서대문 밖 반송방에서 늙은 농부를 만났는데, 면세전 때문에 이만저만 고통을 받는 게 아니었소. 대동법이 왜 이리 표류하나 했더니 농민들의 주머니가 메말라서가 아니었겠소? 면세전을 해결하지 않고는 대동법도 없소.”

허균은 가슴이 뭉클해졌다.

“어명을 받잡겠나이다.”

다음 날 오전, 상참을 마친 허균이 광해를 알현했다.

“전하, 문안드리옵니다. 오늘 치의가 아침 상참에서 전하께옵서 하명하신 뜻을 대신들에게 전달하였습니다.”

“면세전에 대한 논의는 잘 진행되었소?”

“아뢰옵기 황공하오나 대부분의 신료들이 면세전을 줄이는 데 반대하였사옵니다.”

광해가 그럴 줄 알았다는 듯 말했다.

“자기들 밥그릇을 건드렸으니 과히 기분이 좋지는 않겠지.”

“면세전을 거둬들이면 누가 나라에 충성을 하겠냐며 결단코 안 된다고 주장하는 이들이 대부분이었사옵니다. 그런 가운데 몇 가지 의견이 올라 왔사온데 현행 면세전에서 반만 줄이자는 의견이 있었사옵니다. 아뢰옵기 황송하오나 이대로라면 면세전 건은 통과되기 어려울 듯하옵니다."

광해가 잠시 생각에 잠겼다.

"그럼 그 일은 스스로 익도록 보류해 놓고 다음 기회에 해결해야겠소."

왕이 책상 서랍에서 면경을 꺼내 얼굴을 들여다보았다.

"경이 보기에 과인의 얼굴이 어때 보이시오?"

"단 며칠 사이에 놀라울 정도로 좋아지셨습니다. 옥체가 서서히 회복되고 있음이옵니다."

"이게 다 내가 잘 자고, 잘 먹을 수 있도록 도문대작 식구들이 배려해 준 덕이 아니겠소? 도승지 말대로 궁궐 귀신도 예까지는 못 쫓아오는 듯하오. 무엇보다 용상에서 멀어진 것이 더없이 홀가분하오. 아무나 하면 어떻소, 그깟 왕!"

모처럼의 외출이 기분 전환은 되었지만, 한편으로 왕에게 자조를 안긴 것이다. 왕이 무너지지 않도록 옆에서 위로하는 것 또한 허균의 일이었다.

"전하, 한 나라의 임금은 하늘이 내리는 것이옵니다. 어서 건강을 회복하시어 용상을 찾으시옵소서. 치의는 허수아비요, 이이첨 대감은 간신이옵니다. 치의는 전하께서 건강을 찾으시면 자기 자리로 돌아갈 것이고, 이이첨 대감은 코가 땅에 닿도록 전하께 빌 것이옵니다."

"힘을 주어 고맙소, 도승지."

허균은 조령 사건과 관련해서도 보고를 올려야 했다.

"전하, 조령에서 기별이 늦어지곤 있으나 포기하지 마시고 기다려주시옵소서."

"아흐레 남았구려. 그 안에 해결되긴 틀린 것 아니오?"

"곧 좋은 소식이 올 것이옵니다."

허균은 풍개를 믿었다.

"너무 애쓰지 마시오. 받아들여야 할 것은 받아들여야 하지 않겠소?"

왕에게 어떤 심경 변화가 있는 걸까? 전에 없이 초연한 왕을 보면서 허균은 뭔가 맞게 돌아가고 있다는 생각이 들었다.

10. 진짜 왕과 가짜 왕

능양군은 뜻밖의 소식에 놀랐다.

"성후가 어떻다고요? 몰라볼 정도로 좋아지셨다고요?"

"그렇습니다. 미친 사람처럼 '천장을 뜯어라', '영창을 끌어내려라' 명하던 게 엊그제인데 단 일주일 만에 용안이 밝아지셨습니다. 상궁들 말을 들으니 잠도 잘 주무신다고 합니다."

이첨이 궁궐 돌아가는 상황을 보고했다.

"이상한 일도 다 있구먼. 어떻게 그리 변하신 게지? 여튼 더 두고 봅시다. 또 언제 귀신이 쫓아온다고 소리를 지르며 궐을 뒤집어 놓을지 모르니. 그러나저러나 대감, 폐모론은 이대로 물 건너가는 것이오?"

이이첨이 콧수염을 우로 잡아당겼다. 그가 여유 잡을 때 하는 행동이었다.

"대비를 폐위시키는 일에 대해서는 크게 미련이 없습니다."

"왜요, 유생들 때문입니까?"

"그게 아니라 대비를 폐위시킨다고 해서 상황이 크게 달라질 것이 없다는 생각이 들었습니다."

"그게 무슨 말이오?"

능양군은 되물었다가 입을 다물었다. 폐모론은 수단에 불과했다. 왕을 갈아치우려는 마당에 대비 폐위는 대수가 아니었던 것이다.

"이제와 드리는 말씀이지만 제가 목숨을 걸고 서자이자 차자인 광해군을 임금으로 세운 것은 결코 저의 영달을 위해서가 아니었습니다. 성상께서 이 나라 이 백성을 잘 이끌어 주리라 믿어서였습니다. 그런데 왕이 되시니 어떻습니까? 상께선 너무 나약합니다. 왕권을 유지하는 방법 가운데 숙청은 가장 하수입니다. 이제 그 도가 넘었습니다."

"의외입니다. 대감께서 그런 말씀을 하시니."

능양군의 말은 진심이었다. 이제껏 옥사를 이용해 정적을 숙청해 온 게 이이첨 아니던가. 이첨은 이를 부정했다.

"제가 옥사에 개입한 것은 성상께 힘을 실어주기 위한 것일 뿐 사욕이 있어서가 아닙니다. 더 이상 성상의 숙청 놀음에 가담할 수 없습니다. 게다가 등거리 외교가 웬 말입니까? 오랑캐와 화친한다고요? 조선 팔도의 유생, 대간을 통틀어 사대의 의를 저버리는 데 찬성할 사람은 아무도 없을 것입니다."

능양군이 짧게 동조했다.

"그렇지요."

"맹자의 탕무방벌론(湯武放伐論)을 알고 계시겠지요?"

능양군이 고개를 끄덕였다.

"알고 있습니다."

"탕이 걸을 쳐 천자가 되고, 무가 주를 쳐내고 천자가 된 것에 대해 맹자께선 무어라 하셨습니까? 유덕한 제후라면 천자가 암군일 때 천하와 백성을 위해 그 천자를 토멸하는 것이 마땅하다 하셨습니다."

그 말을 받아 능양군이 문장을 완성했다.

"인(仁)을 해치는 자는 적(賊)이요, 의(義)를 해치는 자는 잔(殘)이니 잔적한 왕은 왕이 아니라 필부일 뿐이라 하셨지요."

"옳습니다."

"알겠소이다. 정당성을 논하고자 드린 말씀이 아니외다. 일이 되게 하기 위해서는 허균을 잘 감시해야 할 것이오."

능양군이 넌지시 주의를 주었다.

"허균을 아십니까?"

"일전에 도문대작인가 하는 주막에서 국밥을 같이 한 적이 있소."

"그런 일이 있으셨군요."

"능창이 그자를 흠모하였더랬소. 그래서 아우와 동행하여 찾아갔었지요."

능창 이야기가 나오자, 능양군의 눈시울이 붉어졌다. 그러나 곧 표정을 다잡아 이야기의 맥을 이었다.

"내 아우는 아우고, 허균이 도승지 자리를 꿰차면서 성상의 오른팔 노릇을 하고 있다고 들었소."

"안 그래도 예의주시하고 있습니다. 허균은 머리가 비상한 자입니다. 그대로 두면 우리 일에 걸림돌이 될 수 있습니다."

"귀양이라도 보내시지요. 천하의 이이첨 대감께서 승정원 인사 하나 맘대로 못 한다는 게 말이 됩니까?"

"귀양을 보내려해도 빌미가 있어야 합니다."

능양군이 답답하다는 표정을 지었다.

"털어서 먼지 안 나는 사람 있소이까? 한번 잘 털어보시지요."

"허균이 관직에 떠나 있던 기간이 제법 되는 데다, 모아놓은 재산도 없어 딱히 걸고넘어질 게 없습니다."

"내가 보기에 그자는 그 주막집의 손님 이상이었소. 필시 장사에 깊이 관여하는 게 틀림없소. 이를 빌미로 유생들을 움직이면 어떻겠소? 국록을 먹는 자가 사사로이 돈벌이에 나서다니요, 이게 가당한 일입니까?"

이첨이 무릎을 쳤다.

"옳거니!"

왜 진작 그런 생각을 못했는지 이첨은 그게 더 신기했다.

"허균의 부친이 초당 허엽이온데 생전에 고향에서 두부장사를 하였지 뭡니까? 심지어 그 두부에 자신의 호를 갖다 붙이기까지

했습니다. 강릉 지역의 특산품을 개발하네, 어쩌네 핑계를 댔지만, 장사는 장사지요. 그 일로 조정 중신들 사이에 말이 많았습니다."

"그 일은 익히 들어 나도 알고 있소이다. 초당두부라 하여 진상품 목록에도 올랐었지요."

"그나마 그때는 지방에서 있었던 일이고, 기껏 두부장사였지만 이번에는 한양 한복판, 그것도 술집입니다. 그 술집이 문전성시를 이루어 장안의 돈을 긁어모은다 하니 만약 허균이 그 일에 연루되었다면 유생들에게 아주 좋은 빌미가 될 것입니다. 술장사보다 천박한 짓이 어디 있습니까? 민들레 씨앗 주제에 술집 운영까지 손을 대다니! 더 보고 말 것도 없이 탄핵감입니다."

이첨이 기도 안 차는 표정을 지었다.

"민들레 씨앗이 무엇이오?"

"예, 하늘에서 뚝 떨어졌다는 뜻입니다. 요직에 제수되려면 절차가 있는 법인데 허균은 금상의 줄을 타고 궐로 낙하하여 바로 도승지 자리에 안착했습니다. 허균의 비리와 부정을 낱낱이 캐는 일은 제가 맡겠으니, 나리께서는 염려 놓으십시오."

이첨이 오른쪽 콧수염을 손가락으로 잡아 빼며 여유만만하게 대답했다.

* * *

광해는 시끌시끌한 소리에 눈을 떴다. 어렴풋 날이 밝아오고 있었다. 어느덧 광해의 기상 시간은 손님들이 국밥을 먹으러 오는 시간에 자동으로 맞추어졌다. 그리고 그 소란이 잦아들면 아침 식사가 들어왔고, 상을 물릴 때쯤 허균이 조회 결과를 보고하기 위해 들렀다.

허균이 물러간 뒤에는 영락없이 가희가 방문을 두드렸다.

"선비님!"

광해가 근엄한 얼굴로 방문을 열었다.

"오늘은 또 어디로 데려가려고 이리 귀찮게 구는 것이냐?"

가희가 조금도 기죽지 않은 표정으로 대답했다.

"선비님이 답답해하실까 봐 그런 것입니다. 많이 귀찮으십니까?"

"아니다, 내가 너를 어떻게 이기겠느냐?"

"헤헤, 어서 가시지요!"

휘헌은 가타부타 말없이 두 사람의 뒤를 따랐다.

세 사람이 비밀통로를 이용해 밖으로 나오니 소나무에 말 세 마리가 매어져 있었다.

"웬 말이냐?"

"오늘은 좀 멀리 가려고 말을 준비했습니다. 고양이라는 곳으로 가려 하는데, 말은 타실 줄 아시겠지요?"

"탈 줄 알다마다. 고양이라 했느냐? 그곳은 나도 안다. 연중에 두어 번씩 사냥을 나가곤 했느니라."

가희가 깜짝 놀란 표정으로 물었다.

"선비님, 포수 일도 하셨습니까?"

광해는 턱 말문이 막혔다.

"그냥 재미 삼아…."

"재미 삼아 사냥하는 사람은 나라님밖에 없습니다. 핑계 대지 마십시오. 먹고살자고 하는 일에는 부끄러워할 필요가 없습니다. 얼마든지 양반도 짐승 사냥을 할 수 있습니다."

"…"

"선비님, 아직 미시가 되기 전이니 말을 타고 횡하니 다녀오면 신시 안에 돌아올 수 있습니다. 계옥 언니가 말하길 고양은 개성 과 한양의 중간이라 했습니다. 오늘이 장날이라 하니 재미난 구경 거리가 많을 것입니다."

"안 됩니다!"

헌이 가희를 가로막았다.

"또 왜 안 된다는 것입니까?"

가희가 반발했다.

"선비님께서는 아무 말이나 타실 수 없습니다. 저 말의 성질이 매우 사납거나, 반대로 너무 심약하여 놀라길 잘하면 선비님께 해가 될 수 있습니다."

"걱정 마십시오, 무사님. 잘 아는 마부에게 부탁하여 특별히 온순한 놈으로 구했습니다. 소녀도 말을 좀 볼 줄 아는데 이놈 눈을 보십시오. 낯선 사람을 보고도 전혀 겁을 먹지 않습니다. 침착한 성격의 말이 틀림없습니다."

광해도 가희를 거들었다.

"가희의 말이 옳도다. 한눈에 보아도 훈련이 아주 잘되어 있는 말인 것을 알 수 있구나. 걱정하지 않아도 될 듯싶다."

휘헌은 물러서지 않았다.

"말은 그렇다 하여도 장터는 안 됩니다. 장터는 험악한 곳입니다. 싸움이 잦고 고함소리가 난무합니다. 선비님께 위험하실 수 있습니다."

"내참."

참다못한 가희가 휘헌에게 따졌다.

"장터가 위험한 곳이면 왜 그렇게 많은 사람들이 모인답니까?"

"바로 그렇게 때문에 위험한 곳이라는 겁니다. 사람이 많은 곳에는 사건이 있기 마련입니다."

"좋은 물건을 싸게 사려다 보니 흥정이 오가고, 상인들 사이에 자리싸움이 있을 수는 있습니다. 그렇다고 장터를 전쟁터처럼 말씀하시면 곤란합니다."

왕이 둘의 싸움을 중재하고 나섰다.

"자, 자, 이제 그만들 하여라. 남의 일에 개입하지만 않는다면 사람 간에 무슨 시비가 붙겠느냐? 모처럼 나왔으니 말도 타고 사람 사는 모습도 구경하고 싶구나. 내 말썽부리지 않고 조용히 있을 터이니 염려 말거라."

말썽이라는 말이 송구해 휘헌은 땅에 엎드릴 뻔했다.

"…예."

"자, 출발하자꾸나!"

광해가 먼저 능숙한 자세로 말에 올랐다.

* * *

그 시간 도문대작에는 한 떼의 관원들이 몰아닥쳐 한바탕 난리법석을 피웠다.

붉은 도포를 입은 금부도사가 관원들에게 지시를 내렸다.

"뒤져라!"

"뭐 하는 것입니까? 어디서 오셨습니까?"

부엌에 있던 계옥이 젖은 손을 행주치마에 닦으며 물었다. 국밥을 먹던 사내들은 무슨 일인가 하여 숟가락을 놓고 일어났다.

"너희 주막에서 탈세를 했다는 제보가 들어왔다."

"탈세라굽쇼?"

"자네가 이 집 주인인가?"

"그런뎁쇼."

"육부전 거리 주막 '도문대작'에서 이중장부로써 나라의 것인 세를 포탈하고, 부정한 이득을 취한 것으로 익명의 제보가 들어왔다."

계옥이 어리둥절하여 물었다.

"아니, 그게 무슨 말씀입니까요? 세를 포탈하다니요. 즈이는 결코 그런 적이 없습니다요."

"가보면 알 것이야. 얘들아, 장부는 수거했느냐?"

"예, 매상장부, 매입장부 모두 확보했사옵니다."

"이 여인에게 오라를 채워 금오로 압송하라."

"예."

관원들이 계옥을 밧줄로 묶었다. 계옥이 끌려가면서 항변했다.

"아이구, 왜 이러십니까? 이거 놓으십시오. 저는 죄가 없습니다."

* * *

가희와 광해, 헌은 갈 길을 재촉했다. 가희는 광해의 승마 솜씨가 매우 유려한 것에 놀랐다.

"선비님, 참으로 멋지십니다. 어찌하여 말을 그리 잘 타시는 것이옵니까? 진정 말을 타고 사냥을 다니신 것입니까?"

멋지다는 말에 광해의 어깨가 으쓱 올라갔다.

"잘하는 게 하나라도 있어야 하지 않겠느냐?"

광해의 말 타는 솜씨는 하루이틀에 완성된 게 아니었다. 임진왜란 때 분조라는 막중한 임무를 띠고, 1년 반이나 전쟁터를 돌아다녔다. 적지나 다름없는 곳을 말 한 필에 의지해 헤쳐 나간 것이다. 말 위에서 잔적도 여러 번이었다.

"내가 왜 말을 잘 타는지 궁금하느냐? 나의 아버지가 마부셨다. 설명이 됐느냐?"

"핏, 거짓말 마십시오, 선비님은 양반댁 자제분이 아니십니까?"

"네 말이 맞다. 너에게는 거짓말을 할 수가 없구나. 우리 아버지는 양반이셨다. 아주 고귀하신 분이셨지."

"교산 오라버니보다 직급이 높지는 않았겠지요? 설마 아버님께서 당상관이셨습니까?"

가희의 물음에 광해가 껄껄 웃었다.

일행은 한참을 말을 타고 달린 끝에 고양에 도착했다. 가희가 오른쪽 산등성이를 손으로 가리켰다.

"선비님, 혹시 나중에 사냥을 나오시더라도 저쪽으로는 가시면 안 됩니다. 금표구역입니다. 임금님께서 사냥하시는 곳이어요."

광해는 가희가 가리키는 쪽으로 시선을 주었다. 몇 길인지 모를 나무들이 병풍을 이루며 일렬로 서 있었다. 그 너머에서 꿩이 울었다. 낯익기도 했고, 처음 보는 곳 같기도 했다. 자신 봄가을 유

242

흥으로 꿩과 노루를 사냥하기 위해 고양을 찾았지만 금표구역 밖은 한 번도 상상해 보지 못했다.

'금 밖에는 먹고 살기 위해 꿩과 노루를 쫓던 백성이 있었을 것이구나. 자신이 쫓던 꿩이 금 안으로 달아나도 더 쫓지 못하고 멀리서 바라만 보았을 것이구나.' 문득 '우물 안 개구리'라는 속담이 떠올랐다. 광해는 그 속담이 자신을 가리키는 것인 줄 비로소 알게 되었다.

세 사람은 말을 달려 사리재라 불리는 마을까지 갔다.

가희가 먼저 하천으로 말을 끌고 내려가 물을 먹였다. 휘헌은 왕의 말까지 끌어다가 같이 물을 먹였다. 세 사람은 말고삐를 끌고 장터로 갔다.

가희는 말을 맡아주는 사람을 찾아 한 마리 당 엽전 두 냥을 내고 말을 맡겼다.

"너는 아녀자임에도 어찌하여 이런 일을 이리도 잘 처리하는 것이냐?"

가희가 별일 아니라는 듯 대답했다.

"소녀의 양모님이 함열에서 주막집을 운영하셨습니다. 저희 가게에는 멀리서 오는 손님을 위한 마구간이 있어 제가 말을 맡아주곤 했지요."

"친부모님은 어찌 되고 양모 손에서 큰 것이냐?"

"이야기가 깁니다. 어서 장터로 가시지요, 선비님."

장날이라더니 장터는 발 디딜 틈 없이 사람들로 꽉 차 있었다. 싸전, 떡전, 약재상, 소금장수, 소장수에다 각지에서 올라온 등짐장수, 봇짐장수들이 내놓는 물건들과 그것을 사기 위해 손님들이 뒤섞여 장터는 활기를 띠었다.

광해는 수라에 올라오는 것과 똑같은 목기와 유기를 만난 것이 가장 신기했다. 수라상에 올라오는 음식은 물론이요, 그릇까지 백성의 손을 거치지 않은 것이 없었던 것이다. 이제부터 밥을 먹을 때는 그릇이 보일 것 같았다.

장신구 가게 앞에 이르러 광해의 발걸음이 멎었다. 그가 가락지와 비녀 사이에 놓인 댕기를 가리켰다.

"이것이 여자아이가 머리에 묶는 댕기더냐?"

가희에게 물은 것인데 상인이 대신 대답했다.

"그렇습니다, 선비님. 이쪽부터 제비부리댕기, 도투락댕기, 쪽댕기라고 합니다. 예쁜 아기씨에게 댕기 하나 사주십시오."

광해가 댕기를 가리키며 가희의 의견을 물었다.

"가희야, 하나 사주고 싶구나. 마음에 드는 것을 골라라."

"정말이십니까? 감사합니다, 선비님! 그런데 돈은 갖고 나오셨지요?"

광해는 아차 싶었다. 태어나서 한 번도 몸에 돈이라는 것을 지녀보지 못한 것이다.

휘헌이 앞으로 나섰다.

"제게 돈이 있습니다."

"와, 그럼 무사님 믿고 저 고릅니다!"

가희가 금박이 찍힌 제비부리댕기를 집어 들었다. 석 냥이나 하는, 제법 값나가는 물건이었다.

"이것으로 하겠습니다."

"좋도록 해라. 예쁜 것으로 잘 골랐구나. 내 아우님에게 빌린 돈은 꼭 갚겠소."

아우라는 말이 황송해 휘헌은 왕을 똑바로 바라보지 못했다.

가희는 그 자리에서 무지댕기를 풀고 금박댕기로 바꿔 달았다.

"이쁩니까?"

광해가 엄지손가락을 쳐들었다.

"선녀가 내려온 것 같구나."

장터에 있던 사람들도 발걸음을 멈추고 가희를 쳐다보았다.

"선녀인가?"

휘헌만이 남의 일처럼 무심했다.

"어, 저기 엿입니다!"

가희가 엿장수에게 뽀르르 달려갔다. 누릇한 찹쌀엿 세 개를 사서 둘에게 하나씩 나누어주었다.

"심심하실 텐데 엿 드시면서 구경하셔요."

"먹음직스런 엿이구나."

광해가 입안에 엿을 넣고 우물거렸다. 광해가 먹는 것을 보고 휘헌도 입에 엿을 넣었다. 가희가 두 사람을 보며 활짝 웃었다.

"선비님, 무사님, 장터에 오길 잘했지요?"

광해가 웃는 얼굴로 고개를 끄덕였다. 그동안 별운검을 앞세운 미행길이 몇 번 있기는 있었다. 하지만 육부전거리처럼 정식으로 등록된 깔끔한 상가 거리만 형식적으로 둘러보았을 뿐 사람 냄새나는 시골 장터는 처음이었다.

채소가게 앞에 이르러 광해의 발걸음이 멎었다.

"아욱이구나. 참으로 오랜만에 본다. 분조, 아니 피난 시절에 자주 먹었는데 국으로 끓이면 아주 맛났다."

"피난 때 드시고 여태껏 아욱을 못 드셨단 말입니까? 그럼 오늘 저녁상에 올리겠습니다."

가희가 아욱 한 단을 사는 동안 다른 손님이 와서 고구마 가격을 물었다.

"고구마, 한 근에 얼마나 하오?"

"오늘은 고구마 가격이 더 올랐소. 한 근에 닷 냥이외다."

터무니없는 가격에 손님이 기함을 했다.

"고구마 한 근에 닷 냥이라고요! 너무 비싼 거 아니오? 거기서 조금 더 주면 인삼도 사겠구려."

손님이 빈손으로 자리를 뜨자 광해가 상인에게 물었다.

"고구마가 왜 이리 비싼 것이오? 고구마는 임란 때 들여온 구황 작물이 아니오?"

아버지인 선조가 보릿고개를 대비해 고구마를 널리 경작하도록 조치했던 것을 광해도 알고 있었다.

"맞습니다. 몇 년 전까지만 해도 이 정도로 비싸진 않았습니다. 그런데 고구마가 달고 맛있다 보니 양반님네들 주전부리용으로 불티나게 팔리게 됐지 뭡니까. 이게 돈이 된다 싶자 향리들이 백성들의 고구마밭을 가로채기 시작했습죠. 향리놈들이 독점하면서 고구마 값을 너나 할 것 없이 올려버렸습니다."

지방 향리들이 고구마밭에까지 손을 대고 있다는 사실에 광해가 울분을 터트렸다.

"대체 이 나라는 왜 이 모양인 것이냐. 백성을 위해 들여온 구황 작물까지 가로채 사치품으로 만들어버리는 이 썩은 놈의 새끼들!"

그때 뒤에서 누군가 소리쳤다,

"뭐라 했느냐?"

세 사람이 동시에 뒤를 돌아보니 머리에 두건을 두르고 망태를 걸머진 사내가 그들을 노려보며 서 있었다.

휘헌이 앞으로 나서며 물었다.

"무엇이냐?"

"보아하니 이 동네 사람들도 아닌 것 같은데 어디서 고을 어르신들을 욕보이는 것이오?"

휘헌이 낮은 목소리로 명령했다.

"우리는 갈 길이 바쁜 사람들이니 저리 비켜 나거라!"

"젊은 사람이 어른에게 반말을 지껄이면 안 되지."

"젊은 사람에게 험한 꼴 당하고 싶지 않으면 비키렷다!"

휘헌의 엄포에 사내가 빙글빙글 웃었다.

"허허, 필시 네놈은 저 양반의 종놈이렷다. 그리고 저 뒤에 서 있는 저 여자는 저 양반의 첩이렷다. 정작 욕먹어야 할 것들은 처첩과 종복을 잔뜩 거느린 중앙 관리들이 아니냐? 똥 묻은 것들이 겨 좀 묻은 사람들에게 무엄하다!"

"지금 뭐라 했느냐?"

광해가 앞으로 쑥 나섰다. 휘헌은 괴한이 앞을 가로막을 때보다 가슴이 더 철렁했다. 왕이 나설 줄은 상상도 못 한 일이었다.

'저, 전하….' 휘헌은 왕의 몸에 손을 댈 수가 없어 온몸으로 그를 막고 나섰다. 휘헌이 잡아먹을 듯 사내에게 호통을 쳤다.

"네 이노옴!"

그러자 광해가 다시 휘헌을 밀치고 앞으로 나섰다.

"내 너의 경거망동을 후회하게 만들어주겠노라."

"왜, 양반님께서 직접 붙어보시게?"

사내가 빈정거리자, 휘헌이 참지 못하고 칼을 빼 들었다.

"무엄하다!"

등에 짊어진 두 개의 칼 중 하나는 왕을 지키는 보검 '운검'이었고, 하나는 일반 장도였다. 그가 장도를 빼 든 것은 운검을 노출시킬 때가 아직 아니어서였다.

"하하, 무섭하다?"

사내는 휘헌을 도리어 비웃었다.

"뜨거운 맛을 봐야 네놈이 뱉은 말이 얼마나 웃긴 말인지 깨달을 작정이구나!"

"네놈이 지나는 행인에게 시비를 거는 것은 주머니 속의 돈을 탐함이렷다. 마을 향리와 함께 형틀에 묶기 전에 비켜라! 마지막 경고다."

휘헌의 경고에도 불구하고 사내가 골목에 대고 큰소리로 외쳤다.

"얘들아!"

그러자 장정 대여섯이 골목에서 튀어나왔다. 그들 손에 칼이 쥐어져 있었다.

"네놈이야말로 애먼 사람을 모함한 벌을 받아야 할 것이다."

사내의 눈짓에 장정 한 명이 소리를 지르며 휘헌에게 달려들었다. 장터의 필부는 휘헌의 상대가 되지 못했다. 휘헌은 칼등으로 간단하게 그를 제압했다. 칼등으로 그것도 어깨를 맞았을 뿐인데 장정은 그 자리에 널브러지고 말았다.

휘헌이 나머지 사람들을 노려보았다.

"이제부터는 진검이다."

두 명이 이얍, 하는 기합과 함께 휘헌에게 달려들었다. 휘헌은 정확하게 그들의 어깨만 공략했다. 단 한 번 공격에 두 장정이 똑

같은 비명을 지르며 바닥에 쓰러졌다. 그들의 어깨 부근이 피로 붉게 물들었다.

피를 본 사내가 공포에 질려 고함을 쳤다.

"후퇴다!"

몸이 성한 사람은 빨리 달아나고, 그렇지 못한 사람은 기다시피 달아났다.

*　*　*

그들이 굴을 통해 도문대작으로 돌아왔을 때, 집안이 엉망이었다. 찬장 안에 있던 그릇이며 집기들이 바닥에 쏟아져 나뒹굴었다. 집은 텅 비었고, 어린 연이만 평상에 앉아 울고 있었다.

"연이야!"

가희가 달려가 연이를 끌어안았다. 안방은 더 가관이었다. 문갑은 열려 있었고 이불, 옷가지가 방바닥에 널려 있었으며, 반짇고리는 엎어져 바늘이며 실, 천 쪼가리가 이리저리 흩어져 있었다.

"도둑이 든 것이냐?" 광해가 물었다.

"도둑 같지는 않고 누군가 집을 뒤진 것 같습니다."

가희가 방에서 은수저를 들고나왔다.

"보십시오. 귀중품은 그대로 있습니다."

"사랑방까지 뒤졌습니다." 휘헌이 광해에게 보고했다.

설마 이첨이 무슨 낌새를 채고 들이닥친 것인가? 광해가 휘헌을 바라보았다.

"장부가 없어졌습니다!"

가희의 외침에 광해가 눈을 부릅떴다,

"장부가 없어졌다…?"

도문대작으로 들어서던 허균이 집안이 엉망인 것을 보았다.

"대체 이게 무슨 일이냐?"

"장부가 없어졌습니다. 주모도 끌려간 듯합니다." 가희가 울 것 같은 표정으로 말했다.

"어떻게 된 일인지 알아보고 오겠다. 선비님을 안으로 뫼시어라."

허균은 오던 길을 되돌아 나왔다. 짚이는 데가 있었던 것이다.

* * *

"도승지 허균과는 무슨 관계더냐?"

금부도사 구시백의 물음에 계옥이 어이없다는 표정으로 되물었다.

"도승지 나리는 왜 들먹입니까? 세금을 내지 않았다고 잡아온 거 아니었습니까?"

구시백이 눈을 부라렸다.

"묻는 말에 대답이나 하여라."

"아무 관계도 아닙니다요. 도승지 나리께서 워낙 식재료와 음식에 관심이 많으시다 보니 저희가 자문을 구하고 있을 뿐입니다."

구시백이 코웃음을 쳤다.

"자문? 하하하! 나와 장난을 치자는 것이냐? 양반이 주막집 장사에 자문을 해준다고?"

"양반이 일반 백성을 돕는 것도 죄입니까?"

"네 말인즉슨 양반이 아무 사심 없이 주막집 일을 도왔다 이 말인가?"

계옥이 헛웃음을 웃었다.

"나리, 저희는 단순히 돈을 벌고자 주막을 차린 것이 아닙니다."

"그럼, 돈을 쓰고자 차렸다는 말이냐?"

계옥이 답답하다는 듯 책상을 주먹으로 잔잔 두들겼다.

"저희 도문대작은 음식만 파는 게 아니라 조선의 음식문화 발전을 위해 전국의 식재료를 연구하고 있습니다. 돈을 쓰기 위해 차렸다기보다 값어치 있게 쓰고자 차린 것입니다."

"그래? 어디 얼마나 값어치 있게 썼는지 볼까? 정리한 것을 가져오너라."

구시백이 맞은편 책상에 앉아 있는 관원에게 명령했다.

그런 뒤 한 장 한 장 서류를 넘기며 따졌다.

"지난달 매출이 300냥인데 식재료 매입비용과 부대비용이 170

냥이렸다?"

"맞습니다. 거기다가 30냥을 세금으로 냈습니다. 장부에 보시면 다 나와 있습니다. 나머지는 인건비입니다. 인건비가 총 100냥입니다."

"인건비에는 도승지의 몫도 포함된 것이냐?"

"하하, 나리께서 뭔가 단단히 오해하신 듯합니다. 도승지 나리는 도문대작 일꾼이 아닙니다. 나리는 한 푼도 가져가시지 않았습니다. 저와 가희, 풍개 이렇게 세 명이 20냥씩 가져가고, 나머지는 장사를 도와주는 일꾼들에게 돌아갔습니다. 그들은 아침나절에만 나오기 때문에 5냥씩 주고 있습니다."

'뭐야, 아귀가 딱 맞잖아?' 구시백의 표정이 딱 그랬다. 하지만 그는 포기하지 않고 트집을 잡았다.

"그런데 매입비용이 왜 이리 많이 든 것이냐? 이중장부를 만들어 따로 빼돌린 것 아니냐?"

"결코 그런 일 없습니다. 송이버섯, 석이버섯, 진이버섯, 수꿩, 숭어, 농어, 도미, 고춧가루…. 이런 값비싼 식재료를 대량으로 매입하다 보니 뜻하지 않게 매입비용이 올라간 것입니다."

"그렇게 고급 재료를 사용하고, 문전성시를 이루는 집이 겨우 300냥 매출이 말이 된다고 생각하나?"

계옥이 답답한 표정을 지었다.

"저희가 워낙 실비로 받는데다가 열흘에 한 번씩 무료 급식을 하고 있기에 매출이 오를 수가 없는 구조입니다."

"무료 급식이라 했느냐?"

구시백은 그런 단어는 처음이라는 듯 되물었다. 그러자 좀 전의 관원이 금부도사의 귀에 대고 뭐라고 속삭였다. 구시백의 눈동자가 흔들렸다.

"그 말이 사실이냐?"

"예, 소인도 저 여인이 무료로 제공하는 국밥을 먹어보았습니다."

이이첨이 의금부 안으로 들어서는 바람에 전 관원이 자리에서 일어섰다.

"나오셨습니까?"

"수고가 많구나, 뭐 좀 나왔느냐?"

"안에서 말씀 드리겠습니다."

잠시 후 의금부판사 집무실에서 쾅, 하고 책상을 내리치는 소리가 들렸다. 이첨의 흥분한 목소리도 들렸다.

"장부에 흠이 없다는 게 말이 되나? 저 계집을 마당으로 끌어내라! 곤장 맛을 봐야 바른 말을 할 듯싶구나."

금부도사가 밖으로 나와 이이첨의 명을 전달했다.

"계집을 끌어내어 매우 쳐라!"

"아이고, 이 무슨 날벼락 같은 말씀이십니까? 소녀는 가난한 사람들에게 국밥을 퍼준 죄밖에 없습니다."

계옥이 큰소리로 울부짖었다. 관원들도 미적대며 섣불리 움직이지 않았다. 다들 계옥에게 한두 번은 신세진 기억이 있었던 것이다. 구시백이 큰소리로 외쳤다.

"어서 끌어내지 못하겠느냐?"

"멈추시오!"

허균이었다.

"도승지 나리…."

허균이 들어서자 구시백이 움찔했다. 이이첨도 허균의 목소리를 듣고 안에서 나왔다. 허균, 이이첨 두 사람은 대치 상태에서 한참 동안 서로를 노려보았다.

* * *

그날 광해의 저녁상에 아욱국이 올라왔다. 된장을 체에 밭쳐 깔끔하게 끓인 맑은 국이었다.

"아까 장터에서 샀던 아욱이구나?"

광해가 반가운 얼굴을 했다. 가희가 고개를 꾸벅했다.

"예, 선비님. 피난길에 드시고 못 드셨다 하여 올려보았습니다."

광해가 수저를 들며 물었다.

"아욱은 어디에 좋더냐?"

"아욱은 성질이 미끌미끌하여 변통에 좋사옵니다. 변통에 좋다는 것은 장에 좋다는 것인데 장은 우리 몸에서 마음을 만들어내는 장기옵니다. 장이 건강하면 애타는 마음이 가라앉고 심신이 편안해져 수면에 큰 도움이 됩니다."

가희가 청산유수로 대답했다.

"그렇구나, 아욱이 마음을 편하게 해주는 음식인 줄 내 이제야 알았도다."

광해가 맑은국을 한술 떠서 맛을 음미했다. 구수한 아욱 향이 입안 가득 고였다. 이번에는 건더기를 건져 올려 입에 넣었다. 미끌미끌한 아욱이 목구멍을 타고 부드럽게 넘어갔다.

광해가 고개를 저었다.

"그게 아니로다."

"네?"

"아욱 탓이 아니로다. 네 정성 탓이로다. 들떴던 속이 차분하게 가라앉으면서 마음이 이렇게 편안해지는 것을 어찌 아욱의 약리 작용 때문이라 하겠느냐."

"헤헤, 알아주시니 감사합니다, 선비님. 요리하는 사람은 먹는 사람이 맛있게 먹어줄 때 가장 기쁩니다."

광해가 흐뭇한 얼굴로 고개를 끄덕였다.

"주모도 무사히 돌아오고, 마음이 편해지는 아욱국도 먹고, 내 오늘도 두 다리를 펴고 잘 수 있겠구나!"

"정말 다행이지 뭡니까. 의금부에서 교산 오라버니를 옭아매려고 장부를 싹 뒤졌다 합니다. 그런데 탈탈 털어도 아무것도 나오지 않자, 판의금부사가 화가 머리끝까지 치솟아 곤장을 준비시켰다 합니다. 그때 교산 오라버니께서 짠, 하고 나타나 호통을 친 것이지요. 당장 도문대작이 문 닫으면 누가 거리의 걸인에게 국밥이라도 한 그릇 챙겨줄 것이냐고요."

"걸인에게 밥을 챙겨주다니… 장안의 주막이 그런 좋은 일도 하는 줄 몰랐구나."

"어디 걸인만 먹으러 옵니까. 남산골에 사는 가난한 유생, 과부, 고아들도 열흘에 한 번 있는 무료급식 날을 손꼽아 기다립니다."

광해가 고개를 끄덕였다.

"재원이 모자라지는 않느냐?"

"도문대작이 그럭저럭 장사가 되어 경제적인 어려움은 없습니다."

"다행이구나."

"저, 선비님, 이건 선물입니다."

가희가 행주치마 안에서 붉은 감 하나를 꺼내 상 위에 올려놓았다.

"앞마당 감나무에서 딴 첫 열매입니다. 그해 첫 수확을 먹으면 과거에 붙는다는 속설이 있습니다."

"오, 벌써 감이 익었더냐?"

"딱 하나가 붉게 익었지 뭡니까. 아직은 떫습니다. 잘 두었다 드십시오."

"오냐, 고맙구나. 고마워서라도 내가 어떻게든 과거에 붙어야겠
구나."

광해가 껄껄 웃었다.

*   *   *

"이게 말이 되는 일이오?"

왕의 분노가 폭발했다. 왕의 호통에 대신들이 어깨를 움찔했다.
왕의 말이라면 토부터 달던 대신들이 그날 상참에서만큼은 아무
소리도 내지 못했다. 왕의 분노는 쉽게 사그라지지 않았다.

"왕자이민위천 이민이식위천(王者以民爲天 而民以食爲天)이라 하였
소. 왕의 하늘은 백성이고, 백성의 하늘은 밥이오. 그런데 한갓 지
방 향리가 백성의 구황작물인 고구마에 손을 대? 더구나 향리의
죄를 적발해야 할 수령이 도리어 향리와 한편이 되어 백성을 사지
로 내모니 이런 찢어죽일 놈이 어디 있소? 고구마밭을 소유한 지
방 향리는 물론 중앙 관리까지 남김없이 조사해 습득 과정을 보고
하도록 하시오."

치의의 연기는 거의 완벽해 누구도 그가 가짜인 줄 눈치채지 못
했다. 영의정이 머리를 조아리며 고했다.

"신이 미처 살피지 못하여 이런 일이 벌어졌사오니 신을 벌하여

주시옵소서."

왕은 영의정의 말을 무시한 채 일장 연설을 계속했다.

"상고시대에 요임금이 있어 그가 다스리던 때를 태평성대라고 불렀소. 백성들이 임금을 대하는 태도가 어땠는지 아오? 태양처럼 우러렀을 것 같소? 백성들이 지어 부른 노래가 있소. 해가 뜨면 일하고(日出而作), 해가 지면 쉬고(日入而息), 우물 파서 물 마시고(鑿井而飮), 밭 갈아서 먹으니(耕田而食), 임금의 덕이 내게 무슨 소용이랴(帝力于我何有哉). 가장 좋은 임금은 백성의 인기를 한 몸에 차지하는 임금이 아니오. 임금이 있는지조차 모르게 나라를 다스리는 경지가 되어야 성군이라고 할 수 있소. 과인은 백성이 우러르는 임금이 되는 것을 원하지 않소. 경들도 내 앞에서 열심히 일하는 척하지 말고, 어떻게 하면 백성들이 배곯지 않고 잘살 수 있을지 머리를 짜야 할 것이오."

"성은이 망극하옵니다."

상참이 끝난 후 당상관끼리의 경연에서 신료들은 고구마밭 논쟁을 벌였다.

"백성의 구황작물에까지 손댄 염치없는 향리는 전부 잡아들여 그 죄를 낱낱이 밝혀내야 할 것이오. 그리고 죄가 드러나면 저잣거리에서 장을 쳐 부끄러움을 가르쳐야 할 것이오."

"너무 그러지 마시오, 호판! 이게 어디 지방 향리만의 잘못만이겠소. 호판은 주전부리로 고구마를 먹은 적이 없답디까? 우리가 먹은 고구마 때문에 백성이 먹거리를 빼앗기고, 밭을 빼앗긴 것이니 누구도 책임이 없다 할 수 없소."

"그래서 그 부정한 관리들을 봐주자는 것이오?"

"봐주자는 게 아니오. 너무 강력하게 나가면 지방 세력들이 반발할 우려가 있소. 그들을 통제할 수 없게 되면 나라의 틀이 무너지게 되오. 살살 달래면서 먹은 것을 토해내도록 해야지. 억지로 손가락을 집어넣어 구토를 하게 하면 그들이 조정에 원한을 품게될 것이오."

"오호, 병판이 지방 향리를 감싸고도는 것을 보니 전라도 어디에 땅을 좀 갖고 있는 모양이구려."

"지금 무슨 근거로 사람을 이다지도 매도하는 것이오? 호판은 직을 걸고 그 말에 책임질 수 있소?"

호판과 병판이 핏대를 올리며 싸우는 동안 다른 대신들은 자기들끼리 구시렁거렸다.

"그런데 이상하지 않소? 금상께서 어떻게 해서 백성의 고구마 밭까지 살피게 된 것인지 영문을 모르겠소. 나는 그것이 알고 싶소."

"그러게나 말이요. 궐이나 짓고 이어나 다니던 금상이 아니었소? 맨날 귀신 나온다는 소리에, 역적을 발본색원하는 데 온 정신이 팔려 있던 금상이 백성의 일에 적극적으로 관심을 가지시고 대노하시다니, 별일이 다 있소."

"며칠 전에는 면세전 갖고 타박하시더니, 오늘은 고구마밭을 갖고 대노하시는구려. 내일은 당무 밭을 갈아엎으라 하실까 두렵소."

"누렇게 떴던 사색이 환하게 핀 것은 어떻고?"

"대체 상께 무슨 일이 있었던 건지 모르겠소. 내전에 도는 소문을 듣자 하니 후궁의 처소는 물론 김 상궁이 머물고 있는 별당에조차 일체 발길을 끊으셨다 하오. 대비께 문안조차 여쭙지 않는다니 이건 너무 심하지 않소?"

"그뿐이 아니오. 중궁전은 아예 찾지도 않으신다 하오. 중전이 누구시오. 금상의 책사 아니었소? 대체 누가 그 책사 노릇을 대신하고 있는지 알 도리가 없소."

"누구겠소?"

형판의 말에 전 대신이 일시에 입을 다물었다. 아무 말 없이 귀만 기울이고 있던 허균의 존재를 깨달았기 때문이었다. 이이첨과 허균의 시선이 공중에서 슬쩍 부딪혔다. 이이첨이 먼저 시선을 거두어들였다.

한편, 왕비는 왕이 발길을 완전히 끊다시피 하자 무슨 일인가 싶어 불안했다.

'많이 편찮으신 걸까?'

왕의 건강이 걱정되는 한편, 새로운 궁녀에게 마음이 빼앗긴 것은 아닌지 의심스러웠다. 왕비는 체면 불고하고 상궁을 보내 편전

상황을 알아보게 했다.

"아무래도 옥체 미령하시어 바깥나들이를 안 하시는 것 같네. 안 상궁이 슬쩍 들여다보고 오면 어떻겠나?"

"말씀 받자와 다녀오겠사옵니다."

편전에 잠입했던 상궁의 보고는 뜻밖이었다.

"마마, 전하께옵서 불 밝히고 독서에 열중하고 계셨습니다."

"그래? 편찮으신 게 아니었단 말이지?"

왕비의 입가에 뿌듯한 미소가 떠올랐다. 왕이 아픈 것도, 궁녀에게 빠져 있는 것도 아니고 독서에 빠져 있다니 기쁜 소식이 아닐 수 없었다.

'요새 조정이 시끌시끌하다더니 집중하여 처리할 일이 있으신 것인가.' 왕이 조회 때 갑자기 호통을 치면서 면세전, 고구마밭에 대해 전수 조사를 명했다는 이야기를 상궁들에게 전해 들었던 것이다.

'전하께서 초심을 찾아가고 계심이야.' 왕비는 당장 편전으로 달려가 지아비를 응원하고 싶었다. 하지만 고개를 저었다. '아니야, 이런 때는 방해를 하지 않는 것이 좋아. 뭔가 답답한 일이 생기시면 발길을 하시겠지.'

그 시간 치의는 편전에 앉아 허균이 가져다준 대본을 외우고 있었다. 주강(晝講) 때 할 말을 연습해 두어야 했다. 대본은 쓴 사람은 도문대작에 머물고 있는 왕이었다. 왕의 생각을 조금 더 설득

262

력 있는 모양으로, 위엄 있는 색깔로 대신들에게 잘 전달하는 것이 치의의 의무였다.

"경들은 들으시오. 경들의 생각을 말해보시오."

치의는 말의 발음과 높낮이까지 왕처럼 보이려고 꼼꼼히 연습했다.

* * *

이이첨이 의금부에 출근했을 때, 마침 지방에 보냈던 관원이 돌아와 상관을 기다리고 있었다. 그가 출장 다녀온 보고를 했다.

"대감마님, 은과 관련하여 아무 단서도 찾지 못했습니다. 경상도를 거의 뒤지다시피 했으나 성과가 없었습니다."

"은을 거래한 흔적일랑 전부 조사했겠지?"

"예, 명하신 대로 빠짐없이 조사했습니다. 모두 다 신원이 확실했고, 은의 출처와 이동처가 명확했습니다. 범인이 몸을 사려 은을 꽁꽁 숨겨두고 있음입니다."

은 상인을 죽인 범인들은 공식적으로 검거된 상황이었으므로 진범을 찾을 필요는 없었다. 은을 찾다가 진범이 잡혀도 이쪽에서 먼저 묻어두어야 할 판이었다.

'그예 못 찾고 마는 것인가. 대체 은은 어디에 숨었단 말인가? 그나저나 상께는 뭐라 아뢴다…?'

명나라 사신이 도착하려면 채 일주일도 남지 않은 상황이었다. 이첨은 검지로 의자 손잡이를 톡톡 두드렸다.

'부르면 보고 하기로 하지.'

요즘 들어 왕의 관심이 부쩍 민생에 쏠려 있었다. 은에 대한 생각은 잊어버린 건지 통 자신을 찾지를 않았다. 이첨은 자리에서 일어섰다.

그는 견평방을 벗어나 정처 없이 걸었다. 걷다가 정신을 차려보니 도문대작 앞이었다.

도문대작은 인산인해를 이루었다. 대기 줄이 큰길까지 뻗어 있었다.

'떼돈을 버는구먼. 떼돈을 벌어. 이렇게 장사가 잘되는데 손에 쥐는 게 없다고?'

이첨이 가게 안을 들여다보는데 뒤에서 누가 호통을 쳤다.

"거, 양반나리, 줄을 서시오!"

이첨은 어떤 놈이 감히 큰소리인가 싶어 뒤를 돌아보았다.

꾀죄죄한 행색의 노인이 이첨을 노려보고 있었다. 노인은 양반 따윈 안중에도 없다는 듯 훈계를 했다.

"아무리 양반이라도 줄을 서야 할 것 아니오?"

"이노옴, 내가 누군 줄 알고 그러느냐?"

이첨의 호통에 여기저기서 쑥덕거렸다.

"공짜 밥 먹으려고 기웃대는 주제에 그래도 양반이라고."

"그러게. 입성도 멀쩡한 양반이 돈을 주고 사 먹던가 하지."

"거기, 줄 서신 분들 싸우지 마시오. 준비한 음식이 넉넉하니 젊은이는 노인에게 양보 부탁드리오."

안을 넘겨다보니 주모가 마당에 솥을 걸고 사람들에게 국밥을 배식하고 있었다. 그녀가 목소리를 돋우었다.

"싸우지 마시고 줄을 서시오. 국밥은 넉넉합니다."

이첨이 줄 선 이에게 물어보았다.

"혹시 국밥을 공짜로 주는 것인가?"

"그렇소이다. 열흘에 한 번꼴로 무료배식을 하는데 오늘이 그날이라오. 국밥 떨어지기 전에 양반나리도 어서 줄을 서시지요."

"자, 드신 분들은 또 드시지 마시고 안 드신 분들에게 양보해 주십시오."

주모가 안에서 다시 한번 큰소리로 외쳤다. 이첨이 마당 안으로 성큼성큼 걸어 들어갔다.

"공짜로 음식을 준다는 게 사실인가?"

"예, 그렇습니다."

대답해 놓고서야 주모는 그자가 이이첨인 것을 알아보았다.

"어이쿠, 판의금부사 대감께서 어쩐 일이시옵니까?"

판의금부사라는 말에 줄 선 사람들이 웅성거렸다.

"의금부다!"

"의금부에서 사람이 나왔다!"

갑자기 대열이 흐트러지면서 사람들이 하나둘 빠져나가기 시작했다. 자신과 말다툼을 했던 노인은 벌써 사라지고 없었다.

이첨은 어이가 없었다.

"벌레라도 봤나?"

이첨은 조금 씁쓸한 기분이 되어 집으로 돌아왔다.

그 시각, 도문대작 사랑방에서 광해는 허균의 보고를 받고 있었다. 왕이 껄껄껄 웃었다.

"치의 머리가 보통이 넘는구려. 내가 준 서찰을 한 글자도 안 틀리고 외웠단 거지요?"

"그렇사옵니다. 소신도 깜짝 놀랐사옵니다."

"그래, 전국의 고구마밭 주인을 전수 조사하라 하니 신료들 표정이 어떻던가요."

"벌레 씹은 표정이었사옵니다. 신료들은 어찌하여 전하께서 고구마밭까지 챙기게 된 거냐며 의아해했습니다."

하하하, 왕은 박장대소를 했다.

"의아하겠지. 과인이 그동안 민생에 너무 무심했소. 신료들의 의견과 유생들의 상소에만 기대어 민심을 파악하려 했으니 백성의 진짜 어려움은 짐작도 하지 못할밖에. 도문대작에 단 며칠 묵었을 뿐인데 비로소 세상이 보이는 듯하오. 이 모든 게 도승지 덕분이오, 고맙소."

"성은이 망극하옵니다."

"몇몇 대신은 똥줄이 타겠군. 면세전에, 방납 비리도 모자라 백성의 구황작물에까지 손을 대다니…. 내일 상참에서는 당상관 이상 관료들에게서 이 세 가지 비리가 발견될 경우 바로 파직하라고 치의에게 이르시오."

"분부 받들어 거행하겠사옵니다. 전하, 명나라 사신의 방조일이 닷새 앞으로 다가왔사옵니다. 아뢰옵기 황송하오나 은의 행방을 찾으러 간 심부름꾼에게 무슨 일이 생긴 것 같사옵니다. 신이 직접 내려가 살펴보는 게 맞는 일이오나 현 상황에서 움직이는 일은 무리이옵니다. 그렇다고 다른 사람을 보내자니 기밀 유지에 구멍이 생길 것 같아 고민이옵니다."

광해가 고개를 저었다.

"너무 마음 쓰지 마시오. 은은 찾으면 좋고, 못 찾아도 할 수 없는 일이오."

"아직 희망을 잃기는 이른 줄 아옵니다. 좋은 소식은 아직이오나 나쁜 소식도 없사오니 마지막 날까지 기다리심이 가한 줄 아뢰옵니다."

"알겠소. 그러나저러나 며칠 후면 이곳을 떠나야 하는데 어쩌지요? 떠날 생각을 하니 벌써부터 발이 안 떨어지오."

그 말은 진심인 듯했다. 단 며칠이었지만 그 사이 광해의 얼굴은 몰라보게 편한 모습으로 변해 있었다. 허균의 가슴에 뿌듯함이 차올랐다.

"선비님, 저녁 식사입니다." 가희였다.

"들여오너라." 허균이 대답했다.

상에는 게찜이 푸짐하게 올라 있었다. 허균이 물었다.

"웬 게냐? 꽃게 철은 봄이 아니더냐?"

"예, 암게는 봄이 제철이고 수게는 지금이 제철입니다. 알은 들지 않았지만 수게는 가을에 맛이 달아 몸보신에 제격입니다."

광해가 상을 다시 한번 훑었다. 오색 반찬이 상을 장식하고 있었다.

"나물까지 풍성하구나, 나물 찬이면 충분한데 뭐 하러 게까지 올렸느냐? 상 차리느라 고생했겠구나."

"나물도 많이 드시고, 게도 많이 드십시오. 잘 드시고 어서어서 회복하셔야 과거도 치르지요, 선비님."

그렇게 말하는 가희가 광해는 기특했다.

"걱정 말거라. 내 벌써 기운을 차렸다. 오히려 살이 너무 붙을까 걱정이구나."

"껍데기가 단단하니 잘 발라 드십시오. 껍데기가 목에 걸리면 큰일 납니다."

가희의 당부에 왕이 너그럽게 웃었다.

"알았다. 잘 보고 먹으마."

허균은 왕이 수저를 드는 것을 보고 물러났다. 상궁이 셋이나 시중을 들며 일일이 생선살을 발라 드리던 분인데, 그런 분을 뜻하지 않게 수고 속으로 몰아넣은 것이다.

'전하, 조금만 참으시옵소서.'

허균은 마음속으로 왕에게 용서를 빌었다.

* * *

그날 저녁, 허균이 막 잠자리에 들었을 때였다. 누군가 다급하게 방문을 두드렸다.

"누구요?"

"별운검입니다."

방문 밖에는 칼을 찬 휘헌이 꼼짝 않고 서 있었다. 허균의 가슴이 쿵 하고 내려앉았다.

"무슨 일이냐? 상께 무슨 일이 생긴 것이냐?"

휘헌의 표정이 심상치 않았다.

"큰일 났습니다. 상감마마께옵서…."

"상께서 어디 편찮으시더냐?"

"조금 전부터 옥체가 미령에 들었사옵니다."

"많이 편찮으시더냐?"

허균은 급히 자리를 박차고 일어났다. 도문대작 쪽으로 걸으면서 헌이 상세히 보고했다.

"식은땀을 많이 흘리십니다. 알아들을 수 없는 헛소리도 하십니다."

"헛소리를…? 뭐라고 하시더냐?"

"…아바마마를 계속 찾으셨습니다."

"낭패구나! 겨우 좋아지고 있었는데 원점으로 돌아간 것은 아닌지 모르겠다. 별운검은 당장 북촌 허준 형님 댁으로 가거라. 주무시거든 양해를 구하고 깨워서라도 모시고 오너라."

"예."

허균이 도문대작에 도착했을 때, 왕의 입술이 새파란 것이 상태가 심상치 않았다. 고열에 들뜬 왕은 허균이 온 줄도 몰랐다.

가희가 안절부절못했다.

"저녁 식사도 잘하셨는데 왜 갑자기 이런 일이 일어났는지 모르겠습니다."

"저녁때 드신 것이 게 말고 또 무엇이 있었더냐?"

"특별한 것은 없었습니다. 나물을 드셨습니다. 백화고와 도라지, 연근을 드셨습니다."

"혹시 백화고에 문제가 있던 것은 아닐까? 버섯에는 독성이 있다고 들었다."

가희가 고개를 저었다.

"그럴 리가 없습니다. 소녀는 물론 오늘 도문대작을 찾은 이들 대부분이 찬으로 백화고를 먹었습니다. 백화고는 약이 되면 됐지,

270

탈이 없는 식재료입니다."

둘이서 안절부절못하고 있는데 드디어 휘헌이 허준을 대동하여 당도했다.

용안을 살피고 혀의 색깔을 확인한 허준이 손가락을 왕의 팔목에 얹어 진맥을 짚었다.

"저녁에 무엇을 드셨더냐?"

가희는 서울에 올라와 허준 밑에서 약선요리를 공부한 적이 있었다. 말하자면 둘은 사제지간이었다.

"예, 스승님. 선비님께서 게 요리를 드셨습니다. 그리고 표고버섯, 도라지, 무나물 그리고 연근도 드셨습니다."

"게를 드셨다 했느냐?"

"그게 잘못된 것입니까?"

"혹시 게를 드시면서 감이나 꿀을 드시지 않았느냐?"

무슨 생각이 났는지 가희가 문갑 위를 눈으로 훑었다.

"맞습니다. 문갑 위에 있던 감이 사라졌습니다. 올해 첫 감을 따다가 선물로 드렸는데 식사 후에 그것을 드신 것 같습니다."

"역시 그렇군. 게와 감은 상극이란 것을 몰랐더냐?"

허균이 가희를 꾸짖었다. 가희가 당황하여 죄를 빌었다.

"소녀 그 둘을 같이 드시지 말라고 말씀드렸어야 했는데 깜빡했습니다."

허준이 빠른 속도로 왕의 몸 구석구석 침을 놓았다.

"해독 침을 놓았으니 서서히 괜찮아지실 것이다. 내일 아침에는 아무것도 드시게 하지 말고 점심때부터 가볍게 죽을 쑤어 드리거라."

"네, 알겠습니다." 가희가 대답했다.

허준이 일어서기도 전에 왕의 얼굴에 피가 돌기 시작했다. 침의 효과가 나타난 것이다. 가희가 허균을 향해 기쁨의 미소를 지어 보였다.

11. 백성 곁에서

도문대작에서는 아침부터 한바탕 구경거리가 펼쳐졌다. 별운검 휘헌이 도문대작 식구들의 일을 도우러 나선 것이다. 휘헌의 식칼 다루는 솜씨에 모두들 탄성을 내질렀다. 얼마나 빨리 무를 써는지 금세 함지박 가득 깍두기 무가 쌓였다.

무를 썬 뒤에는 마늘을 편으로 썰었는데 한 쪽 당 60개의 조각이 나왔다. 마늘 편을 들어 사람을 보면 그 움직임이 훤히 비칠 정도였다.

"대단한 실력입니다. 사명대사도 울고 가겠습니다."

계옥이 박수를 치며 제안을 했다.

"무사님, 재야의 고수로 사실 게 아니라 무과에 도전하는 게 어떻겠습니까?"

운검의 얼굴에는 조금의 표정 변화도 없었다.

"저는 이만 물러가겠습니다."

휘헌이 사랑방으로 물러가자, 계옥이 안타까운 얼굴을 했다.

"저런 분이 임금님 곁을 지켜야 할 터인데 변방에서 이러고 계시는 게 안타깝구나."

가희가 고개를 저었다.

"저분은 너무 답답합니다. 도무지 말이 없으니 대체 무슨 생각을 하는지 알 수가 없습니다. 제가 임금님이라면 저렇게 답답한 사람을 신하로 두지 않을 겁니다. 궐을 벗어나실 수 없는 임금님을 대신해서 세상 물정도 전해드리고 하는 게 신하의 도리 아닙니까? 저 사람은 그냥 칼 잘 쓰는 병풍입니다."

"그런데 선비님 말이다." 계옥이 사랑방을 눈짓으로 가리키며 작은 소리로 말했다.

"선비님이 지금은 도망자 신세지만 저렇게 뛰어난 무사가 보필하는 것을 보면 보통 귀한 가문 댁 자제가 아닌 것 같구나. 호신 비용도 솔찮이 들 것인데 말이다."

"아무래도 그렇겠죠?"

"선비님은 좀 어떠시냐? 게와 감이 상극일 줄 누가 알았더냐?"

"예, 아침에 세숫물을 떠다 드리면서 들여다보니 책을 읽고 계셨습니다. 괜찮으신 듯합니다. 이따 죽을 쑤어 들여가면 될 것입니다."

왕은 정좌한 자세로 책을 보고 있었다. 누가 보지도 않는데 한 점 흐트러짐이 없었다. 휘헌은 광해 우측에 가서 조용히 앉았다.

"그래, 일은 잘 도와주었느냐?"

"예."

274

"종종 나가서 돕도록 하거라. 나 때문에 이곳의 중요한 일손이 조령으로 내려갔다 하니 손이 모자랄 것이야. 너도 나랑 좁은 공간에 갇혀 있자니 얼마나 답답하겠느냐."

"…예, 분부대로 하겠사옵니다."

밖이 왁자지껄 시끄러웠다. 한 떼거리가 몰려온 모양이었다.

목소리가 걸걸한 사내가 이야기의 포문을 열었다.

"그 이야기 들었는가? 나라님께서 창덕궁으로 옮기자마자 다시 서궁으로 돌아가셨다대?"

"언제 적 야그인데 이제 와서 뒷북인가?"

경운궁 이어와 관련해 이야기가 흘러가고 있었다.

"바로 돌아갈 것을 뭐 하러 그렇게 큰돈을 지어 창덕궁을 중수했는지 모를 일일세."

"선왕의 숙원이었다잖어, 나는 창덕궁에서 그렇게 빨리 나온 이유가 더 궁금하네그려."

"여적 소문을 못 들었는가? 장안에 파다하게 소문이 났던데."

"뭐라고 소문이 났기에 그러는가?"

광해는 자기도 모르게 그쪽으로 귀가 기울었다.

"대비를 서궁에 위폐 시키려고 벌인 연극이라더군."

"그러니까 그 말은, 대비를 혼자 내쫓기 뭐하니까 일단 같이 갔다가 혼자 나올 작정이다?"

"그렇지! 조금 있으면 창덕궁으로 다시 돌아가실 걸세. 대비를 놔두고 말이야."

"저런! 효의 모범을 보여야 할 나라님께서 먼저 불효를 저지르니 백성들의 본이 되겠는가?"

"사람 마음이란 게 비슷한 것일세. 자네도 생각해 보게. 나를 낳아준 생모에게 마음이 쏠리겠나, 아버지의 후처에게 마음이 쏠리겠나?"

"그래도 법적으로 엄연히 어머니시고 왕실의 큰 어른인데 어떻게 하루아침에 그리 매정하게 내칠 수 있단 말인가? 더군다나 외아들 영창대군을 잃고 마음 둘 곳 없는 분인데 말이야."

"그 영창대군에 대해서도 말이 많더군. 저기 말일세…"

영창대군 이야기를 하면서 갑자기 말소리를 줄이는 바람에 광해로선 더 이상 들을 수가 없었다. 차라리 그 편이 나았다. 심한 소리로 마음을 다치기 싫었다. 휘헌은 표정에 아무 변화도 없었다. 안 듣는 척해도 어쩔 수 없이 들릴 터이니 신하 앞에서 더 없이 민망한 상황을 겪는 것보다 나은 일이었다.

어느덧 그들의 화제가 다른 곳으로 옮아갔다.

"대동법은 어떻게 되는 건지 모르겠네."

"유생들이 그렇게 상소를 올리는 데도 꿈쩍도 안 하신다지 않아."

"조정 대신들의 반대가 심하다는군."

"그깟 탐욕스러운 관료들일랑 확 묵살하고 시행하면 되는 거 아닌가?"

"정치가 그렇게 간단한 게 아니라네."

"에구, 나라님도 힘드시겠어."

다행인지 불행인지 동정론으로 이야기는 매듭을 지었다.

광해가 휘헌을 불렀다.

"별운검!"

"예."

"한 나라의 임금으로서 신하 보기 부끄럽지만 이렇게라도 민심을 알게 되어 다행인 듯하다. 이곳에 있는 동안 백성의 목소리에 더 많이 귀 기울이고, 백성의 삶에 대해 더 많이 아는 시간으로 삼고 싶구나."

"성은이 망극하옵니다." 휘헌은 고개를 숙였다.

그날 허균은 승정원 일을 처리하느라 점심때가 다 되어서야 도문대작을 찾았다. 사랑방에 들려는데 가희가 주변을 두리번거리며 허균에게 다가왔다.

"오라버니, 드릴 말씀이 있습니다."

"무슨 일이 있느냐?"

두 사람은 마당 한가운데로 자리를 옮겼다.

"저, 실은 수상한 사람이 어제부터 도문대작 주변을 배회하고 있습니다."

"그게 무슨 말이냐?"

"동일한 인물로 보이는 자가 어제부터 주막 부근을 왔다 갔다 했습니다. 오늘 아침에도 보았습니다."

허균은 잠시 생각에 잠겼다.

"가희야, 당분간 선비님이 사랑방을 벗어나시지 못하도록 해야겠다. 알아들었지?"

"예."

허균은 왕을 알현했다.

"옥체 미령하시던 것은 좀 어떻사옵니까?"

"덕분에 많이 좋아졌소. 그래 오늘 상참 때는 어떤 안건이 올라왔소?"

"특별한 것은 없었사옵니다. 그리고 오늘 아침 명나라 사신이 국경에 당도했다고 하옵니다."

"곧 한양에 도착하겠구려. 짐도 슬슬 돌아갈 채비를 해야겠소."

허균은 잠시 머뭇거렸다.

"전하, 은을 찾기 위해 백방으로 노력하고 있사오나 혹여라도 찾지 못한 상태에서 명나라 사신을 맞게 될까 저어되옵니다. 만에 하나 은을 찾지 못할 경우 신에게 모든 책임을 돌려주시옵소서."

왕이 고개를 저었다.

"도승지는 아직도 과인이 은에 대해 걱정하고 있는 것으로 보이시오? 과인의 얼굴을 똑바로 보시오. 얼굴빛이 어떻소?"

도문대작에 머문 후부터 광해의 신경쇠약 증세는 말끔하게 사라진 상태였다.

"용안이 밝사옵니다."

"이곳에 온 이유가 심신의 건강을 찾기 위함이었소. 심신의 건강을 찾고 보니 짐의 생각이 얼마나 병들었던 것인지 알게 되었소. 고명도 중요하고 왕위를 지키는 것도 중요하오. 그러나 백성 없이는 아무것도 의미 없소. 과인은 백성의 삶을 살피는 일에 우선을 두겠소. 다른 것은 백성이 잘살게 된 연후에 걱정하겠소."

허균은 감격에 겨워 그 자리에 엎드렸다.

"성은이 망극하옵니다."

* * *

"선비님!"

광해는 그녀가 한 번 더 부르기를 기다렸다.

"선비님!"

광해가 웃는 낯으로 얼굴을 내밀었다.

"대체 오늘은 어디로 끌고 가려고 그러느냐?"

가희가 고개를 저었다.

"죄송하지만 나가는 것은 어렵습니다. 교산 오라버니께서 금족령을 내리셨습니다."

"무슨 일이 있었느냐?"

"별일은 아닙니다. 그냥 조심하라고 하셨습니다."

"그래? 안타까운 일이구나."

광해가 가희를 이리저리 뜯어보았다.

"금박댕기를 했구나?"

가희 얼굴에 수줍은 미소가 떠올랐다.

"예, 선비님. 그런데 선비님, 비가 올 것 같습니다. 손님도 없는데 바람도 쐬실 겸 대청으로 나오시지 않겠습니까? 참으로 지짐이를 해드리겠습니다."

"지짐이?"

"예, 선비님은 어물을 좋아하십니까, 육고기를 좋아하십니까?"

하늘에서 우르릉 쾅쾅 천둥이 쳤다.

"어이쿠, 진짜 비가 오려나 보다. 나는 지짐이라면 재료를 가리지 않고 다 좋아한다."

"그럼, 어물을 넣고 하겠습니다. 육부전 내어물전에 나온 생선이 오늘따라 싱싱하여 아침에 조금 사놓은 게 있습니다."

"오냐, 좋도록 하여라."

가희가 부엌에 들어가자마자 비가 쏟아졌다.

광해는 툇마루에 앉아 주룩주룩 쏟아지는 비를 바라보았다. 휘헌이 가만히 대청마루로 나와 앉았다.

"전하, 공기가 차갑사옵니다. 방으로 드시옵소서."

"놔두어라. 구중궁궐로 돌아가면 이렇게 가까이서 빗줄기를 바라보는 일도 불가능할 테니. 저 빗소리가 들리느냐? 저 빗소리에 농군의 시름이 씻겨나갈 생각을 하니 빗소리가 예사로 들리지 않는구나."

"성은이 하해와 같사옵니다."

잠시 후 가희가 소반에 지짐이를 담아 들고 부엌에서 나왔다. 비를 피해 툇마루를 따라 사랑채로 이동하는 모습이 귀여워 광해는 눈을 떼지 못했다.

가희가 광해에게 젓가락을 들려주었다.

"선비님, 드셔보셔요."

휘헌이 마루에 나와 있는 것을 보고 가희가 불렀다.

"무사님!"

휘헌이 가희를 쳐다보았다.

"무사님도 같이 드시지요."

"나는 됐소."

광해가 휘헌을 불렀다.

"아우님, 빼지 말고 와서 한 젓가락 하시오."

휘헌은 어명을 거절하지 못하여 왕 곁으로 왔다. 왕과의 겸상은 상상할 수도 없는 일이었다. 중전조차 왕과 같은 상을 사용하지 못했다. 조선에서 왕과 같은 상에 앉은 사람은 자기뿐일 거라고 휘헌은 생각했다. 젓가락은 들었지만, 왕 앞이라 몸이 굳어 있는데 가희가 손으로 지짐이를 뜯어 휘헌의 입에 갖다 댔다.

"선비님, 아~ 하십시오."

가희의 무람없는 태도에 휘헌이 목을 뒤로 뺐다.

"이, 이러지 마시오."

"뜨거울 때 드십시오. 안 드시면 먹여드릴 겁니다."

휘헌이 어찌할 바를 모르며 왕을 쳐다보았다. 광해가 고개를 끄덕였다. 휘헌은 울며 겨자 먹기로 지짐이를 손으로 받아 입에 넣었다.

'왕이 손대기 전에 먼저 음식을 입에 넣다니….'

궁이었으면 목이 달아날 대죄 중의 대죄였다. 더 앉아 있을 수가 없어 휘헌은 자리에서 일어섰다.

"소인은 피곤하여 이만 물러가겠습니다."

붙잡을 새도 없이 휘헌이 사라지고 광해는 가희를 따라 손으로 지짐이를 뜯어 입에 넣었다.

"손으로 먹으니 더 맛있구나. 궐에서는 지짐이를 빈자떡이라 부른다. 가난한 사람들의 떡이라는 뜻이지. 나는 피난 때 먹었던 빈자떡이 세상에서 가장 맛있었다."

"선비님은 피난 시절 이야기를 참 자주 하십니다. 그때 저는 너무 어려서 아무 기억도 나지 않습니다."

광해는 약간 당황했는데 생각해 보니 임진왜란 때 백성과 가장 밀접하게 지냈다는 생각이 들었다. 그래서 이렇게 민가에 내려와 있는 지금과 그때 사이에 자꾸 교집합이 생기는 것이다.

광해가 화제를 돌렸다.

"네 이야기를 해 보거라. 어찌하여 양부모 밑에서 컸느냐? 친부모가 일찍 돌아가셨느냐?"

"저도 워낙 어릴 때라 잘 기억나지 않지만, 저희 친부모님은 지체 높으신 양반이라고 들었습니다. 평화로운 시절이 이어지던 어느 날 의금부에서 아버지를 잡아갔습니다. 아버지는 국문을 받다 돌아가셨다고 합니다. 역모죄라 하였습니다. 어린 딸이 노비로 팔려 가게 될 것을 염려한 어머니가 저를 지금의 양모님께 부탁하셨습니다. 그리고⋯."

"그리고?"

"친어머니께선 자진하셨다 합니다."

가희의 눈가가 빨개졌다. 광해가 안타까운 눈으로 가희를 쳐다보았다.

"그런 일이 있었구나. 친부모님과 이별하던 해가 언제더냐?"

"만력제(萬曆帝) 28년이라 들었습니다."

"만력제 28년이면 선대왕의 정비셨던 의인왕후께서 돌아가시던 해로구나."

광해가 기억 하나를 끄집어냈다.

"그해에 옥사 사건이 있었는데 그 일에 연루되신 모양이다."

"그 일을 아십니까?"

"호남의 백모라는 자가, 시립이라 하는 관원에게 보낸 편지에

'조금도 임금의 도량이 없다'는 식으로 선대왕을 욕보이는 말이 쓰여 있었다. 서인이 그것을 취하여 상감마마께 보여드리니 상감마마께서는 나를 불러 그 편지에 대해 어떻게 생각하느냐고 물으셨다."

"선비님이 높은 벼슬에 있을 적 이야기옵니까?"

"그렇다. 나는 서인도 동인도 아니었다. 상감마마께서 물으실 때 나는 어떻게 대답해야 좋을지 몰라, 역모라고 단정 지을 수는 없지만 상감마마를 욕보인 죄, 중형으로 다스려야 한다고 고하였다. 상감마마께선 내 대답을 마음에 들어 하지 않으셨다. 벌컥 화를 내시면서 이게 역모가 아니면 무엇이냐고 다그치셨다. 나는 상감마마가 너무 무서웠다. 그래서 역모가 맞다고 말을 바꾸었다. 그들은 잡혀 왔고, 국문의 고통을 이기지 못해 줄줄이 고변하였다. 전라도 도사부터 향리에 이르기까지 동인 십여 명이 끌려와 죽음을 당하였느니라."

그 이야기를 듣고 있던 가희 눈에서 눈물이 주루룩 흘렀다.

"저희 친부님이 바로 전라도 도사였습니다. 조자, 대자, 중자를 쓰셨습니다. 저는 원래 조 가이오나 친부께서 역도로 몰리셨으므로 양모님께서 성을 물려주신 것입니다."

광해가 탄식했다.

"그렇구나. 내가, 가희 너의 친부를 죽였구나. 너로 하여금 자기 성도 못 쓰게 하였구나."

"아니옵니다, 아니옵니다. 임금님은 벌써 답을 마련해 두고 계셨습니다. 단지 신하에게 그 답을 듣고자 했을 뿐입니다. 선비님은 아무런 죄가 없습니다."

광해가 슬픈 얼굴로 고개를 저었다.

"결국은 내가 죽인 것이다."

선조 대에 벌어진 옥사로 처절한 교훈을 얻은 광해였건만 그도 옥사의 함정을 피해 가지 못했다. 대북의 실세였던 이이첨은 광해의 불안 심리를 건드려 과거 서인이 하던 짓을 똑같이 되풀이했다. 끝없는 옥사를 일으켜 백성들을 죽이고, 그들로 하여금 임금을 원망하게 만들었다.

"권력 앞에서는 서인이나 동인이나 대북이나 소북이나 한 치도 다를 바가 없었다."

* * *

바쁜 하루였다. 허균은 해가 저물고 나서야 왕을 알현했다.

"전하, 오늘 비가 왔사온데 누옥에서 지내시기 불편하지는 않으셨는지요?"

"가희가 지짐이를 해주어서 맛있게 먹었소. 오늘은 별다른 일이 없었소?"

"상소가 몇 개 올라왔사옵니다. 대부분 사소한 일이라 돌려보내고 한 개만 가지고 왔사옵니다."

"어디 봅시다."

"서얼들의 처우에 관한 것이옵니다."

서얼들의 처우를 개선해달라는 상소는 그동안 매일이다시피 올라왔으나 칠서지옥 이후에는 거의 사라진 상황이었다. 그러다가 그 충격이 희미해지면서 다시 올라오기 시작한 것이다.

광해의 미간에 고통의 빛이 어렸다.

"고백하건대 과인이 서얼의 처우 문제를 적극 개선하지 못했던 것은 선대왕도 같은 고민이셨겠지만 사대부가의 적자로 구성된 관료들이 성리학 이념을 내세워 서얼의 등용을 극력 반대했기 때문이오. 부끄럽지만 대의명분으로 무장한 그들을 넘어선다는 것은 왕인 나에게도 벅찬 일이었소. 다 과인이 부덕한 탓이오."

선조도 광해도 적자가 아니었다. 서자 신분으로 왕위에 오른 선조나, 서자이면서 차남이었던 광해는 공통으로 서자라는 존재에 대해 짠한 마음을 갖고 있었고, 한편으로는 자기 부정의 감정이 있었다. 신료들은 임금의 이런 약점을 노려 적서차별을 더욱 공고히 했던 것이다.

"도승지는 서얼들의 상소에 대해 어떻게 생각하오?"

왕이 허균에게 뜻을 물었다. 허균은 이때가 아니면 어려울 것이라 생각하고 소신을 밝혔다.

"아뢰옵기 황공하오나 조선 사대부 대다수가 첩을 두고 있으며 그사이에 서자를 두고 있습니다. 그 수를 따지면 백성의 반수에 이르옵니다. 백성의 반을 비탄에 젖게 하는 법은 결코 좋은 법이 아니옵니다. 적서차별 전통은 제고되는 것이 마땅한 줄 아뢰옵니다."

"성리학은 조선 건국의 근간이오. 그것을 부정하는 일이 가능하단 말이오?"

"아뢰옵기 황공하오나 성리학은 사물의 본성과 우주 운행의 이치를 파헤치는 학문이옵니다. 만물의 운행에는 질서가 있어 계절의 변화와 같이 모든 것이 자연스러워 억지로 그 질서를 잡으려 들 필요가 없음이옵니다. 하지만 인간 심성은 때때로 탐욕 쪽으로 행하고, 게으름 쪽으로 기우므로 그 질서를 잡을 필요가 있음이옵니다. 장자로 구성된 권력 집단이 삿된 마음으로서 서자의 입신양명을 방해하거나, 법 제도를 선점한 자들이 그렇지 못한 자를 멸시하여 자기 입맛에 맞게 법을 만든다면 이것이야말로 사문난적이요, 성리학에 위배된 행동이옵니다. 그 점은 염려치 않으셔도 될 듯하옵니다."

광해는 고개를 끄덕였다.

"듣고 보니 도승지의 말에 한 점 틀린 것이 없소. 그대는 나의 영원한 스승이오. 허나 서자들의 상소를 받아들여 법을 바꾸려면 난관이 많소. 긴 싸움이 필요하오."

"소신, 잘 알고 있사옵니다."

"나와 함께 해주겠소, 도승지?"

허균은 코가 닿도록 절을 했다.

"전하가 가는 곳이라면 그 어디든 따르겠사옵니다."

도승지에 제수된 이후로 그날처럼 허균에게 벅찬 날이 없었다.

뿌듯한 마음을 안고 집으로 돌아가는 길이었다. 어두운 골목에 이르렀을 때, 누군가 허균의 앞을 가로막았다.

삿갓을 눌러 쓴 자가 허균에게 인사를 건넸다.

"교산, 잘 있었나?"

"누구시오?"

그가 삿갓을 가만히 들어올렸다. 허균은 몸이 얼어붙는 것 같았다. 응서였다.

"자네, 그동안 어디 있었나?"

"지방에 좀 다녀왔네."

"최근에 이 근처를 배회했다는 사람이 자네인가?"

"아마도 그럴 것일세."

"왜, 무슨 일로 갑자기 내 앞에 나타난 것인가?"

"교산, 자네에게 할 말이 있어 왔네."

응서가 다짜고짜 무릎을 꿇었다.

"용서해 주시게."

허균이 그의 팔을 잡아 일으켰다.

"어서 일어서시게. 내가 용서하고 말고 할 일이 아니지 않은가.

자네 스스로 죄가 있다고 생각되거든 저승을 찾아가 우영, 양갑, 경준, 치인에게 빌게."

"머지않아 빌러 갈 것일세. 그런데 지금은 못 가네. 내 할 일을 다 하고 갈 것이야."

"자네가 할 일?"

"사실은 조령에서 풍개를 만났어."

"두 사람이 같이 있었나? 풍개는 지금 어디 있지?"

"서울로 올라오는 중일세. 내 자네에게 용서를 빌려고 이렇게 한발 앞서 찾아온 거야."

허균이 단호한 투로 이야기했다.

"지금 내게 필요한 것은 은일세. 성상께서 간절하게 은의 행방을 찾고 있네. 다른 것은 필요 없어."

필요한 게 은밖에 없다는 말에 응서가 솔직하게 털어놓았다.

"은은 없다네. 은은 장 내관이 꾸민 거짓말이야."

"은이 없다니!"

허균은 자신의 귀를 의심했다.

"어찌 그런 일이! 장 내관이 뭐 하러 그런 거짓말을 했다는 것인가?"

"그 이유는 나도 몰라. 직접 물어보시게. 내가 자네를 찾은 것은 사흘 후에 있을 거사를 알려주기 위함이네. 보국사 승병이 곧 한양에 당도할 것일세. 모두 오백 군사일세. 불의한 무리로부터 나라를 구할 사람들이야."

"지금 오백 군사라 했나? 승병의 숫자가 오백이라고? 설마 승병들을 데리고 반란을 일으킬 생각은 아니겠지?"

"이이첨을 없앨 것이야. 이이첨이 사병을 키우고 있었다는 사실을 자네 아는가?"

허균으로선 처음 듣는 이야기였다.

"그게 정말인가? 응서, 자네는 그 사실을 어떻게 알았나?"

"전부터 짐작하고 있던 일일세. 일대를 수색한 결과 그들의 근거지를 알아냈네. 인왕산 기슭에서 합숙한 지 오래라네. 눈짐작으로 그쪽도 오백가량 되어 보였네. 사흘 안에 그곳을 급습할 거야. 그들을 일망타진하고 이이첨의 목을 따 상감마마께 바치겠네. 군사를 키우는 것만으로도 역모의 증거는 충분해."

들을수록 놀라운 이야기였다.

"풍개도 우리와 함께하기로 약조했네."

응서가 결연한 표정으로 말했다.

"풍개까지 가담하기로 했다니! 내가 도울 일이 있을까?"

"이이첨 쪽 움직이는 모양이 심상치 않아. 혹시 그 전에 무슨 일이 생기면 신호해 주게."

"그게 무슨 뜻인가?"

"곧 일이 터질 것 같다는 말이야. 우리 쪽 승군은 흩어져 상경할 것이고, 흩어져 은거했다가 총공격이 시작되면 합세할 것일세. 거사 날은 시월 초이틀. 그전까지 아무 일도 없기를 바랄 뿐이야.”

'기어이 일이 벌어질 것인가?' 허균은 땀구멍이 조여듦을 느꼈다. 어차피 겪어야 할 진통이라면 알맞은 시기에 제대로 겪어내는 게 수였다.

“응서, 내가 어떻게 신호를 하면 되겠나?”

“그게 문제일세. 문경 같으면 등천을 불 텐데 서울에 등천 같은 신호체계가 있을 리 만무하니….”

등천? 허균으로선 처음 듣는 단어였다.

“등천이란 게 뭔가?”

“나팔이야. 토번국(吐蕃國)에서 산신께 제사 지낼 때 신을 불러내던 나팔인데 그 소리가 백 리를 간다네.”

허균은 고민에 빠졌다. “백 리를 가는 소리라….”

백 리…. 사명대사의 유품이 생각난 것은 그때였다.

“응서, 백 리를 가는 게 꼭 소리일 필요는 없지 않은가? 귀를 좀 빌리세.”

허균이 응서의 귀에 대고 속삭였다.

“내 생각이 어떤가?”

“그런 신통한 방법이 다 있다니…. 알겠네. 교산, 그럼 자네가 총공격 신호를 띄우게.”

“염려 말게. 몸조심하시게.”

그렇게 두 사람은 헤어졌다.

12. 거사하자 하였습니까?

허균은 상참이 끝나자마자 허둥지둥 도문대작으로 향했다. 내수사 장 내관을 찾아갈 일이 급했으나 그보다 더 급한 일이 생긴 것이다. 도포자락을 휘날리며 술띠를 맨 양반이 뛰다시피 종로 바닥을 가로지르는 모습은 더 이상 사람들에게 낯선 풍경이 아니었다.

"저기 보게. 도승지 나리가 또 뛰고 있네그려."

"양반이 저리 체통이 없어서야…."

"체통이 밥 먹여주나? 그만큼 일을 열심히 한다는 뜻 아니겠는가?"

허균은 도문대작 사랑방에 이르러 왕에게 두루마리를 내밀었다.

"전하, 여진이 요동 무원진에 침입해 민간인과 가축을 약탈했다고 하옵니다. 이를 막기 위해 출동한 진장과 군사들까지 죽이니 요동의 책임자 경락이 병사를 후원해줄 것을 요청하였사옵니다. 이것이 요동에서 보내온 자문이옵니다."

허균이 내미는 자문(咨文)을 읽어 내려가는 광해의 표정이 자못

심각했다.

"듣던 대로 여진의 기세가 심상치 않구려. 경은 명나라가 여진을 이길 수 있을 것이라 보오?"

"아뢰옵기 황공하오나 소신이 천추사(千秋使)로서 명에 갔을 적에 황제께서 태업하시어, 군신이 통하지 않았으니 명운이 곧 다할 것을 어렵지 않게 헤아릴 수 있었사옵니다. 명이 여진을 이기려면 천운을 바래야 할 것이옵니다."

"잘 보았소. 과인의 생각도 그러하오. 그러나 명은 임진왜란 당시 10만 원군과 쌀 100만 석을 보내준 은혜가 있소. 도리상 원정군을 보내지 않을 수 없소. 그러나 괜히 고래 싸움에 새우 등 터지는 것은 아닐까 두렵소."

"아뢰옵기 황공하오나 소방(小邦, 작은 나라 즉 조선)으로서 대국의 요청을 딱 잘라 거절을 하기는 어렵사오니, 출정을 하더라도 최소의 병력만 보내심이 마땅한 줄 사료되옵니다."

광해가 저만치 떨어져 앉아 있는 휘헌에게 물었다.

"별운검의 생각은 어떠한가?"

휘헌이 화들짝 놀라 대답했다.

"아뢰옵기 황공하오나 신은 아무 말씀도 듣지 못했사옵니다."

"괜찮다, 말해 보거라. 너도 의견이 있을 것이 아니냐."

"신은 아무것도 모르옵니다. 이 자리에서 신의 의견을 밝히는 것은 주제 넘는 짓으로 아옵니다."

"이곳은 조정의 상참을 옮겨온 자리나 매한가지다. 셋 이상이 되어야 회의도 가능한 것 아니냐? 무슨 말을 하든 책하지 않을 것이니 기탄없이 말해 보거라."

그제야 휘헌은 입을 열었다.

"아뢰옵기 황공하오나…."

"그래, 말해 보거라."

"…도령(都令, 도승지) 어른의 뜻대로 하심이 가한 줄 아뢰옵니다. 요동의 책임자인 경략에게는 조선의 사정이 여의치 않아 그쪽에서 원하는 병력을 다 출정시킬 수 없으니, 1만 원군만 보내겠다 하시옵소서. 그리고 아뢰옵기 황공하오나…."

"말해 보거라."

"… 싸움이 시작되면 지휘관에게 명하시어 여진에 투항토록 하는 것이 어떻겠사옵니까?"

광해는 자기 귀를 의심했다.

"투항이라 하였느냐? 1만 병력조차 아끼자는 말이렷다?"

"… 예."

광해가 크게 웃었다.

"하하하, 별운검다운 답은 아니지만 좋은 생각이도다. 우리 군사를 살릴 수만 있다면 오랑캐에게 무릎 꿇는 게 대수겠느냐. 도승지 생각은 어떻소?"

"별운검의 의견이 백번 옳사옵니다. 최고의 전쟁도 최악의 평화보다 나쁘다는 말이 있사옵니다. 지금 명은 나라 안 지휘 체계가 실종되었고, 여진은 하루하루 성장하니 명의 운명이 풍전등화에 놓여 있음이옵니다. 자칫 명의 편을 들었다가 여진과 적이 된다면 조선의 안위는 누가 보장하겠사옵니까. 싸우는 척하다가 여진에게 투항하여 우리 군사의 목숨을 지키도록 조치하심이 가한 줄 사료되옵니다. 노추(누르하치)에게도 명의 요구를 거절할 수 없어 할 수 없이 출정하였다는 것을 알릴 기회가 될 것이옵니다."

두 사람이 똑같이 우리 병사를 아끼자는 말을 하고 있었다. 광해는 잠시 생각하는 얼굴이 되었다.

"이렇게 합시다. 일단 답신을 보류하시오. 명나라 사신이 칙서를 들고 올 때까지 보류하겠다고 하시오. 답을 너무 쉽게 내줄 일이 아니오. 과거 명나라와 조선의 관계는 지금 같지 않았소. 조선의 일은 조선이 결정하여 명나라에 보고만 올리는 식이었소. 그런데 지금의 명나라는 어떻소? 대국임을 내세워 왕과 세자를 봉하는 일에조차 감 놔라, 배 놔라 간섭하고 있지 않소? 언제까지 그렇게 나올지 두고 보겠소."

허균은 하마터면 은이 없다는 사실을 토설할 뻔했다. 장 내관이 거짓을 아뢴 것이라고. 그러나 그 말을 하는 순간 왕은 당장 도문대작을 박차고 나가 장 내관의 목을 벨지도 모를 일이었다. 허균은 자세한 내막을 알아본 뒤 아뢰어도 늦지 않을 것이라는 판단이 섰다.

"현명하신 결정이옵니다. 여진에 보내는 답신은 시간을 끄는 것이 가할 듯하옵니다."

"교산, 우리 왔네!"

갑자기 바깥이 와자지껄했다.

광해가 허균에게 나가보라고 손짓했다. 허균은 고개 숙여 절을
한 후 물러났다.

"오늘은 행차가 이르네들그려."

허균이 사랑채에서 나오자, 친구들이 물었다.

"요새 그 방에서 사는구먼. 예쁜 색시라도 숨겨놓은 것인가."

"쓸데없는 소리 말게. 선비님 학식이 높아 배울 것이 많다 보니
가끔 문을 두드리는 것이네."

"천하의 허균을 가르칠 정도면 내공이 보통이 아닌가 보이."

친구들이 사랑채를 향해 소리쳤다.

"선비님, 안에만 계시지 마시고 이리 나오시지요. 저희에게도
가르침을 주십시오."

허균이 당황하여 친구들을 말렸다.

"어허, 왜들 그러나. 선비님은 지금 휴식 중이시네. 나 혼자 귀
찮게 하는 것으로 충분하니 볼일들 보게."

"조선의 도승지를 쥐락펴락하시는 선비님, 저희에게도 얼굴을
보여주십시오."

친구들이 아랑곳하지 않고 떠들자, 허균의 심장이 뛰다 못해 갈
비뼈 밖으로 튀어나올 것만 같았다.

"제발 선비님을 가만히 두게."

"선비님, 선비님, 뵙고 싶습니다!"

한갓 시정잡배들이 왕더러 나오라 마라 하니 휘헌이 참지 못하고 아뢰었다.

"소신이 나가보겠습니다."

"아니다."

광해가 자리에서 일어섰다.

"저를 찾으셨습니까?"

"아이고, 드디어 선비님께서 납시셨네."

경방과 윤황, 응민이 환호했다.

"영광입니다. 이리 와서 한잔하십시오."

경방이 자기가 먹던 잔을 털더니 새 술을 따라 광해에게 건넸다. 허균이 사색이 되어 잔을 빼앗으려는 찰나 광해가 그것을 받아 벌컥벌컥 마셨다.

윤황이 광해를 흐뭇한 눈으로 바라보았다.

"조선의 미래는 선비님 같은 유생들에게 달렸습니다. 급제하시게 되면 꼭 백성을 위한 정치를 펼쳐주십시오. 우리는 그저 술이나 축내면서 한평생 살다 갈 작정이니까요. 자, 제 잔도 받으십시오."

윤황까지 자기 잔에 술을 따라 광해에게 건넸다. 이제 허균은 포기 상태였다. 눈앞에서 벌어지는 일들을 외면하려 질끈 눈을 감았다. 사랑방에서 운검이 튀어나와 친구들의 목을 모조리 벤다 해도 할 말이 없었다.

다행이라면 왕의 목숨이 위험에 처하지 않는 이상 운검에게는 임의로 칼을 사용할 권한이 없다는 사실이었다.

"선비님은 성함이 어떻게 되시오?"

"이혼입니다."

허균의 얼굴이 사색이 되었다. 왕의 이름이 노출되었다! 결코 발설되어선 안 되는 게 왕의 이름이었다. 너무나 존엄하기에 누구도 부를 수 없었던 것이다. 그것은 한 나라의 기밀 같은 거였다. 왕실 내에서도 마찬가지였다. 그 이름을 입에 담는 자, 그 자리에서 죽임을 면치 못했다.

"혼이라… 이름이 외자시구먼. 어디 이씨요?"

그렇게 윤황은 조선에서 왕의 이름을 최초로 부른 사람이 되고 말았다. 허균의 눈에서 눈물이 흘러내렸다. 전하….

"전주 이 가입니다."

광해는 세간의 법도대로 '이 씨'가 아닌 '이 가'로 자기를 소개했다.

"왕족이구먼. 어쩌다 그 나이 되도록 급제를 못하셨을까. 우리로 말씀드리면 급제를 해도 저얼대 기용이 되지 않는 서자들이외다."

"오라버님들, 초면에 선비님을 너무 귀찮게 하시는 것 같습니다."

가희가 음식을 상에 놓으면서 4인방을 타박했다.

"가희야! 잘 지냈느냐?"

가희가 보기에도 4인방의 행동이 무례해 보이는 모양이었다.

"선비님을 그만 놓아주십시오."

"왜, 선비님이 임금이라도 되나? 선비님, 시를 할 줄 아시오?"

시를 지을 줄 아냐는 물음에 광해가 대답했다.

"아주 조금 합니다."

"그럼, 시 대결 한번 펼쳐 볼까요? 제가 먼저 하겠습니다."

응민이 그 자리에서 시 한 수를 읊조렸다.

시류 따라 뜨고 가라앉는 것 세상의 이치이니

알아주는 이 적다고 한탄하지 말게나

높은 문장은 스스로 천추에 빛나리니

조무래기들 헐뜯음이야 각자에게 돌아갈 테지

응민의 선제공격에 광해가 시로 보답했다.

나는 영락해서 가소로운 사람 되었지만

수레에 이는 먼지 바라보며 절하지는 않겠네

꾸짖고 쫓아내는 것은 그들의 일이나

벼슬은 빼앗아도 기백까지 뺏을손가

(*주: 모두 허균의 시)

"오호, 선비님 시 짓는 솜씨가 보통이 아니오. 곧 급제하겠소."

윤황이 감탄하여 광해의 등을 툭툭 쳤다. 왕의 몸을 치다니! 허균은 혼이 나갈 지경이었다. 다행히 허균이 쓰러지기 전에 광해가 자리에서 일어서주었다.

"그럼 즐겁게 노시다들 가십시오. 소생은 공부가 밀려 이만."

그때였다.

"잠깐!"

대문간에서 성큼성큼 걸어 들어오는 이가 있었다. 김성립이었다.

"매형, 웬일이십니까?"

허균이 김성립을 어정쩡한 태도로 맞이했다. 김성립은 허균에겐 조금도 관심 없다는 듯 광해에게 다가갔다.

"우리 구면 아닙니까?"

"저는 처음 뵙습니다만⋯."

실제로 광해는 김성립을 기억하지 못했다. 왕이 궐을 출입하는 모든 관리의 얼굴을 기억하는 것은 무리였다. 하지만 김성립은 달랐다. 그는 정8품 홍문관 저작. 비록 말단직이었지만 궁중 내 문서 처리를 담당하는 업무적 특성상 왕을 가까이서 뵐 기회가 많았다. 다만 너무나 뜻밖의 장소에서 마주쳤기에 김성립은 눈앞에 있는 선비와 왕을 연결시키지 못할 뿐이었다.

"아니야, 분명히 아는 사이오. 내 눈은 틀림없소."

"그럼 천천히 고민하시고, 저는 이만 들어가 보겠습니다."

광해가 안으로 사라지자 허균이 김성립을 잡아끌었다.

"매형, 저를 찾아오신 것 아닙니까? 자, 이리로 오시지요."

김성립이 뿌루퉁한 얼굴로 대답했다.

"처남에게 볼일 없네."

"그럼 가희를 보러 오신 게로군요."

"가희를 보러오건, 탁배기를 마시러 오건 내가 처남에게 일일이 허락을 받아야 하는 것은 아니지 않은가?"

말끝마다 퉁박질인 김성립을 두고 허균이 허허롭게 웃었다.

"알겠습니다. 제가 괜히 피곤하게 해드렸나 봅니다. 그럼, 탁주나 한잔 올린 뒤 물러가겠습니다. 주모!"

허균이 부엌에 대고 주모를 불렀다.

김성립은 사랑방 쪽을 뚫어질 듯 바라보았다.

"분명히 아는 사람인데…."

* * *

"요즘 궐에 떠도는 소문을 들으셨습니까?"

이이첨이 능양군 쪽으로 몸을 기울이더니 나직하게 속삭였다.

"저야 귀 막고 입 막고 사는 게 직업인 왕족 아니겠소. 궐에서 일어나는 일에 대해서는 아예 귀를 닫고 살고 있소."

"성상께서 말입니다…."

"성상께서 왜요?"

"왜 임진년 왜란 때 왼쪽 어깨에 화살을 맞아 생긴 흉터 자국 있지 않습니까? 그게 없어졌다는 겁니다."

대단한 정보인 것처럼 구는 이이첨이 우스워 능양군이 고개를 저었다.

"대감, 궁에서 떠도는 소문을 일일이 귀담아들을 필요는 없소이다. 누가 감히 옥체를 봤다고 그러는 것이오? 임금의 몸을 보는 것은 대죄요. 임금은 목욕할 때조차 속적삼을 입지 않소이까? 성상께서 스스로 옥체를 드러내시지 않은 다음에야 누가 그 흉터를 볼 수 있단 말이요?"

"능양군 나리의 말씀이 맞습니다만, 아주 잠깐 맨몸일 때가 있습니다. 목욕이 끝나고 젖은 속곳을 마른 속곳으로 갈아입으실 때입니다. 지밀나인이 그때 봤다고 합니다."

"그 말을 믿소?"

"믿고 안 믿고는 중요하지 않습니다. 그런 소문이 돌고 있다는 사실이 중요하지요."

"어의 허준이 무슨 신통한 약을 쓴 모양이지요. 성상께서 아주 어릴 적에 천연두에 걸리셨지요. 그 불치병이라 하는 천연두도 척하니 고친 인물이 아니겠소?"

"흉터는 천연두와 다릅니다. 도려내지 않은 이상 약으로 없어지는 게 아니란 말씀입니다."

"그래서 제게 하시고 싶은 말씀이 무엇이오?"

이이첨이 능양군에게 더 바짝 다가섰다.

"소설 좋아하십니까? 제가 소설을 한번 써볼까요? 귀를 대시지요."

"…"

"제 소설은 이렇습니다. 성상께서 경운궁에서 창덕궁, 창덕궁에서 경운궁으로 이어를 거듭한 것은 궐에 사는 귀신 때문이었습니다. 귀신 때문에 심신이 미령해지셨지요. 귀신도 피할 겸 병 치료도 할 겸 침전을 옮기시기로 합니다. 행궁은 안 됩니다. 귀신이 물어물어 찾아올 수 있거든요. 그래서 궁이나 궐이 아닌 제3의 지역으로 피전하셨지요."

아무리 소설이지만 능양이 듣기에 왕이 궁궐이 아닌 다른 곳에 머무른다는 상상은 지나친 데가 있었다.

"과연 조선에 그럴 만한 곳이 있겠소?"

"나리, 제가 저희 집 쌀 도둑을 잡는다는 핑계로 성저십리 내 사찰과 암자를 싹 다 뒤졌지 않았겠습니까?"

'그사이 조사에까지 착수하다니!' 능양군은 이이첨의 집요함에 새삼 놀랐다.

"그래, 단서는 찾았소?"

"없었습니다. 그곳이 어디인지는 모르지만, 성상께서 어딘가로 피전을 떠나시면서 편전에 앉혀둘 가짜를 만드신 것이지요. 권력의 공백이 생겨선 안 될 일이니까요."

"하하하, 상상이 지나치시오."

"그래서 소설이라고 하지 않습니까?"

"그래서 지금 매일 아침 상참을 주도하시는 성상이 가짜다, 이 말씀을 하자는 것이오?"

"그렇습니다."

능양군이 헛웃음을 웃으며 고개를 저었다.

"가짜라기엔 상께서 너무도 정확하게 일을 처리하고 계시지 않소?"

"나리, 성상이 가짜라는 가장 유력한 증거는 결코 사라진 흉터가 아닙니다. 대감이 말씀하신 바로 그게 증거입니다. 성상은 유래를 찾아볼 수 없을 정도로 지극히 안정되어 있으며, 균형을 잘 잡으시며, 바르며, 판단이 옳으십니다. 심지어 따뜻하시기까지 합니다. 지밀에서 일하는 애기나인에게 용포를 벗어 덮어주셨다는 이야기 들으셨지요? 그때 뭔가 이상하다고 생각했습니다."

"하지만…."

"더 들어보십시오. 증거는 많습니다. 근 보름간 궁녀도, 중전도 가까이하지 않으셨습니다. 이게 무엇을 말합니까? 가짜이므로 감히 임금의 여인을 건드릴 수 없는 것이지요. 별운검 한 명도 보이지 않습니다. 이것은 또 무엇을 말할까요? 성상께선 가장 신뢰하는 별운검 한 명만 데리고 어딘가에 숨어 계신다, 이 얘깁니다."

그제야 능양군은 고개를 끄덕였다.

"듣고 보니 이상한 게 한두 가지가 아니구먼. 그렇담 진짜만 찾아낸다면 가짜의 몸을 들여다볼 필요도 없는 일이 아니겠소?"

"그렇습니다."

능양군이 잠시 생각하더니 입을 열었다.

"그 일을 꾸민 자가 있다면 허균이 아니겠소. 그쪽을 살펴보는 게 어떻겠소?"

"그렇지요. 허균을 떠보는 게 순서인 듯합니다. 제가 당장 다녀오겠습니다."

* * *

그 시각, 허균은 내수사 장 내관을 만나고 있었다. 장 내관은 서류에 눈길을 고정한 채 아무것도 모르는 얼굴을 했다.

"소인은 도승지 나리께서 무슨 말씀을 하시는지 도통 알 수가 없습니다."

"왜 성상께 거짓을 아뢰었는지 묻고 있지 않소? 어찌하여 있지도 않은 선대왕의 은이 10만 냥이나 보국사에 보관되어 있다고 거짓을 아뢰었소? 당신의 거짓말로 인해 내수사 무관 전원이 목숨을 잃고, 대비의 부친과 형제들 그리고 조선 최고의 무관들과 애꿎은 대가댁 서자들까지 줄줄이 참형을 당했소이다."

장 내관은 여전히 말이 없었다.

"이이첨이 시킨 짓이오?"

허균의 물음에 장 내관이 떨리는 목소리로 부정했다.

"천부당만부당하신 말씀입니다. 어찌 소인을 그런 간신배와 비교할 수 있사옵니까?"

"이이첨이 간신이라면 장 내관은 악신이오. 사흘 후면 명나라 사신이 당도하오. 그 사이에 은 10만 냥을 어찌 마련할 것이오? 이이첨이 간신이라고는 하나 그래도 김제남 일가를 죽여 1만 냥의 은을 마련했소. 내가 그대의 집에 은이 숨겨져 있다고 이이첨에게 귀띔이라도 해주리까? 이이첨이 그대의 사가를 뒤져 그대의 부모 형제자매를 죽이도록 하리까? 그때 가서야 잘못을 반성하겠소?"

장 내관이 그제야 눈물을 뚝뚝 흘렸다.

"소인이 죽을죄를 지었습니다. 일이 그렇게 확대될 줄 몰랐습니다. 저는 다만…."

"다만?"

"내수사 무관들이 제가 꼽추인 것을 업신여겨 상하 구분을 모르고 무시하기에 혼을 내주려고 그랬을 뿐입니다."

허균은 기가 막혔다. 개인의 사사로운 원한으로 나라를 발칵 뒤집어놓다니!

"내수사 무관들을 죽이니 속이 시원하오? 한이 풀렸소?"

"죽여주시옵소서."

"그대의 거짓말 때문에 왕족과 대비의 친인척과 조선 최고의 무사와 장수, 앞길이 구만리 같은 이 땅의 선비들이 몰살당했소. 이런 일이 벌어질 줄 몰랐소?"

장 내관이 바닥에 주저앉았다.

"소인도 내내 죽고 싶었사옵니다. 칠서지옥이 진행되는 동안 소인도 지옥에 있는 거나 매한가지였습니다."

"지금은 시시비비를 따질 겨를이 없소이다. 곧 황제의 칙서가 당도하오. 명나라 사신이나 다녀간 후 합당한 벌을 내리도록 하겠소."

허균은 내수사를 박차고 나왔다.

장 내관은 바닥에 쓰러져 한참을 오열했다. 울 만큼 울고 난 장 내관은 문갑에서 밧줄을 꺼냈다. 오래전에 준비해 두었던 것인 듯했다. 그는 의자를 가져다가 내수사 천정 보에 느릿느릿 줄을 묶었다. 월대에서 떨어지던 세자를 온몸으로 받아내던 순간이 그의 눈앞으로 스쳐 지나갔다.

"전하, 부디 성군이 되시옵소서. 소신은 이 땅의 원귀가 되어 전하를 지킬 것이옵니다. 전하의 신하가 되어 행복했사옵니다."

신체의 결함에도 불구하고 내수사 최고직에 머물게 해준 왕. 그는 의자에서 내려와 편전을 향해 절을 올렸다. 그리고 다시 의자 위로 올라갔다.

허균이 승정원 쪽으로 걸어가는데 누군가 불렀다.

"도승지!"

돌아보니 이이첨이었다.

"대감, 여태 퇴궐을 안 하셨습니까?"

"찾아볼 서책이 있어 옥당(홍문관의 별칭)에 다녀오는 길이오."

"그러시군요. 그런데 저를 불러 세우신 이유가…?"

"내가 도승지를 불러 세운 것은…. 요즘 성상께서 뭐랄까, 달라지셨달까. 뭐 이상한 점을 발견하지 못했습니까?"

"무슨 말씀이시온지…."

허균이 잡아떼자 이이첨이 실눈을 떴다.

"제가 아는 성상이 아니라서 말이지요. 도승지는 성상을 가까이서 뫼시니 요새 상께 일어난 변화를 자세히 알 수 있지 않습니까."

"글쎄요, 저로선 옥체가 강녕해지신 것 외에는 특별한 변화를 모르겠습니다. 이상한 게 전혀 없습니다."

"후궁도 멀리하시고, 중궁전에도 들지 않으시는데 이상하지 않다고요?"

"요사이 성상께서 정사에 여념이 없으셔서 다른 곳에 신경을 쓰지 못하는 것을 어찌 이상하다 하겠습니까? 허준 형님께서 이 약저 약 바꿔가며 조제하시더니 이제야 약발이 듣나 봅니다. 상께서 어딘가 달라져 보이는 것은 옥체가 하루하루 강녕해지심에 따른 것이 아닐는지요."

왕이 강녕해졌다는 말을 이이첨은 결코 받아들이지 않았다. 그는 포기하지 않고 고집스럽게 밀어붙였다.

"내가 보기엔 분명히 달라지셨는데요."

허균은 이이첨이 대체 무슨 까닭으로 이리 집요하게 왕의 변화를 캐묻는지 알 수 없었다. 다만 응서의 말대로 만약의 사태를 염두에 둘 필요가 있기는 했다.

"그럼 천천히 고민하십시오, 저는 일이 밀려 그만…."

허균이 싸늘한 표정으로 돌아서자, 이이첨은 능양군의 처소로 다시 발길을 했다.

* * *

두 사람은 머리를 맞대고 고민에 빠졌다.

"확실히 허균이 이상합니다. 뭔가 서두르고 있습니다."

"허균이 왕을 숨겼다면 그곳이 과연 어디일까…? 집은 들여다봤소?"

"당연히 매복조를 붙였습니다. 별다른 움직임을 감지하지 못했습니다."

"허균에게 미행을 붙여 보면 어떻겠소?"

"허균에게도 사람을 붙였지요. 별다를 게 없었습니다. 집, 궐, 도문대작. 집, 궐, 도문대작으로 이어지는 삼각권역을 한 번도 벗어나는 법이 없었습니다."

능양과 이첨, 두 사람의 대화를 중단시킨 것은 하인이었다.

"나리, 손님이 오셨습니다."

능양군이 밖에 대고 물었다.

"누구라 하더냐?"

"예, 홍문관 저작 김성립 나리옵니다."

이첨도 김성립을 알고 있었다.

"김성립이라면 허균의 전 매형이 아닙니까?"

"맞소. 잠시 들도록 해도 되겠지요?"

"저와 나리가 함께 있는 것을 보면 이상하게 생각할 텐데요."

"우리 편이오. 믿을 만한 자니 걱정 마시오. 들라 이르라."

김성립은 과연 이이첨이 앉아 있는 것을 보고 흠칫 놀랐다. 능양군이 재빨리 두 사람을 인사시켰다.

"김 저작, 예판 대감을 뵌 적이 있겠지?"

"예, 멀찍이서 뵈온 적이 있습니다. 인사드립니다. 홍문관 저작 김성립입니다."

김성립이 공손히 머리를 숙였다. 이첨이 고개를 끄덕였다.

"조선 최고의 여류 시인 허난설헌의 전 부군으로 알고 있는데, 맞나?"

"예, 맞습니다."

서로 간 수인사가 끝나자, 능양군이 김성립에게 찾아온 용건을 물었다.

"무슨 일이 있는가? 그냥 마실 온 것 같지는 않은데….."

김성립이 이이첨 때문에 입을 열지 못하는 눈치이자 능양군이 그를 안심시켰다.

"우리와 뜻을 같이하는 분이니 기탄없이 할 말을 하도록 하게."

뜻을 같이하는 사람이라는 말에 김성립은 다시 한번 놀랐다. 이이첨은 능양군의 적이 아니었던가. 언제 둘 사이가 이렇게 되었을까? 처음 들어설 때부터 이상한 분위기가 감지되긴 했지만 한 편 먹을 줄은 상상도 못 한 일이었다.

김성립은 사실대로 고하기로 했다.

"예, 그러면 말씀드리겠습니다. 나리, 어제 이상한 일이 있었습니다."

"이상한 일?"

"예, 육부전거리에 도문대작이라 하는 주막이 있사온데…."

이이첨이 대꾸했다.

"알지."

"예, 거기서 뜻밖의 인물을 뵈었사옵니다."

"뜻밖의 인물? 설마 성상을 뵈온 것은 아니겠지?"

능양의 물음에 김성립이 눈을 크게 떴다.

"어떻게 아셨습니까? 맞습니다."

두 사람이 동시에 물었다.

"확실한가?"

"확실합니다. 소생이 눈썰미 하나는 조선 최고를 자부하옵니다. 비록 홍문관 말단직에 있지만 직무상 전하를 뵈올 일이 적지 않아 용안을 똑똑히 기억하고 있사옵니다. 임금님과 똑같이 생긴 과객이 사랑방에 기거하고 있었습니다."

두 사람이 마주 보고 탄식을 했다.

"아, 이런!"

"그랬군, 그랬어."

"등잔 밑이 어둡다더니!"

"수고했네. 조만간 다시 부르겠네."

능양군이 김성립을 치하하여 돌려보냈다.

두 사람만 남게 되자 이이첨이 기가 막힌다는 얼굴을 했다.

"허균, 이자는 보통이 넘는 위인입니다. 하루에도 수십 명이 드나드는 저잣거리 주막에 성상을 뫼실 생각을 하다니. 미치지 않고서야."

그러더니 결심했다는 듯 말했다.

"더는 미룰 수가 없게 되었습니다."

"지금 뭐라고 하셨소?"

"거사하자 하였습니다."

능양군은 그 자리에서 벌떡 일어나 방문을 열어젖혔다. 밖에 아무도 없는 것을 확인한 뒤 다시 자기 자리로 돌아왔다.

"거사라고 하셨습니까?"

"예, 민심이 떠난 왕은 더 이상 왕이 아닙니다. 요동에서 다급하게 구원을 요청했음에도 성상은 계속 미적대고만 있습니다. 명이 어떤 나라입니까? 왜구의 공격으로 망한 것이나 다름없는 조선을, 목숨을 걸고 구해준 아버지의 나라입니다. 그런 천자를 배반하고 오랑캐 쪽에 붙는 짓은 자식이 부모를 저버리는 것과 다름없습니다. 성상은 조선 왕조 최대 망덕의 길을 걸으려 하고 있습니다. 저는 더 이상 이 나라의 임금이 패륜을 저지르는 것을 눈을 뜨고 보지 않겠습니다. 성상은 그 대가를 톡톡히 치를 것입니다."

이이첨은 혁명의 필요성을 역설하며 왕을 패륜으로 몰아붙였다. 능양군은 얼마 전까지 대비를 폐비시키라며 왕을 종용하던 그의 모습이 떠올라 쓴웃음이 났다. 명나라를 배반하는 것은 패륜이고, 어머니를 내치는 것은 인륜에 합한 짓이란 말인가? 그러나 어쩌겠는가. 상황에 따라 법도와 인륜의 기준이 달라지는 것이 사람의 일인 것을.

"승산이 있겠소?"

이이첨이 자신 있는 표정으로 대답했다.

"맡겨주십시오. 세부 계획도 다 세워 놓았습니다. 도성을 무주공산으로 만들 작정입니다."

"무주공산이라면?"

"한양도성을 빠른 시간 안에 비울 것입니다. 모든 사람들이 임금을 원망하며 떠나가게 만들겠습니다."

한양도성을 무주공산으로 만들겠다는 이이첨에 능양군은 새삼 감탄했다. '역시 생각의 규모 자체가 다르군.'

문제는 시기였다.

"며칠 있으면 명나라 사신이 올 것이오. 일은 그 후에 벌이는 게 좋겠지요?"

이이첨이 단호하게 대답했다.

"아니오, 서둘러야 합니다. 바로 일을 벌이겠습니다. 나리께서 보유한 사병이 얼마나 됩니까?"

"500명이 못 되오."

"훈련은 잘되어 있습니까?"

"그건 염려 마시오."

"거사 일은 이틀 뒤로 잡겠습니다. 날수가 길어지면 일을 그르칠 수 있습니다. 나리는 오백 군사로 경운궁 침전을 겹겹으로 포위하십시오. 내금위 병사라야 봤자 기껏 이백이니 조정에 버티고 있는 가짜 왕은 충분히 제압할 수 있습니다."

능양군의 병사가 500명이니 내금위 병사 200명쯤 큰 문제가 되지 않았다.

"나리께서 경운궁을 맡으시면 도문대작에 기거 중인 진짜 성상은 제가 처리하겠습니다. 제가 가진 사병도 오백입니다. 아무리 날고 기는 별운검 휘헌이 막는다고 해도 혼자서 오백 군사를 당해 낼 재간이 있겠습니까? 우리 둘이 합쳐 일천 군사이니 양쪽의 왕

314

을 제압하는 데 충분합니다."

"그래도 성상이 진짜인지 가짜인지 확인은 해야 하지 않겠습니까?"

능양군이 마음이 놓이지 않는다는 듯이 나오자, 이첨이 단호하게 대답했다.

"왕이 진짜인지 가짜인지 사후에 어의가 확인해 줄 겁니다."

"만에 하나 진짜라면?"

"진짜라면요? 하하하, 감히 천조를 배반하고 오랑캐에게 붙으려 했던 번국의 왕을 시해한 것이 어찌 죄가 되겠습니까? 번국의 신하는 천자의 신하이기도 합니다. 목숨을 걸고 천조의 질서를 바로 잡으려 한 공을 명나라 황제도 인정해주시겠지요."

능양군은 이이첨을 얼싸 안고 싶은 심정이었다. 명불허전, 지금의 이첨은 그냥 있는 게 아니었다.

"대감의 지혜에 탄복했소이다. 내 이제야 능창군의 원수를 갚을 수 있겠소."

"선대왕의 손자이시자, 조선의 새 역사를 열어젖히실 새 임금이시여, 소신의 절을 받으시옵소서."

이이첨이 자리에서 일어나 절을 하려 하자 능양군이 말렸다.

"잔치는 아직 이르오. 거사가 성공한 이후 창덕궁 인정전 용상에 앉아 떳떳하게 대감의 절을 받으리다."

                              * * *

계축년 10월 1일, 한양의 아침은 어느 때보다 어수선했다. 괴소문이 도성을 흔들고 있었다. 도문대작을 찾은 손님들도 내내 그이야기였다.

"들었나? 오랑캐가 쳐들어올 거라 하는군."

"그게 무슨 소리인가?"

"오늘 아침 남산에서 들려오는 소리 못 들었나?"

"무슨 소리 말인가?"

"여진이 몰려온다! 벌써 압록강을 건넜다! 성 밖으로 달아나야 목숨을 구할 수 있다! 이 소리를 못 들었단 말이야? 조선말로 한 번 외치고 오랑캐 말로 한 번 더 외쳤다네. 부랑 와랑 어쩌구 하는데 도망가야 살 수 있다는 말 같았네."

"내가 오랑캐 말을 좀 아는데 '도망가라, 우리는 너희를 살리려는 것이지 죽이려는 게 아니다!' 이런 내용이었다네."

"그게 정말인가?"

"혹시 오랑캐가 한양을 거저먹으려고 일부러 꾸민 수작 아닌가?"

"그러다 만약 진짜 오랑캐가 쳐들어오면 어쩔 것인가. 오랑캐가 얼마나 무서운 족속인지 자네 알기나 하는가? 잡히면 그 자리에서 머리 가죽을 벗겨버린다네. 왜놈이 아무리 잔악무도하다 해도

316

오랑캐 따라가려면 멀었네."

"왜놈이 휩쓸고 간 지 얼마나 됐다고 또 오랑캐가 쳐들어온단 말인가?"

"그러게 말일세. 이놈의 나라는 전쟁이 그칠 날이 없네그려."

"명나라가 도와주지 않을까? 임진왜란 때 군사와 식량을 보태 줘 우리가 살았지 않은가? 나는 명나라 쌀을 그때 처음 먹어보았 다네."

"임진년 전쟁이야 왜놈이 명을 치러 가면서 조선에 길을 내달라 하여 시작된 전쟁 아닌가? 말이야 바른말이지, 조선이 무너지면 자기네 나라도 온전치 않으니 할 수 없이 도와준 것이지. 그리고 명나라 군사가 조선에 와서 어찌했는가? 전쟁마다 패한 것은 물 론이요, 민간의 물자를 싸그리 약탈해서 원성만 사지 않았나?"

"명이 최선을 다해 조선을 도와준 것은 맞지 않은가? 어찌 그 도움을 안 받았다 하겠는가? 제후국으로서 번국에 대한 책임이 있으니 또 도와줄 것이야."

"이 사람이 영 물정을 모르는군. 지금 명이 제 코가 석 자일세. 오랑캐가 조선만 쳐들어오려는 게 아니야. 명도 먹으려 하네. 도 리어 명이 조선에게 군사를 달라고 사정하는 실정이네."

"그게 정말인가? 명도 우리를 도와줄 수 없다면 이거 큰일 아닌 가!"

"막둥이네는 벌써 짐을 쌌다고 하더군."

"공가네도 아까 떠나는 것을 내가 봤네."

"이럴 게 아니라 우리도 짐을 싸야 하는 거 아닌가?"

광해는 사랑방에 앉아 이들의 이야기에 귀 기울였다. 누군지는 몰라도 도성을 흔들 작정으로 거짓 소문을 퍼뜨리고 있었다.

광해는 초조한 마음으로 허균이 오기만 기다렸다. 오늘따라 방문이 늦어지고 있었다. 허균은 오후 나절에야 왕을 배알했다.

"오조(午朝, 정오에 열리는 회의)가 길어졌사옵니다."

광해는 아침에 들었던 괴소문의 정체에 대해 물었다.

"대체 여진에서 쳐들어온다는 소리는 무엇이오?"

"근거 없는 이야기인 줄 사료되옵니다. 일전에 아뢴 바 있듯 여진은 지금 요동 총공격을 앞두고 있사옵니다. 여진이 명과 대치한 상황에서 조선, 그것도 수도인 한양까지 넘본다는 것은 유언비어가 분명하옵니다."

"그런 허무맹랑한 유언비어를 퍼뜨린 자가 누구란 말이오?"

"그 일 때문에 긴급하게 당상관 회의가 소집된 것이옵니다. 오조에서 몇 가지 가정이 나왔사온데 먼저, 여진의 사주를 받은 자가 조선의 민심을 흔들려고 이 같은 짓을 벌인 것으로 추측하고 있사옵니다. 또 하나는 불온한 무리가 조정의 무능을 드러내기 위해 벌인 짓이라는 의견이 있었사옵니다."

어떤 가정이든 좋지 않은 상황이 분명했다. 광해는 불편한 심기를 감추지 않았다.

"대체 민심을 흔들고 조정의 무능을 드러내 어찌하겠다는 것이오. 설마 누군가 불궤라도 꾀하고 있다는 말이오?"

"아뢰옵기 황공하오나 어느 것도 장담할 수 없사옵니다. 또한 어느 것도 무시할 수 없사옵니다."

광해는 나라꼴이 왜 자꾸 이 지경이 되어 가는지 알 수가 없었다. 어떻게 해야 신료들을 이해시키고 백성들을 안심시킬 수 있단 말인가?

"당장 민심을 교란한 자를 잡아들이고, 피난 가는 자는 엄벌에 처한다는 방을 붙이도록 하시오."

"분부대로 거행하겠사옵니다."

사랑방을 나선 허균은 곧장 뒤란에 있는 헛간으로 갔다. 그가 궤를 들고 나오자 계옥이 참견을 했다.

"나리, 전부터 궁금했는데 그 안에 든 물건이 무엇입니까?"

허균이 궤에 씌인 '구국(救國)의 불꽃'을 가리켰다.

"보시다시피 쓰여진 대로요. 불꽃이오."

"불꽃이라굽쇼? 불이 어디에 있습니까?"

"불은 씨앗 형태로 이 안에 잠자고 있소."

"쇤네로선 알아듣기가 어렵습니다. 그것을 어디에 쓰시려고요?"

"불꽃도 꽃이니 잔치에 써야 하지 않을까 싶소만."

"도문대작에서 잔치가 열립니까요?"

계옥의 질문에 허균이 입맛을 다셨다.

"잔치집이 될지, 초상집이 될지 아직은 모르겠소. 하늘에 계신 사명대사, 허봉 형님께서 굽어 살피고 계시니 나쁜 일이야 일어나겠소?"

* * *

계축년 10월 2일의 날이 밝았다. 도성 안 사람들은 그날 아침, 성문마다 붙어 있는 방을 보았다.

도성을 버리고 피난 가는 자에 대해 엄벌에 처함

방이 붙자마자 보란 듯 그 옆으로 또 다른 방이 붙었다.

달아나라.
성안이 들판보다 못하고, 들판은 강을 건너는 것보다 못하다.

한쪽은 자제시키고, 다른 한쪽은 선동하고 있었다. 사람들은 선동하는 쪽의 말을 더 신뢰했다. 문지기가 사방의 성문을 지키고 있음에도, 전날보다 더 많은 수가 도성을 빠져나갔다. 피난민은 고기, 돈, 떡 할 것 없이 다양한 뇌물로 도성 문지기를 구워삶았다. 심지어 군졸들 가운데서도 피난을 떠나는 자가 나왔다.

"주모, 우리도 도망가야 하는 거 아닙니까?"

가희의 걱정에 계옥이 고개를 저었다.

"교산 나리께서 유언비어에 속지 말라 하시지 않았더냐."

그런 뒤 하늘을 우러렀다.

"아이고, 유정 스님, 대체 제게 왜 이런 숙제를 주신 것입니까? 언제까지 기다리기만 해야 하는 것입니까?"

계옥은 사명대사의 뜻을 헤아릴 길이 없어 가슴이 답답했다.

"아이고, 어깨 허리 다리야!"

빈 지게를 걸머진 사내가 들어와 평상에 철퍼덕 주저앉았다.

"뭐하다 오셨는데 온몸이 아프다 하십니까?"

사내가 지팡이로 짚신을 탁탁 털었다.

"나루터까지 피난 가는 사람들 짐을 지어다 주고 오는 길이라오. 주모도 어여 짐을 싸시오. 도성 안에 사람도 없는데 누가 밥을 사 먹으러 온다고 이리 문을 열어두는 게요. 나도 내일 떠날까 어쩔까 생각 중이라오."

"어디로 가십니까요?"

"처가가 안성에 있어 그리로 가보려고 하오."

계옥이 한숨을 내쉬었다.

"에효, 우리야 죽으나 사나 한양을 지켜얍죠."

"나라님은 뭐하시기에 사태가 이 지경이 되도록 아무런 방비책도 세우지 않는단 말이오?"

광해가 방안에서 사내의 하소연을 들었다.

그날 저녁, 도문대작 사랑방에서는 긴급대책회의가 열렸다.

"도승지, 강력한 계책이 필요하오. 곤장이나 감방살이 같은 위협 말고 단박에 유언비어를 종식시킬 방법이 없겠소?"

광해의 요청에 허균이 하나의 의견을 제시했다.

"이러면 어떨까 싶사옵니다. 명나라와 조선, 여진의 관계성을 정리하여 백성에게 알려주는 것입니다. 세상 돌아가는 것을 알면 백성도 유언비어에 속지 않을 것이옵니다."

"옳거니! 무조건 피난을 못 가게 막는 것이 아니라 백성이 막연한 불안감에서 벗어날 수 있도록 도와주자는 말이지요?"

"그렇습니다. 여진이 현재로선 우리를 공격할 입장이 못 된다는 것을 알려주면 백성 스스로 피난 갈지 남을지 판단할 수 있지 않겠습니까?"

"좋은 생각이오."

거기까지 이야기를 나누었을 때였다. 밖에서 다급한 목소리가 들렸다.

"오라버니, 오라버니, 큰일 났습니다!"

문을 열어보니 가희가 발을 동동 구르고 있었다.

13. 500명의 홍길동

"무슨 일이냐?"

가희의 얼굴이 사색이 되어 있었다.

"군사가 몰려오고 있습니다."

"군사라니?"

"모르겠습니다. 아무래도 선비님을 잡으러 오는 것 같습니다."

허균이 침착하게 지시했다.

"가희야, 전하를 뫼시고 어서 피하거라. 어디로 가야 하는지 알지? 별운검, 전하를 부탁하네."

"예, 알겠습니다." 휘헌이 짧게 대답했다.

'전하'라는 말에 가희가 왕과 허균을 번갈아 쳐다보았다.

"전하요?"

"그렇다. 가희야, 이분이 조선의 임금님이시다. 예는 나중에 올리고 어서 전하를 뫼시고 몸을 피하거라. 반란군으로부터 전하를 지켜야 한다."

가희는 혼란스러웠지만 맘 놓고 난감해할 때가 아니었다.

"오라버니는요?"

"내 걱정은 하지 마라. 나를 믿거라, 알았지?"

어느덧 그녀의 눈에 눈물이 그렁그렁 차올랐다.

"오라버니 꼭 무사하셔야 해요. 전하, 소녀가 뫼시겠사옵니다."

세 사람은 마당을 나와 비밀통로로 이어지는 부엌으로 향했다. 가희가 부엌문을 엶과 동시에 반란군들이 마당 안으로 뛰어들었다.

"저기다! 저쪽이다!"

가희가 달려드는 군사를 향해 고기칼을 집어 던졌다. 맨 앞에 있는 병사가 칼을 맞고 나동그라졌다.

휘헌이 가희를 밀치고 앞으로 나섰다.

"낭자, 전하를 모시고 어서 달아나시오!"

"무사님….."

"서두르시오, 시간이 없소!"

휘헌이 부엌문을 등지고 섰다.

"이곳을 통과하려면 나를 죽이고 가야 할 것이다!"

그가 주홍색 검집에서 검을 뽑아 들었다. 검이 검집을 빠져나올 때 보름달처럼 은은한 빛도 함께 빠져나왔다. 휘잉, 하는 바람 소리는 검이 우는 소리였다.

"운검이다!"

군사들이 낮게 소리쳤다. 검집과 손잡이에 새겨진 구름 문양을 알아본 것이다.

휘헌이 운검을 흔들며 소리쳤다.

"내 이것을 매일 갈았으나 한 번도 사용하지 않았다. 운검은 함부로 휘둘러선 안 되는 물건이기 때문이다. 나를 원망하지 마라. 운검이 너희를 벰은 조선과 조선의 왕을 지키기 위함이다."

휘헌의 기세에 눌린 반란군이 선뜻 공격을 개시하지 못하자, 이이첨이 앞으로 나섰다.

"별운검 휘헌, 역시나 그대였군! 성상께서 이곳 도문대작에 숨어 계셨던 거야. 별운검, 칼을 거두고 길을 내거라."

휘헌이 이이첨을 무섭게 노려보았다.

"대감, 어찌하여 왕께 반역을 저지르는 겁니까?"

"반역이 아니다. 나의 이런 행동이야말로 종묘사직을 지키기 위함이다. 별운검, 반복한다. 길을 비켜라. 우리는 만고의 죄인을 잡으러 왔다."

"나를 죽이기 전에는 저 안으로 들어갈 수 없소이다."

이이첨이 부엌을 가리키며 소리쳤다.

"왕이 저 안에 있다! 왕을 벤 자에게 운검을 주겠다!"

운검을 주겠다는 말은 왕실호위병으로 임명하겠다는 뜻이었다. 이에 반란군이 와, 하고 휘헌에게 덤벼들었다. 휘익, 하고 운검이 한 번 지나갔을 뿐이었다. 바람 소리만 들렸을 뿐인데 군사들의 목이 후두둑 땅에 떨어졌다. 그러면 그럴수록 운검에 눈이 먼 군사들이 휘헌에게 달려들었고, 땅에 떨어지는 목의 숫자는 점점 불어났다. 그러나 결국 휘헌 혼자 당해내지 못하는 순간이 왔다. 운검의 움직임이 눈에 띄게 둔중해진 것이다.

"물러서시오!"

모두들 소리 나는 쪽으로 시선을 돌렸다. 허균이었다. 그의 손에는 칼이 아닌 막대기가 들려 있었다. 막대기에 매달린 실에서 타닥타닥 불꽃이 타오르고 있었다.

"폭탄이다!"

누군가 외쳤다. 폭탄이라는 소리에 삽시간에 전열이 무너졌다. 반란군들은 어찌할 바를 모르고 우왕좌왕했다.

이이첨이 허균을 종용했다.

"도승지, 그것을 멀리 던지게. 설마 다 같이 죽자는 것은 아니겠지?"

허균은 눈 하나 깜짝하지 않고 이이첨을 꾸짖었다.

"이이첨 이노옴! 네놈이 어찌 나라와 임금을 배반하고 살 생각을 한단 말이냐?"

"도승지, 그것을 멀리, 아니 우물 안으로 던지게, 어서! 안 그러면 모두 죽어. 자네도 죽는단 말이야!"

허균은 미동하지 않았다. 한참을 타들어 가던 실이 드디어 조용해졌나 싶었다. 이이첨이 귀를 막고 주저앉는 것과 동시에 피융하는 소리가 하늘을 갈랐다.

"저것 봐라!"

누군가 하늘을 가리켰다. 벌건 불덩어리가 하늘을 날고 있었다. 불덩어리는 하늘 천장에 닿을 듯 한참을 날았다. 날다가 꺼졌는지 구름 속으로 사라졌는지 어느 순간 잘 보이지 않았다.

펑, 하는 소리가 들린 것은 그때였다. 삽시간에 어두운 하늘이 찬란한 꽃밭으로 변했다. 수판에 꽃이 수놓아지듯 하늘에 불꽃이 수놓아졌다. 불꽃은 국화처럼 만개했다가 민들레 홀씨가 되어 사그라졌다.

어찌 된 영문인가 싶어 사람들이 웅성거렸다.

"저게 뭔가?"

서로에게 물을 때 다시 하나의 불꽃이 더 터졌다. 불꽃은 연쇄 반응을 일으키며 두 개, 세 개, 네 개 연속적으로 터졌다.

붉은색, 푸른색, 노란색, 흰색, 보라색…. 다양한 색채의 불꽃이 쉴 새 없이 펑펑 터졌다. 밤의 불꽃은 지상의 꽃보다 더 요염하고 화려했다.

허균은 하나의 막대기가 다 타오르면 새로운 막대기에 불을 붙였다. 불꽃 막대기는 궤에 얼마든 있었다. '구국(救國)의 불꽃'은 진짜 불꽃이었던 것이다.

반란군들은 불꽃의 황홀함에 취해 자신이 어디에 잊는지, 무얼 하고 있었는지 잊어버릴 지경이었다. 휘헌도 불꽃의 아름다움에 넋이 나간 상태였다.

허균의 입가에 미소가 떠올랐다.

"너희들이 등천을 아느냐? 한양에서는 저 불꽃이 등천이다!"

그때였다. 어디선가 와, 하는 함성이 울렸다. 이이첨은 비로소 정신이 들어 사방을 두리번거렸다.

"이게 무슨 소리인가?"

사방에서 패랭이를 쓴 사내들이 달려 나와 반란군을 제압하기 시작했다.

"홍길동이다!"

누군가 외쳤다.

"홍길동이라고?"

이이첨은 자신의 눈을 의심했다. 소설 '홍길동전'에서 막 튀어 나온 듯 패랭이에 푸른 쾌자를 입고 있는 사내들. 그들은 영락없는 홍길동이었다. 홍길동의 숫자는 반란군의 숫자와 맞먹었다. 마치 홍길동이 분신술을 써서 한 초(조선의 군대 단위. 지금의 중대 개념)의 군대를 만들어낸 것 같았다.

허균이 조용히 웃었다.

"응서, 드디어 와주었군."

수많은 홍길동은 응서가 몰고 온 보국사 승병들이었던 것이다. 보국사 승병들은 덩치나 민첩함에 있어서 어찌나 뛰어난지 반란군은 적수가 되지 않았다. 이이첨의 군사는 변변히 싸워보지도 못한 채 바로 제압되었다.

허균은 하늘에 대고 감사 인사를 올렸다.

"대사님 보고 계십니까? 구국의 불꽃이 오늘 제빛을 발하고 있습니다. 대사님의 큰 뜻이 속속 드러나고 있습니다."

"서방님!"

풍개였다. 그도 수많은 홍길동 가운데 한 명이었다.

"오냐, 잘 왔다! 네 소식은 들었다. 이리 많은 군사를 끌고 올 줄은 몰랐구나. 그것도 전원 홍길동으로 데려왔구나. 허허."

"모두 보국사 승군입니다."

"알고 있다."

"서방님, 죄송합니다. 사정이 허락하지 않아 파발마를 띄우지 못했습니다. 걱정 많으셨지요?"

"아니다, 제때 와준 것만으로도 고맙구나! 응서는 어디 있느냐?"

그 시각, 아수라장을 빠져나와 죽어라 골목을 뛰는 이가 있었다. 이이첨이었다. 그의 뒤를 홍길동 한 명이 쫓았다.

"게 섰거라, 이이첨 이노옴!"

홍길동이 이이첨을 향해 단도를 날렸다. 단도는 이첨의 어깨를 아슬아슬하게 스쳤다. 이첨이 더 달아나지 못하고 뒤를 돌아보았다. 홍길동을 마주한 이첨의 얼굴에 형용할 수 없는 빛이 떠올랐다.

"너, 너는!"

그랬다. 이이첨 앞에 서 있는 자는 박응서였다. 응서가 씹어 뱉듯이 외쳤다.

"너를 죽이기 위해 내 이제껏 더러운 목숨을 부지해 왔다."

"배반자여! 또 배반할 셈인가?"

이이첨이 비웃듯 물었다.

응서는 대답 대신 장도를 빼 들었다.

"배반이 아니라 계산이다. 강변칠우의 핏값을 내 이제야 돌려주게 되었다!"

그가 이이첨의 심장을 향해 칼을 내리꽂으려 할 때였다.

"멈추게, 응서. 멈추게! 이이첨은 국법에 따라 벌을 받도록 하세나."

허균이었다. 허균 때문에 박자를 놓진 응서는 호흡을 다시 가다듬어야 했다. 응서가 칼을 고쳐 잡았다.

"교산, 미안하이. 내 이자를 죽이고 국법에 따라 벌을 받겠네."

맑았던 분노가 오염되면서 칼도 용기를 잃어버린 걸까. 같은 극의 자기장끼리 만난 듯 응서의 칼은 이첨의 심장 위에서 부들부들 몸을 떨었다. 순간, 응서는 이첨에게 집중했던 몸을 돌려 허균을 향해 달려들었다. 허균은 억 하며 뒤로 나자빠졌다.

"왜 그러나?"

그가 고개를 들었을 때 상상도 못한 광경이 눈앞에 펼쳐져 있었다. 어디서 날아온 화살이었을까. 정확히 응서의 왼쪽 가슴에 그것이 박혀 있었다. 허균이 응서를 안아 일으켰다.

"자네, 나 대신 화살을 맞은 건가…?"

응서마저 죽게 할 수는 없었다. 허균은 화살을 뽑기 위해 응서의 몸에 손을 댔다. 순간 상처에서 울컥 하고 피가 쏟아졌다. 응서의 입과 코에서도 줄기줄기 피가 흘러내렸다.

응서가 가쁜 숨을 몰아쉬었다.

"교산, 나를 용서해 주시게."

허균이 고개를 저었다.

"응서, 대체 왜, 왜 나를 이토록 부끄럽게 만드는가?"

"교산, 대답해 주게… 나를 용서한다고…."

허균이 크흐흑 울음을 토해냈다.

"이보게 응서, 용서할 자격이 되어야 용서를 하지, 나 역시 비겁자라네. 홍길동전을 들킬세라 남몰래 불태운 사람이 나라네. 옥사에 잘못 엮여 혹시라도 화를 당할까, 숨어서 벌벌 떨던 사람이 나라네. 강변칠우 앞에서는 너나 할 것 없이 죄인이라네."

"…그동안 미안했네."

"응서, 내 비록 자네를 용서할 자격이 없지만 하늘은 자네 마음을 알고 계실 것이야."

허균의 말에 응서가 희미하게 미소를 지었다.

그 사이 이이첨은 달아나고 없었다. 허균은 이이첨이 사라진 자리를 허탈한 눈으로 바라보았다. 응서가 이첨을 죽이도록 놔두었더라면 응서가 자기 대신 화살에 맞는 일은 없었을지도 모른다. 하지만 같은 일이 되풀이돼도 자신은 응서를 말릴 사람이라는 것을, 그게 자신의 한계라는 걸, 그것을 인정하는 게 허균은 미치도록 괴로웠다.

"응서, 내 꼭 이이첨을 잡아 법의 심판을 받도록 하겠네."

응서를 일으키는데 그의 몸이 축 늘어졌다. 그의 정신은 다시 돌아오지 않았다. 육부전 골목에 붉은 강물이 길게 아주 길게 흘렀다.

* * *

그 시간 경운궁에서도 큰 소요가 있었다. 능양군이 이끄는 사병 무리가 궐에 침입한 것이다. 사병들은 궐을 지키는 금군을 베며 파죽지세로 왕의 침전까지 접근했다.

"그자는 왕이 아니다, 가짜다! 주저하지 말고 베어라. 반복한다. 죽여도 좋다."

먼저 뛰어가 침전문을 걷어찬 병사가 소리쳤다.

"사라졌습니다!"

"무어라?"

능양군이 한달음에 달려왔다. 있어야 할 왕이 보이지 않았다.

"대체 어디로 달아난 것이냐? 경운궁은 넓지 않다. 이 잡듯 뒤져라."

"저기 보십시오!"

병사가 천정을 가리켰다. 능양군의 시선이 그리로 돌아갔다.

왕이 네 활개를 펴고 천정에 붙어 있었다.

"아니, 박쥐도 아니고 어찌 저런 일이! 저자를 죽여라!"

병사들이 왕을 향해 칼을 던졌다. 왕이 바닥으로 툭 떨어졌다. 병사들이 달려가서 보고 기함을 했다.

"허수아비입니다."

바닥에 뒹구는 것은 용포를 걸쳤을 뿐 지푸라기를 엮어 만든 허수아비였다. 짚으로 싸맨 얼굴에는 눈, 코, 입도 없었다. 허수아비 왕에 놀란 능양군이 뒤로 물러났다.

그때였다. 천정 반자가 와지끈 하고 부서졌다. 찬장으로부터 검은 그림자 하나가 사뿐히 왕의 침소에 내려섰다.

그를 발견한 병사들이 땅에 엎드렸다.

"전하!"

용포를 걸친 왕이었다. 위엄에 찬 왕의 등장에 능양군도 무릎을 꿇었다.

왕이 장도를 들어 능양군의 목을 향해 겨누었다. 능양군이 용서를 빌었다.

"살려주시옵소서, 전하. 살려주시옵소서. 소신은 이이첨의 꾐에 넘어간 것뿐이옵니다."

왕은 표정에는 어떤 변화도 없었다. 왕이 칼을 휘둘렀다.

휙 하는 소리와 함께 한 줄기 바람이 허공을 갈랐다. 능양군이 억, 하고 비명을 질렀다. 얼마나 시간이 흘렀을까. 능양군이 떨리는 손으로 자신의 목에 손을 갖다 댔다. 목은 잘 붙어 있었다. 툭 하고 무언가 바닥에 떨어졌다. 상투였다.

왕의 몸이 공중으로 휙 솟구쳤다.

"홍길동이다!"

"임금님이 홍길동이셨다!"

병사들이 소리를 지르며 와르르 몰려들었다.

"어디, 어디!"

"저기!"

한 병사가 가리키는 곳을 보니 왕이 검은 그림자가 되어 지붕 위를 달리고 있었다.

정신을 차린 능양군이 소리쳤다.

"저자는 왕이 아니다. 가짜 왕을 잡아라!"

병사들이 우르르 그림자를 좇았다. 수백 개의 화살이 그림자를 향해 날아갔다. 하지만 화살은 그림자를 맞추지 못한 채 허공만 관통할 뿐이었다. 지붕 위를 훨훨 날던 그림자가 월대 위로 사뿐히 내려앉았다. 그림자가 손을 들어 인화문을 가리켰다. 순간 와와, 소리와 함께 한 떼의 홍길동이 물밀듯 들이닥쳤다.

갑자기 등장한 수백 명의 홍길동으로 인해 반란군들은 얼이 빠지고 말았다. 그들 중에 '홍길동전'을 읽지 않은 사람이 없었다. 갑자기 나타난 수백 명의 홍길동은 수백 명이 왕이었다. 왕이 머리털을 뽑아서 만든 천하무적 군대 앞에서 반란군은 공격 의지를 잃었다.

홍길동들이 반란군을 포위하자 허균이 앞으로 나서며 불호령을 내렸다.

"살고자 하는 자, 두 손을 머리 위로 얹고 무릎을 꿇어라!"

반란군들은 저항할 생각조차 못한 채 허균의 말을 따랐다. 능양군도 칼을 버리고 무릎을 꿇었다. 상투를 잃은 머리카락이 얼굴을 반나마 가렸다. 금군들이 달려와 능양군과 그의 병사들을 밧줄로 묶었다.

"주상전하 납시오!"

모두가 소리 나는 쪽을 돌아보았다.

말에 올라탄 왕이 인화문으로 천천히 들어서고 있었다. 그 모습은 임진왜란 때 말 잔등에 올라 친히 조정을 이끌며 팔도를 누비던 그 시절의 광해를 연상시켰다. 여기저기 밝혀진 횃불이 왕의 등 뒤에 환한 광배를 만들었다. 모든 사람들이 숨죽이고 왕을 올려다보았다. 더할 수 없이 거룩하고 찬란한 등장이었다. 이윽고 그 감격을 참을 수 없다는 듯 군사들이 와와, 환호했다.

"상감마마 만세! 임금님 만세!"

                            * * *

　숭례문에서 보초를 서던 군사 진양과 재야는 멀리서 희끄무레
한 형체가 다가오자 놀라서 길을 막아섰다. 비단 도포에 가리개가
넓은 갓, 술띠를 맨 것으로 보아 양반이었다.

　"동도 트기 전인데 이 시간에 어딜 가시오?"

　그는 넋이 나간 듯 입을 열지 않았다.

　진양이 재야를 툭툭 치며 양반의 어깨를 턱으로 가리켰다. 도포
의 어깻죽지가 찢겨 나간 데다 핏자국까지 있었다.

　"강도를 당하셨소?"

　이이첨이 조용히 고개를 끄덕였다.

　능양군의 반란마저 실패로 돌아가고 이이첨은 더 이상 도성 안
에 머무를 수 없는 신분이었다. 하지만 어디로 가야 할지 알 수 없
었다. 어디로 갈지는 도성을 빠져나간 후 생각해 볼 일이었다. 백
악산 기슭의 숙정문으로 갈까 했지만 못까지 박아 굳게 닫아둔 문
을 어떻게 열어야 할지 방법이 떠오르지 않았다. 결국 이첨은 사
람이 가장 많이 통과하는 숭례문을 택했다.

　이이첨이 주머니를 끌러 무언가를 꺼냈다. 그것을 그들 손에 쥐
여주었다.

　진양과 재야는 그가 내미는 번쩍이는 물건을 바라보고 기함을
했다. 은이었다. 그가 내민 은은 그들의 몇 년 치 월급에 해당했

다. 두 사람은 잠시 시선을 교환했다.

'도성을 통과하는 데 엽전 한 냥이면 충분한데 이 사람 뭐지?'

'더구나 강도를 당했다면서 어떻게 이렇게 많은 돈을 지니고 있는 거야?'

'수상한 사람이야.'

'괜히 잘못 받았다가는 경을 칠 것이니 이자를 붙잡아두세.'

진양, 재야 두 사람이 일제히 이이첨을 향해 창을 겨누었다.

"꼼짝 마라!"

14. 왕보다 백성을 웃게 하라!

광해 5년 1613년 10월 3일. 태감 유용(劉用)이 명나라 황제의 칙서를 들고 한양 도성에 입성했다. 광해는 명나라 사행단이 영은 문에 당도했다는 소식을 듣고 마중을 나갔다.

광해는 번국의 예를 다해 사신을 맞이했다.

"먼 길 오시느라 수고 많으셨습니다."

"상감마마와 조선 백성의 극진한 환대에 피로가 싹 가시는 느낌입니다."

사행단과 마중단은 경운궁으로 이동했다. 황제의 칙서는 반드시 왕이 기거하는 정궁에서 전달하고, 전달받아야 한다는 규례가 있었다. 칙서에는 어수선한 국내외 정세 속에서도 두 나라 간 결속을 굳건하게 이어가자는 내용이 담겨 있었다.

칙서 전달식에 이어 명나라 사신을 환영하는 연회가 인근 태평관에서 열렸다. 문신과 무신이 마주 보며 도열한 가운데 전국에서 공수한 귀한 식재료로 상다리가 부러지도록 음식이 차려졌다. 거기에다 장안에서 노래 잘하고 춤 잘 추는 기생이 뽑혀와 흥을 돋

우니 유용의 입꼬리가 관자놀이까지 올라갔다.

분위기가 무르익자 유용이 본론을 꺼냈다.

"황상께서 올해 안으로 상감께 고명을 내리시겠다는 뜻을 비치셨습니다."

광해는 말없이 유용의 이야기를 들었다.

유용이 술잔을 입에 대었다 떼며 턱을 쓸었다. 손가락이 지나갈 때마다 수염 없는 턱살이 둔중하게 진동했다. 황제의 권력을 고스란히 이양받은 그였기에 조선의 왕 앞에서 한껏 거들먹거렸다.

"그런데 상감, 조건이 있습니다."

유용의 말을 광해가 잘랐다.

"아뢰옵기 황공하오나 조선의 사정이 여의치 않아 황제께 드릴 은을 마련하지 못했사옵니다. 고명을 받지 못하여도 할 말이 없습니다."

그 당당한 태도에 충격을 받았는지 유용이 멍청한 얼굴로 광해를 바라보았다. 그러더니 껄껄 웃었다.

"하하하, 돈 이야기를 하고자 하는 것이 아닙니다. 황상께서 원하시는 것은 상감의 충심입니다. 요동 도사가 보낸 자문을 받지 못하셨는지요? 곧 요동과 여진 사이에 전투가 개시될 것입니다. 지리적으로 가까운 조선에서 다만 3만 원군이라도 보내주신다면 황상께서 감동하실 것입니다."

광해는 잠시 뜸을 들였지만 대답을 주저하지 않았다.

"일찍이 황제께서 저희 조선에 10만 원군을 보내주시어 왜구를 몰아낼 수 있었음을 저희 백관과 백성은 한 점도 잊지 않고 있습니다. 안타까운 것은 아직 조선이 임진왜란이 남긴 상흔에서 채 벗어나지 못한 상태라는 것입니다. 가뜩이나 사는 게 팍팍한데 한 집안의 가장이 전쟁터에 나가게 되면 그 빈자리를 나머지 식솔들이 채워야 합니다. 명나라에 원군을 보내는 문제는 저 혼자서 결정할 일이 아닙니다. 한 가족의 생계를 담보로 하는 것이므로 대신들과의 회의를 통해 결정하겠습니다."

광해의 고분고분하지 않은 태도에 유용의 얼굴이 울그락불그락해졌다. 조정 대신들은 유용과 왕과의 줄다리기를 불안한 마음으로 지켜보았다. 분해서 씩씩거리던 그가 안 되겠는지 갑자기 태도를 바꾸었다.

"상감, 그러지 마십시오. 우리가 그럴 사이입니까. 미뤄지고 미뤄지던 상감의 세자 책봉례를 밀어붙여 보위에 오르시도록 한 사람이 접니다. 제 체면을 봐서라도 원군을 약조해 주시지요."

사태 돌아가는 추이를 보아하니 태감이 북경을 떠나오면서 원군 문제를 매듭짓겠다고 큰소리쳤음이 분명했다. 광해가 유용의 잔에 술을 따라주었다.

"태감께서 한양에 열흘간 묵을 예정이시지요? 열흘은 결코 짧지 않은 시간입니다. 조선 땅을 떠나시기 전에 합의점에 이르도록 조정 대신들과 원만한 대화를 이어가겠습니다."

광해의 말이 끝남과 동시에 가야금이 토해내는 격정적인 휘모리장단이 연회장을 흔들었다.

* * *

어가행렬이 준비되었다는 보고에 광해는 중전을 대동하여 대비전을 찾았다. 왕과 왕비가 친히 찾아오자 소성대비가 느릿느릿 일어나 앉았다. 대비는 경운궁으로 옮겨온 뒤로 줄곧 자리를 보전하고 누워 있었다.

"주상, 어인 일이시오?"

"어인 일이라니요, 오늘이 이어 날인 줄 모르셨습니까? 어마마마, 가마가 준비되었사오니 창덕궁으로 들 채비를 하시옵소서."

이어 날인 줄은 알았지만, 왕이 같이 가자는 말을 할 줄 몰랐기에 대비는 재차 진심을 확인했다.

"주상, 나는 경운궁에 남는 게 아니었소? 나도 창덕궁으로 같이 가는 거요?"

광해의 얼굴에 자애로운 미소가 떠올랐다. 아버지의 아내였으므로 어머니가 맞지만, 나이로 따지면 아홉 살이나 어려 누이처럼도 생각되는 대비였다.

"소자의 부덕함으로 이리저리 옮겨 다니시게 함을 용서하시옵소서. 경운궁은 소자가 즉위식을 올린 곳이라 의미 있는 장소이긴 하나, 한 나라의 법궁으로 삼기에는 좁은 면이 있어 이어하기로 결정하였사옵니다. 다시는 귀찮게 옮겨 다니시는 일이 없도록 할 터이니 어마마마, 이번 한 번만 양해하여 주시옵소서."

대비의 목소리가 누를 수 없는 감격으로 고요히 떨렸다.

"주상, 잠시만 시간을 주시오."

소성대비는 상궁의 도움을 받아 부랴부랴 짐을 꾸렸다.

"김 상궁, 정말 나도 같이 창덕궁으로 가는 걸까? 중간에 어디 갖다 버리는 것은 아니겠지?"

김 상궁이 웃음기 머금은 얼굴로 대답했다.

"아닐 것이옵니다. 들리는 말에 상감마마께옵서 성군으로 거듭 나셨다며 백성들의 칭송이 자자하다 하옵니다. 일전에 명나라 사신이 방문하였을 적에도 백성을 생각하시어 당당하게 나가니 오히려 그쪽에서 쩔쩔맸다 하지 않사옵니까? 무소불위의 권력을 휘두르던 간신배 일당까지 사라지니 조정 대신들이 상감마마를 믿고 따르고 있습니다."

대비가 옷고름으로 눈물을 찍어내며 깊게 한숨을 쉬었다.

"나도 이제 마음을 고쳐먹어야 할 때가 온 것 같네. 요 며칠 고민해 보니 주상을 미워하기에 앞서 이 모든 고통이 내 죄의 대가라는 걸 깨달았어. 내가 너무 철없이 날뛰었지."

대비는 오래전 왕과 세자만 입을 수 있는 곤룡포를 영창대군에게 지어 입혀 광해를 노골적으로 무시했던 일을 떠올렸다. 선왕인 선조 역시 광해를 필요 이상으로 긁어 영창을 미워하도록 만든 일도 떠올렸다.

"내가 조금만 더 현명한 지어미였더라면 선대왕과 세자 사이를 중재하였을 텐데…."

김 상궁이 수건을 내밀었다.

"대비마마, 눈물을 거두시옵소서. 그 모든 원인이 도를 넘는 당쟁에 있음이옵니다. 너무 자책하지 마시옵소서."

김 상궁은 영창대군의 죽음 역시 사생결단으로 치닫는 당쟁의 희생물이라는 것을 대비에게 상기시켰다.

"대비마마께서 내명부를 잘 다스려 전하를 보필하신다면, 그 영광이 만대에 이를 것이옵니다."

"자네는 참 현명한 사람일세."

대비가 김 상궁을 지그시 바라보며 말했다. 궐로 시집온 이후 줄곧 곁에서 보필하며 자신의 모든 신경질과 우울을 받아준 이였다. 김 상궁도 대비에게 그런 말을 처음 듣기에 감개무량했다. 그렇게 두 사람은 울면서 짐을 꾸렸다.

며칠 후, 창덕궁 인정전 마당에서 논공행상이 있었다. 반란군으로부터 왕과 나라를 지킨 자들을 포상키로 한 것이다.

불궤의 무리로부터 왕을 피신시킨 공으로 가희에게 숙마 3필이 상으로 주어졌다. 반란군과 맞서 싸운 풍개에게는 숙마 2필이, 숭례문에서 이이첨을 생포한 진양과 재야에게는 각기 숙마 1필씩이 돌아갔다.

가희는 포상자 대열에 서서 용상을 올려다보았다. 왕의 용안이 대낮처럼 밝았다. 낯빛이 희어지고 뺨에 살이 오른 것이, 건강을 완벽하게 되찾은 것이다.

광해가 용상에서 걸어 내려와 포상자들을 일일이 치하했다. 왕이 가희 앞에 섰다.

"가희야, 잘 있었느냐? 내가 곤룡포를 입고 있는 모습을 보니 어떠하냐? 왕 같으냐?"

가희는 상궁으로부터 왕을 대하는 몇 가지 예절교육을 받은 터라 한 마디 한 마디가 조심스러웠다. 왕에게 대답할 때는 '아뢰옵기 황공하오나'를 꼭 붙여야 한다는 지침도 들었다.

"아뢰옵기 황공하오나 소녀에게는 여전히 도문대작에 기숙하는 선비님으로만 느껴지옵니다. 도문대작이 아닌 다른 자리에서 뵙는 것이 낯설기만 하옵니다."

"나는 매일 먹는 수라가 낯설다. 도문대작에서 네가 해주던 약선요리가 그립구나."

"황공하옵니다."

"너만 좋다면 앞으로 수라간을 부탁하고 싶은데 어떠하냐? 궐로 들어올 생각이 없느냐?"

느닷없는 왕의 제안에 가희는 상궁이 일러준 지침을 잊고 무람

344

없이 굴고 말았다.

"궐에 들어가면 혼인을 할 수 없다 들었사옵니다."

상궁이 가희를 쳐다보며 헛기침을 했다. 예의에 어긋난 말을 하지 말라는 뜻이었다. 가희는 왕의 대답을 듣지 않은 채 거침없이 자기 의견을 말했다.

"아뢰옵기 황공하오나 혼인을 할 수 없다면 소녀는 궐에 들어갈 수가 없사옵니다. 소녀는 마음에 품고 있는 정인이 있사옵니다."

광해가 당황하여 물었다.

"혹시 누군지 물어봐도 되겠느냐? 도승지더냐?"

"아니옵니다."

"그럼 누구더냐?"

가희의 눈길이 왕 뒤 쪽에 서 있는 별운검 휘헌을 향했다.

"운검이옵니다."

뒤에 서 있던 휘헌이 어쩔 줄 몰라 하며 머리를 조아렸다.

"전하, 신은 모르는 일이옵니다. 오늘 처음 듣는 이야기옵니다."

광해가 휘헌과 가희를 번갈아 쳐다보았다.

"누구 말이 맞는 말이더냐?"

가희가 대답했다.

"아뢰옵기 황공하오나 운검에겐 오늘 처음 고백하는 것이옵니다. 도문대작에서 찬으로 쓸 깍두기를 썰어줄 때 처음 연정을 느졌사옵니다. 그 후로 줄곧 홀로 연모하였사옵니다."

광해가 안절부절못하고 돌아다니더니 연회상 위에 있던 물잔을 들었다가 쾅 하고 내려놓았다. 물잔에 든 물이 사방으로 튀었다. 가희와 휘헌은 물론 대신들까지 놀라 벌벌 떨었다. 왕이 한탄했다.

"어찌하여 나는 이리도 운이 없단 말이냐!"

그런 뒤 저벅저벅 걸어 휘헌에게 다가갔다. 왕은 잔뜩 긴장한 그의 어깨를 툭툭 쳤다.

"운검, 내가 네 이름을 부른 적이 있더냐?"

"아뢰옵기 황공하오나 없사옵니다."

"헌아, 너는 내가 봐도 멋진 남자다. 내가 양보하겠다. 대신 너도 하나 양보하여라."

광해가 휘헌과 가희를 번갈아 바라보며 말했다.

"두 사람은 빠른 시일 내에 혼례를 올리거라. 그리고 궐 가까운 곳에 집을 얻고, 가희는 소주방 일을 맡아 숙수로서 나의 수라를 돌보도록 하여라."

휘헌과 가희가 감동하며 동시에 아뢰었다.

"성은이 망극하옵니다."

시상이 끝난 뒤 왕의 특명으로 당상관 회의가 소집됐다. 내수사 전수(典需) 장 내관이 자결하면서 왕의 사유재산 문제가 수면 위로 떠오른 것이다. 왕은 자신이 간여하지 않을 테니 당상관 회의에서 이 문제를 논의하여 결과를 알려달라고 했다.

신료들은 두 편으로 나뉘었다. 왕에게도 개인 돈이 필요하다는 쪽과 그럴 필요가 없다는 쪽. 그동안 국왕들은 왕실 가족을 혼례시킬 때라든가 친지들에게 선물을 줄 때 개인 돈을 써왔다. 이에 비추어 왕도 어느 정도 사유재산을 갖고 있어야 한다는 의견이 지배적이었다. 왕의 사유재산을 보장해 주지 않을 경우 국고를 사유화할 우려가 있었다. 다만 내수사가 국고로 운영되는 만큼 인력을 최소화해 재정을 아껴야 할 것이며, 아무리 개인 돈이라고 해도 일정 액수 이상은 외국으로 반출하지 못하도록 논의가 됐다. 외국의 범주에는 명나라도 포함됐다.

왕은 당상관들의 결정을 존중해 그대로 실행토록 했다. 그에 더해 함경도에 있는 내수사전을 반으로 줄여 백성에게 돌려주었으며, 외거노비라 할 수 있는 내수사 노비를 해방시키도록 했다. 노비를 대신해 내수사전을 돌보게 된 이는 인근 농민이었다. 일종의 소작을 준 것이다. 농민에게는 후한 대가를 지불하도록 법으로 못 박았다.

* * *

사흘 뒤 도문대작 마당에서 혼례식이 있었다. 원탁의 4인방과 도문대작 식구들이 자리를 지킨 가운데 휘헌이 타오르는 짚불을 풀쩍 뛰어 넘어 마당으로 들어섰다. 곱게 차려입은 연이 꽃잎을 흩날리며 신랑의 길을 안내했다. 휘헌이 혼주인 허균에게 기러기 한 쌍을 내밀었다. 기러기처럼 부부간에 의리를 지키겠다는 의미였다.

허균이 휘헌에게서 받은 기러기를 대례상 위에 가만히 올려놓았다. 휘헌과 가희는 맞절을 한 뒤 술잔을 나누어 마셨다.

혼인 예식이 끝나고 휘헌과 가희는 각자 다른 방으로 들어갔다. 잠시 후 휘헌이 사모관대를 벗고 검은색 쾌자에 머리끈을 맨 모습으로 나타났다. 팔토시와 행전까지 검은색 일색이었다. 가희 역시 족두리와 예복을 벗고 휘헌과 똑같은 차림으로 등장했다. 둘 다 영락없는 무사였다.

도문대작 대문간에는 말 두 마리가 매여 있었다. 허균, 김윤황, 우경방, 현응민과 주모, 풍개가 나와 두 사람을 배웅했다.

"꼭 이렇게 서둘러 가야겠니, 가희야?"

계옥은 신방도 안 치르고 떠나는 가희가 못내 안타까웠다. 가희가 수줍은 얼굴로 휘헌을 바라보았다.

"백년해로할 텐데 첫날밤쯤 며칠 미룬다고 무슨 일 나겠습니까?"

"하하, 그건 그렇지. 조심해서 다녀오거라."

계옥과 이별 인사를 마친 가희가 허균에게 다가갔다. 두 사람이 손을 맞잡았다. 가희의 눈에 눈물이 그렁했다.

"오라버니, 다녀올게요. 고생 많으셨어요."

"그래, 두 사람 다 수고했다. 몸 건강히 잘 다녀오거라. 어머니께 안부 전하고."

"네, 오라버니."

풍개도 휘헌과 악수를 나누었다.

"성질머리 더럽다 생각 마시고 똑 부러지는 성격이라 좋네, 이렇게 생각하시고 서로 아껴주며 잘사십시오, …처남."

휘헌이 빙그레 웃었다.

"진즉 그렇게 생각하고 있습니다, …형님."

두 사람이 동시에 말안장에 올라탔다.

"이랴!"

두 마리 말이 먼지를 일으키며 도문대작에서 멀어져 갔다.

* * *

"어머니!"

권씨는 들판에 있었다. 설마 말을 타고 달려오는 무사가 자기를 부르는 것인 줄 알지 못했다. 바로 코앞까지 다가온 뒤에야 가희인 줄 알았다. 가희가 말에서 펄쩍 뛰어내리며 "어머니" 하고 달려오자, 권씨는 파를 캐던 바구니를 저만치 던져두고 가희에게 달려갔다.

"이게 꿈이냐, 생시냐! 가희 아니냐? 어쩐 일이야, 어떻게 온 거야?"

"장모님 절 받으십시오."

휘헌이 흙바닥에 넙죽 엎드렸다.

"상감마마의 일등 호위무사, 별운검 휘헌이라고 합니다. 장모님께 허락도 받지 못한 채 어명을 받들어 서둘러 혼례를 올렸습니다. 어떤 벌이라도 달게 받겠사오니 부덕한 사위를 혼내 주시옵소서."

권씨는 이제까지 그렇게 키 크고 잘생긴 남자를 보지 못했거니와 사위가 임금님을 가까이서 모시는 관리라는 말에 졸도할 지경이 되었다.

"아이고, 별운검 나리, 어여 일어나십시오."

"장모님, 말씀을 낮추십시오."

"예예, 휘 서방 나리. 아니 휘 서방. 고맙네 고마워. 가희야, 이리 잘 생긴 사위를 보느라 내가 여적 안 죽고 살아 있었구나. 이게 다 허균 나리 덕분이다."

권씨가 하늘을 우러러 절을 했다.

"임금님, 허균 나리, 대감마님, 아씨마님, 감사합니다, 감사합니다!"

"어머니!"

가희도 친어머니인지 양어머니인지 모를 어머니를 찾으며 눈물을 흘렸다.

한편, 도문대작은 며칠간 개점휴업 상태였다. 가희가 떠난 자리가 생각보다 컸던 것이다.

"서방님, 이제 도문대작은 어떻게 되는 겁니까?"

풍개의 한탄에 허균이 눈을 꿈뻑거리며 하늘을 올려다보았다.

"그러게 말이다. 가희가 별운검과 눈이 맞을 줄 누가 알았겠느냐."

"서방님이 임금님을 숨겨 주셔서 일이 이렇게 된 것이니, 서방님이 책임지십시오."

풍개의 타박에 계옥이 빽, 하고 소리를 질렀다.

"풍개야, 지금 장사가 대수냐? 도문대작이 나라를 구하지 않았느냐!"

"그래도 먹고는 살아야 하지 않겠수? 여기 손님들 반이 가희 보러 오는 양반들인데 우리끼리 뭐가 되겠수?"

그때, 얼굴이 까무잡잡하고 키 작은 처녀 아이 하나가 도문대작을 기웃댔다.

"여기가 도문대작입니까?"

말투가 서툰 것이 영락없이 외국인이었다. 계옥이 대문간으로 걸어 나갔다.

"맞소만. 댁은 뉘시우?"

"안녕하십니까? 저는 요동 땅에서 온 밍아입니다."

요동이라는 말에 허균이 놀라서 물었다.

"너 혼자 요동에서 예까지 온 것이냐? 처녀 아이 혼자서?"

"예, 그렇습니다. 여진이 빈번하게 요동 땅을 공격하여 벌써 많은 사람들이 피난을 나왔습니다. 누르하치는 쎕니다. 요동은 시작에 불과합니다. 곧 명나라 전체가 누르하치에게 먹힐 것입니다."

밍아의 말에 허균이 고개를 끄덕였다.

"나도 명나라에 갈 때마다 그쪽 사정이 갑갑해서 걱정이 많이 되었느니라. 그런데 조선말은 언제 이렇게 배웠느냐?"

"예, 요동 땅은 조선과 가까워 조선 사람들이 많이 살고 있습니다. 친하게 지내는 조선인 친구가 있었습니다. 조선에서 일해 볼 생각도 있어 열심히 배웠습니다."

"기특하구나. 그래 조선에서의 계획은 있더냐?"

"제가 요리를 조금 할 줄 압니다."

요리라는 말에 도문대작 식구들의 귀가 번쩍 뜨였다.

"요리?"

"요리라 했더냐?"

계옥이 밍아의 손을 잡고 부엌으로 끌고 갔다.

"백문이 불여일견이라 했다. 자, 여기 재료가 있으니 재주껏 만들어 보거라."

무엇이든 만들어도 좋다는 말에 밍아가 팔을 걷어붙이고 요리를 시작했다. 리드미컬한 손놀림으로 냄비를 자유자재로 흔들며 재료를 튀기고 볶았다. 칼질은 또 얼마나 능수능란한지 손이 안 보일 지경이었다. 그렇게 해서 한상 떡 벌어지게 완성했으니, 눈이 먼저 혹했다.

허균, 계옥, 풍개가 한목소리로 외쳤다.

"와, 수라도 이렇게 화려하지는 않겠네!"

밍아가 하나씩 설명했다.

"이 고기 요리는 오향장육입니다. 드시기 전에 오향장육에 대해 잠깐 설명을 드리자면 소주 지방의 대표 요리로 소주에서도 고급 축에 드는 팔각, 정향, 계피, 진피(귤껍질), 통후추와 같은 희귀한 향신료를 이용하였습니다."

계옥이 고개를 갸웃거렸다.

"돼지고기 간장조림처럼 생겼구나."

"일단 맛을 보십시오."

세 사람은 오향장육을 먹어보고 거의 쓰러질 뻔했는데, 낯선 향신료가 내는 독특한 풍미에다 쫄깃함과 부드러움이 적당히 조화된 육질에 완전히 반해버린 것이다.

"천상의 맛이로다!"

온 식구가 밍아의 요리 솜씨를 추켜세웠다.

"헤헤, 감사합니다. 그 다음 요리로 넘어가실까요?"

그렇게 해서 도문대작의 식구들은 유산슬, 짜장, 우동, 탕수육,

볶음밥, 군만두를 차례로 맛보았다. 그 많은 음식을 맛보느라 배가 부를 대로 부른 풍개가 숨을 헐떡였다.

"아이구야! 배가 터질 것 같습니다, 서방님."

"하하하! 우리는 살았다."

세 사람은 만세삼창을 불렀다.

* * *

이듬해 명과 후금 사이에 전쟁이 벌어졌다. 후금은 여진의 새 이름이었다. 요동 심하(深河) 전투를 앞두고 조선은 강홍립을 도원수로 하여 1만 원군을 파병했다. 출정 날 강홍립은 광해의 비밀지령을 받았다.

광해의 서찰에는 다음과 같은 내용이 담겨 있었다.

"책하지 않을 터이니 어떤 상황에서도 우리 군사를 살리는 쪽으로 하라."

영리한 강홍립은 왕의 의도를 잘 이해했다.

그는 후금과의 교전에서 궁사들에게 화살촉을 뺀 빈 막대기를 활에 넣어 쏘도록 지시했다. 누르하치는 조선인의 지혜에 탄복했다. 그는 강홍립에게 사자를 보내 후금에 투항할 것을 요구했다. 강홍립은 망설이지 않고 바로 항복했다.

심하 전투는 후금이 요동을 포함한 만주 일대를 차지하는 것으로 마무리되었다. 조선에서 파병한 군대는 강홍립의 현명한 대처로 추가 파병한 3천 병력까지 큰 피해 없이 집으로 돌아올 수 있었다.

기운이 쇠할 대로 쇠한 명은 조선이 의리를 저버리지 않고 원정군을 보내 준 것만으로도 감사해했다.

조선이 후금과 화친을 맺었다는 소식이 퍼지면서 마음 졸이고 살던 백성들이 거리로 뛰쳐나와 만세를 불렀다.

"후금이 조선에 형제지의를 청하였다!"

"전쟁은 없다!"

백성들에겐 조정 대신들이 목숨처럼 여기는 사대의 예 따위는 개나 줘버릴 가치였다. 자기 식구 배곯지 않게 건사하고 무탈하게 하루를 보내는 것이 최고였다.

조정에서는 닷새마다 열리는 아일조회(衙日朝會) 날이 돌아왔다.

북이 세 번 울리자, 대소신료들이 품계석 앞에 정렬했다. 이윽고 풍악소리와 함께 왕이 등장했다. 신하들이 일제히 왕에게 절을 올렸다. 아일조회는 약식조회인 상참과 달리 장기적인 사안들이 논의되곤 했다. 이날은 강성해지는 후금에 대비해 국방정책을 어떻게 펴야 할지에 대한 의견이 오고갔다.

"후금의 야욕을 잠재우고, 명도 달래었으나 완전히 안심할 수는 없소. 후금이 빠른 속도로 커나가고 있기 때문이오. 장차 있을 외세의 공격에 대비해 우리가 어떤 방비책을 세워야 할지 경들의 생각을 말씀해 보시오."

광해가 의견을 묻자 이조판서로 승진한 허균이 먼저 발언을 했다.

"전하, 서역 너머에 로마라는 나라가 있사온데 이 나라는 귀족들이 나서서 나라를 지킨다고 하옵니다. 귀족으로서 전투에 참전하는 것을 가문의 영광으로 여기므로 서로 먼저 싸움터에 나가기 위한 경쟁이 치열하다고 하옵니다. 그런데 조선은 어떻습니까? 양반의 자제들은 군역이 면제되고, 돈 있는 자들은 사람을 매수하여 대신 병역을 서게 합니다. 전쟁을 대비하기에 앞서 이것부터 시정함이 옳은 줄 사료되옵니다."

"좋은 의견이오. 다른 의견이 있으면 말씀들 해보시오."

"이조판서의 말이 옳은 줄 사료되옵니다."

대신들이 한목소리로 아뢰었다. 예전의 대신들이 아니었다. 능양군의 반란 이후 이이첨까지 축출되면서 왕의 위상이 부쩍 올라갔다. 왕이 의견을 내면 대부분 수긍했다.

아무도 반대하는 이가 없자 왕이 명을 내렸다.

"병조는 이 문제에 대해 이달 안으로 달라진 보고서를 작성하여 올리도록 하시오."

"분부 거행하겠사옵니다."

병조판서의 대답으로 그날 조회는 마무리되었다.

허균의 제안이 현실화되면서 군 제도에 변화가 왔다. 한성부 5

부의 백성들은 부자, 가난한 자, 양반, 양인을 막론하고 훈련도감, 어영청, 금위영의 3군문에 소속되어 의무적으로 훈련을 받도록 했다. 양반에게도 병역의 의무를 지운 것이다. 양반으로만 구성된 조총부대를 편성해 사격 훈련을 실시하는가 하면, 활이나 돌을 이용하는 다양한 공격도 연습시켰다.(*주: 영조의 도성수비 대책인 수성윤음(守城綸音)을 참조)

광해는 이에 그치지 않고 한양을 방어할 구체적인 전략을 세웠다. 주먹구구식으로 적과 맞서 싸우기보다 성벽을 따라 각각의 자리를 지정해줌으로 갑작스러운 전투 시 혼란을 줄이도록 했다. 광해의 수도 방비책은 전국으로 확대되어 각 군현에서도 실시하게 되었다. 나아가 광해는 강화도, 덕적도에 외성을 쌓아 외세의 침략에 대비했으며, 한반도 지도를 제작하여 국토 전반에 걸쳐 통합된 방위 체제를 만들었다.

광해는 방위 문제가 해결되자 민생 쪽으로 눈을 돌렸다. 먼저 표류하던 대동법을 전국적으로 확대 실시했다. 문제가 되었던 면세전을 축소하고, 고구마밭은 수령이 전적으로 관리하여 지방 사족이 백성의 밥그릇을 건드리지 못하도록 했다. 마전을 늘려 역전과 파발마의 관리가 한 곳에서 이루어지도록 조치한 것도 괄목할 만한 성과였다. 서얼과 양인의 벼슬길을 열어주었고, 노비가 양인이 되는 길을 넓혀주었다. 사색당파를 골고루 기용하여 탕평을 지향했음은 물론이었다. 왕보다 백성을 웃게 하라….

"삼품냉채 하나 주시오."

백성의 살림살이가 나아지면서 도문대작은 더욱 번성하게 되었다.

"나리, 삼품냉채는 이제 도문대작에서 구경하실 수 없습니다요."

계옥의 설명에 음식을 주문한 사람이 항의했다.

"갑자기 내 최애 요리를 빼버리면 어쩌란 말이오?"

"헤헤, 재료가 하나 더 추가되어 사품이 되었기 때문에 삼품냉채라 부를 수 없는 것입니다요. 가격은 그대로인데 요리 이름만 바뀌었습니다. 이제 삼품이라는 이름은 잊고 탕평냉채라 불러주십시오. 다시는 조선이 붕당으로 인해 침몰하는 일 없게 하려고 탕평(蕩平)이라는 이름을 붙였습니다."

계옥이 내온 음식을 보니 과연 세 줄로 가지런하던 재료들이 십자 모양을 그리며 네 가지로 배치되어 있었다.

"옳거니, 탕평이라 함은 붕당을 쓸어버린다는 의미렷다!"

"맞습니다. 요기 오적어 흰색은 서인을 뜻하굽쇼, 쇠고기 붉은색은 남인, 미나리 푸른색은 동인, 건해삼 검은색은 북인입니다."

당평냉채는 사색당파를 대표하는 식재료를 절묘하게 등장시킨 요리였다.

"참으로 창의적인 작명이구먼. 내 앞으로 삼품냉채 말고 탕평냉채 달라 청하겠네. 이 요리를 먹을 때는 골고루 비벼서 화합을 잘

시킨 후 먹어야겠구먼."

손님이 말귀를 빨리 알아듣자 계옥의 기분이 좋아졌다.

"그렇습니다, 나리. 탕평냉채랑 드시면 좋을 약주 한 잔을 올리겠습니다. 단골손님께 드리는 특별 답례품입니다."

계옥이 호의를 손님이 단박에 거절했다.

"술은 안 되네. 내일 동틀 무렵 친경례가 펼쳐진다 하지 않나. 일찍 일어나 그 구경을 가야지."

계옥이 웃으며 동의했다.

"헤헤, 사실은 저희도 친경례 구경을 가려고 한잔 하고 싶은 것을 참고 있습니다."

다음 날 새벽, 궐에서부터 동대문 선농단까지 어가행렬이 길게 이어졌다. 150여 년 만에 친경례가 부활한 것이다. 가면을 쓴 광대들과 화려한 복장의 기녀들이 덩실덩실 춤을 추며 어가를 이끌었고 흥에 겨운 노인들이 거리로 뛰어나와 춤 행렬에 가담했다. 왕이 지나는 모든 도로와 교량, 대문에 알록달록한 색종이와 색실, 색천이 걸렸다.

선농단에 당도하여 왕은 친히 소가 끄는 쟁기를 잡고 다섯 번의 쟁기질 시범을 보였다. 이 광경을 바라보면서 어떤 이는 박수를 치고, 어떤 이는 만세를 불렀다. 감격에 겨워 눈물을 흘리는 이도 있었다.

왕의 시범이 끝나자, 이번에는 종친과 가신의 차례였다. 왕은 관경대로 올라가 자애로운 표정으로 이들의 밭 가는 모습을 지켜보았다. 선농단 옆 커다란 가마솥에서는 설렁탕이 설설 끓고 나인들은 배식에 앞서 국자와 식기를 들고 대기했다. 백성들은 혹여 자기에게도 차례가 올까 하여 가마솥 옆으로 길게 줄을 섰다.

허균은 멀찌감치 떨어져 서서 이 광경을 흐뭇한 표정으로 바라보았다. '대사님이 계획하신 것이 바로 이것이었구나! 왕을 웃게 하기보다 백성을 웃게 하는 것! 이것이 진짜 혁명이로다.'

*

"어이, 이씨! 먹고 하지 그래?"

돌담 너머 밭에서 이웃집 김씨가 이첨을 불렀다. 이첨은 그제야 말쟁기를 놓고 허리를 폈다.

제주도에서는 소가 아니라 말이 쟁기를 끌었다. 말을 타고만 다녔지 가축으로 부려보기는 처음이었다. 이첨은 말이 생각보다 충직한 것에 매일 놀랐다.

"너도 좀 쉬어라."

이첨은 쟁기 끌던 말을 근처 나무에 맨 뒤 갈기를 쓰다듬어주었다.

광해는 이첨과 능양군에게 능지처사라는 무지막지한 형벌 대신 유배를 명했다. 능양군은 흑산도로, 이첨은 제주로 각각 보내

360

졌다.

이첨은 특유의 적응력으로 빠른 시일에 제주의 삶에 동화되었다. 이웃들과는 이씨, 김씨 하며 지내는 사이가 됐다.

김씨가 보자기를 벗기자 빈자떡과 술병이 모습을 드러냈다. 달큰한 농주 내음이 코를 자극했다. 뽀얀 때깔이 먹음직하기 그지없었다.

김씨가 이첨의 잔 가득 술을 따라 주었다.

"죽죽 들이켜게. 지난달에 담근 것이라네. 오늘 처음 개봉하는 것일세."

막걸리 한 사발을 죽 들이킨 이첨이 감탄사를 뱉었다.

"캬, 과연 일품일세. 한양에서 파는 농주와 비교해도 전혀 뒤지지 않네."

"우리 집사람이 음식 솜씨가 좀 있지."

"있는 정도가 아닐세."

이첨이 팔뚝으로 입가를 닦으며 생각했다. 세상에는 신기한 일 투성이였다. 밥은 어떻게 술이 되는 걸까. 걸쭉하면서 톡 쏘는 막걸리의 맛, 텁텁하면서 쨍한 그 맛은 어떻게 탄생되는 걸까. 그 비밀은 시간이 쥐고 있을 터였다. 시간은 밥을 술로 만들고, 탐욕의 생을 생의 탐욕으로 바꾼다.

이첨은 밭둑에 자라는 풀포기를 손으로 뽑았다. 풀이 뿌리째 뽑히면서 흙이 우수수 떨어졌다. 제주 흙은 성기고 검었다. 흙에는 짭조름한 바다냄새와 구수한 말똥내가 골고루 섞여 있었다. 그것은 피비린내보다 확실히 좋았다. 이첨은 문득 살아있음에 감사한 마음이 들었다.

국가 내란음모 사건으로 제주에 유배된 이첨은 제주에서 어찌 살아야 하나? 걱정이 태산 같았다.

〈끝〉

조선맛집 도문대작

초판 1쇄 인쇄 | 2025년 04월 07일
초판 1쇄 발행 | 2025년 04월 15일

지은이 | 임요희
펴낸이 | 전상삼
펴낸곳 | 세상의아침
출판등록 | 제2002-126호 (2002. 6. 26)

주소 | 서울시 마포구 월드컵로29길 45-11
전화 | (02) 323-6114
팩스 | (02) 334-9108
이메일 | zzamzzamzzam@naver.com

ISBN 978-89-92713-16-0 03810